The
Clifton Chronicles
2

The Sins of the Father

父之罪

傑佛瑞・亞契——著 李靜宜——譯

Jeffrey Archer

巴靈頓家族（Barringtons）

瑪麗・巴靈頓（Mary Narrington）一八七四－
華特・巴靈頓（Sir Walter Barrington）一八六六－

伊麗莎白・哈維（Elizabeth Harvey）一九〇〇－
雨果・巴靈頓（Hugo）一八九六－
尼可拉斯・巴靈頓（Nicholas）一八九四－一九一八

葛芮絲（Grace）一九二三－
艾瑪（Emma）一九二一－
吉爾斯（Giles）一九二〇－

塞巴斯汀（Sebastien）一九四〇－

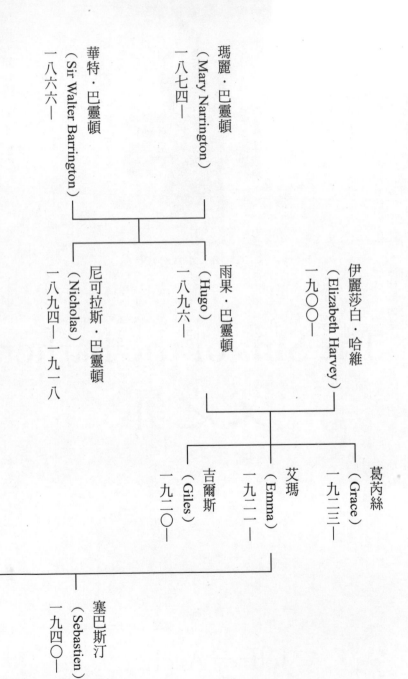

柯里夫頓家族（Cliftons）

- 薇拉・派里斯寇特（Vera Prescott）一八七六—
- 哈洛德・坦寇克（Harold Tancock）一八七一—
  - 艾爾希（Elsie）一九〇八—一九一〇
  - 亞瑟（Arthur Clifton）一八九八—一九二一
  - 梅西（Maisei）一九〇一—
    - 哈利（Harry）一九二〇—
  - 史丹利（Stanley）一八九八—
  - 亞伯特（Albert）一八九六—一九一七
  - 瑞伊（Ray）一八九五—一九一七

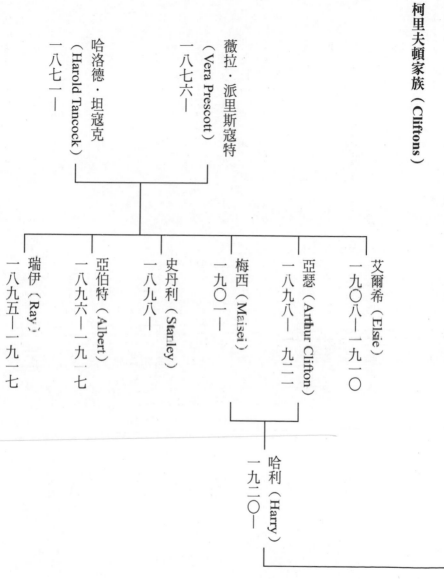

我要感謝下列諸位提供的寶貴建議與研究：

西蒙．班布里吉（Simon Bainbridge）
艾琳諾．德萊登（Eleanor Dryden）
皇家歷史學會的羅勃特．林曼博士（Dr. Robert Lyman FRHistS）
艾莉森．普林斯（Alison Prince）
瑪莉．羅伯特斯（Mari Roberts）
蘇珊．華特（Susan Watt）

「因為我，耶和華，你們的神，是忌邪的神，恨我的，我必追討他的罪，自父及子，直到三四代……」

——《公禱書》

哈利・柯里夫頓 1939–1941

1

「我叫哈利・柯里夫頓。」

「是喔，我還是貝比・魯斯❶咧。」柯洛斯基探長點起一根菸說。

「不，」哈利說，「你不瞭解，這是個大誤會。我是哈利・柯里夫頓，從英國布里斯托來的。我和湯姆・布拉德蕭在同一艘船工作。」

「留著說給你的律師聽吧。」探長深深呼出一口煙，窄小的牢房裡頓時煙霧瀰漫。

「我沒有律師。」哈利抗議。

「要是我惹上像你這樣的麻煩，孩子，我想只有靠賽芬頓・傑克斯幫忙才有希望啊。」

「賽芬頓・傑克斯是誰？」

「你或許沒聽過這位全紐約最厲害的律師，」探長又吐了一口煙說，「但他明天早上九點鐘約好要來見你。這個傑克斯可從來不離開他的辦公室，除非事先付清律師費。」

「可是——」哈利說，但柯洛斯基已經伸出手掌拍打牢門了。

「所以明天早上傑克斯來的時候，」柯洛斯基不理會哈利，逕自說，「你最好編出一個像樣一點的故事，別再說什麼我們抓錯人了。明明是你自己告訴海關說你是湯姆・布拉德蕭的。你的說法如果能說服他相信，法官肯定也會相信。」

牢門還沒打開之前，探長又吐了一口煙，害哈利開始咳嗽。探長沒再多說一句話，走出牢房，把門在背後重重關上。哈利倒在貼牆的小床上，頭靠在硬得像磚塊的枕頭上。他仰頭看著天花板，開始思索自己怎麼會淪落到地球另一端的警局拘留所來，被控謀殺罪。

□

晨光還未穿透鐵窗照進牢房，門就開了。儘管時間還很早，但哈利已經醒了。

一名獄警端著裝早餐的托盤進來，擱在小木桌上，一句話也沒說就走了。這早餐實在很寒酸，救世軍提供給流浪漢的餐點都比這個好。

哈利瞄了早餐一眼，就開始來回踱步。每踏出一步，就多一分信心，相信只要對傑克斯先生說明他冒用湯姆．布拉德蕭名字的真正原因，這問題肯定能馬上搞定。大不了就是被驅逐出境，反正他也一心想回英國加入海軍，這刑罰完全符合他原本的計畫。

八點五十五分，哈利坐在床尾，很不耐煩地等待傑克斯先生出現。但厚重的鐵門一直到九點十二分才打開。獄警拉著門，讓一名銀灰頭髮、舉止優雅、身材高大的男子進來。哈利馬上跳了起來。這人的年紀應該和爺爺差不多，哈利想。傑克斯先生身穿暗灰條紋的雙排釦西裝，白襯衫，條紋領帶。臉上那倦乏的表情彷彿在說，沒什麼事情能讓他覺得驚訝。

「早安，」他說，對哈利露出似有若無的微笑。「我是賽芬頓．傑克斯，傑克斯、梅爾與亞

❶ Babe Ruth, 1895-1948，美國職棒傳奇球星，曾在洋基隊取得四次世界大賽冠軍，在紅襪隊取得三次世界大賽冠軍。

伯納席律師事務所的資深合夥人，布拉德蕭先生夫人委託我擔任你的律師，面對即將舉行的審判。」

哈利把牢房裡唯一的一把椅子讓給傑克斯坐，當他是自己在牛津念書時偶爾到書房來喝杯茶的老朋友。哈利坐在床上，看著律師打開公事包，抽出黃色的拍紙簿，擺在桌上。

傑克斯從西裝外套的內側口袋掏出一支筆，說：「也許你應該先告訴我你是誰，因為你和我都知道你並不是布拉德蕭上尉。」

律師就算覺得哈利的說法很離奇，也完全不動聲色。哈利陳述自己是怎麼落到在牢房過夜的經過，律師不停在拍紙簿上做筆記。哈利講完之後，覺得自己的問題肯定可以解決了，因為傑克斯是這麼有經驗的律師。但是，他聽到傑克斯提出的第一個問題，就知道自己錯了。

「你說你在《堪薩斯之星》船上寫了封信給令堂，說明你為什麼冒用湯姆．布拉德蕭的身分？」

「沒錯，先生。我不希望家母承受不必要的折磨，同時，我也希望她瞭解我為什麼做出這麼極端的決定。」

「嗯，我可以理解你為什麼會認為改變身分能解決你迫切的問題，卻沒料到會讓自己捲進其他更複雜的問題裡。」傑克斯說。他的下一個問題讓哈利更意外：「你還記得那封信的內容嗎？」

「當然記得，我重寫了好多遍，幾乎可以一字不漏的背出來。」

「那麼，請容我測試一下你的記憶力。」傑克斯說。他沒再多說一句話，就從拍紙簿上撕下一張，連同鋼筆一起交給哈利。

哈利花了一些時間回想精確的字句，然後開始寫。

親愛的媽媽，

我用盡所有的方法，確保您在聽到我死於海上的消息之前，先收到這封信。

正如信首的日期所示，《得文郡號》九月四日沉船之時，我並沒有死。事實上，我被一艘美國船救起，活得好好的。然而，我恰好有機會頂替另一個人的身分，所以我就這麼做了，希望這能讓您和巴靈頓家族擺脫這些年來我很不智導致的問題。

重要的是，您必須瞭解，我對艾瑪的愛絕對不會消失，永遠不會。但我也不認為自己有權利讓她終此餘生都懷抱渺茫的希望，期待有一天我能證明雨果·巴靈頓不是我的父親，亞瑟·柯里夫頓才是。她至少可以考慮和其他人展開新的未來。我嫉妒那個人。

我打算在近期返回英國，屆時會有個名叫湯姆·布拉德蕭的人和您聯絡，那就是我。

我一回到英國就會與您聯絡，但與此同時，我也請您堅定地替我守住這個秘密，一如您這麼多年來守住您的秘密。

愛您的兒子

哈利

傑克斯讀完信之後，再次問了讓哈利意外的問題。「你是親自寄出這封信的嗎，柯里夫頓先生？」他問，「或者是交給其他人代寄？」

哈利這時首度起了疑心，於是決定不提他請華歷斯醫師回布里斯托時幫他寄信給媽媽的事。他擔心傑克斯會說服華歷斯醫師交出這封信，如此一來，他媽媽就無從得知他還活著。

「我一上岸就寄出信。」他說。

這位年長的律師沉吟一晌才說：「你有任何證據可以證明你是哈利．柯里夫頓，而不是湯瑪斯．布拉德蕭嗎？」

「沒有，先生，我沒有。」哈利毫不遲疑地說，很難過地想起《堪薩斯之星號》上沒有任何人懷疑他不是湯姆．布拉德蕭，而能證明他不是的人，遠在三千哩外，在大西洋的另一端，他們不久就會得到消息，說哈利．柯里夫頓已經葬身大海。

「那我或許可以協助你，柯里夫頓先生。前提是你仍然希望艾瑪．巴靈頓相信你已經死了。如果你的想法沒變，」傑克斯露出一抹言不由衷的微笑，「那我或許可以提供你一個解決方案。」

「解決方案？」哈利說，第一次燃起希望。

「重點是你必須保留湯瑪斯．布拉德蕭的身分。」

哈利沉默不語。

「地檢署承認，他們只掌握布拉德蕭涉案的間接證據，唯一的實質證據是，布拉德蕭在命案發生之後的那天離開美國。他們知道自己的案子證據薄弱，所以只要你願意在刑罰較輕的逃兵案上認罪，他們就同意撤銷謀殺起訴。」

「我為什麼要同意呢？」哈利問。

「我至少想得出來三個好理由，」傑克斯回答說，「第一，如果你不同意，最後很可能因為用假身分進入美國而被判入獄服刑六年。第二，你可以維持你的假身分，如此一來，巴靈頓家族就不會知道你還活著。第三，布拉德蕭夫婦願意給你一萬美元，只要你可以代替他們兒子認罪。」

哈利馬上明白，這是個好機會，可以彌補媽媽這麼多年來為他所做的犧牲。這麼大一筆錢可以改變她的生活，讓她脫離靜宅巷那間破房子，擺脫收租人每週例行的敲門聲。她甚至可以考慮辭掉華麗飯店的女侍工作，開始過比較輕鬆的日子，儘管哈利覺得可能性不高。但在同意傑克斯提出的條件之前，他有幾個問題要問。

「布拉德蕭夫婦一定知道兒子死在海上了，為什麼還要製造這個騙局呢？」

「布拉德蕭太太拚命想要洗刷兒子的名譽。她怎麼也無法接受自己的兒子殺了另一個兒子。」

「所以湯姆被起訴的罪名是殺了自己的兄弟？」

「沒錯，但就像我說的，證據很薄弱，而且都是間接的，所以在法庭上站不住腳，這也是檢察官想撤案的原因，不過，前提是我們願意接受刑罰比較輕的逃兵罪。」

「要是我同意，刑期會是多長？」

「檢察官同意建議法官判刑一年，如果你表現良好，六個月就可以出獄了。比起你堅持自己是哈利・柯里夫頓，然後被判刑六年好多了。」

「可是只要我一走進法庭，一定就有人會認出我不是布拉德蕭。」

「不太可能，」傑克斯說，「布拉德蕭老家在美國西岸的西雅圖，雖然很有錢，但布拉德蕭夫婦很少到紐約來。湯瑪斯十七歲加入海軍，如你所知，他過去四年都沒踏上美國一步。而且如果認罪，你只會在法庭裡待二十分鐘。」

「可是只要我一開口講話，所有的人不就都知道我不是美國人了？」

「所以你就不要開口啊，柯里夫頓先生。」這位名牌律師似乎對任何問題都有答案。哈利另覓他法。

「在英國，謀殺案開庭總是擠滿記者，普通百姓也會一大早就在法庭外排隊，希望瞧上被告一眼。」

「柯里夫頓先生，紐約目前有十四樁謀殺案在進行審判，包括惡名昭彰的『剪刀殺手』。我甚至懷疑有哪家報社會派記者來採訪這個案子。」

「我需要時間想一想。」

傑克斯瞄了一眼手錶。「我們應該要在中午去見亞特金斯法官，所以你只有一個多鐘頭做決定，柯里夫頓先生。」他喊獄警幫他開門，「如果你決定不給我服務的機會，那我就先祝你好運，因為我們不會再見面了。」他離開牢房前說。

哈利坐在床尾，思考賽芬頓的提議。儘管他懷疑這位銀髮律師另有盤算，但是六個月的刑期怎麼也比六年好，況且，除了這位老於世故的律師，他還能找誰幫忙呢？哈利真希望自己能衝進華特．巴靈頓的辦公室，尋求他的建議。

一個鐘頭之後，哈利穿上深藍西裝、漿燙硬領的米白襯衫、條紋領帶，戴著手銬，從牢房登上囚車，在武裝警衛的押送下，到法院去。

「沒有人會相信你是個凶手。」傑克斯這樣說。之前有個裁縫帶了六套西裝、襯衫和許多條領帶來讓他挑選。

「我本來就不是。」哈利提醒他。

哈利和傑克斯在走廊碰面。律師還是掛著像之前那樣若有似無的微笑，推開門，踏進法庭的中間走道，走到被告席的兩個空位。

哈利坐下，解開手銬之後，環顧幾乎沒有人的法庭。傑克斯說對了。是有幾個旁聽民眾沒錯，但肯定沒有任何記者對這個案子感興趣。對他們來說，這只是又一樁家庭凶案，被告很可能會被宣判無罪。四號法庭沒有人會被送上電椅，當然也就沒有「該隱與亞伯❷」之類的聳動新聞標題可寫。

正午的第一聲鐘聲響起時，法庭另一頭的門打開，亞特金斯法官走了進來。他緩緩穿過法

❷根據創世記說法，該隱與亞伯是亞當和夏娃所生下的兩個兒子。該隱是農民，他的弟弟亞伯為一個牧羊人。該隱是歷史上第一個人類，亞伯是第一個死去的人類。該隱犯下歷史上第一次殺人事件，他殺害他的兄弟亞伯。

庭，爬上階梯，坐到高踞在講台的桌子後面。他朝檢察官的方向點個頭，彷彿知道檢察官要說什麼。

年輕的檢察官從控方桌後面站起來，說州政府決定撤銷謀殺罪名，但要追訴湯瑪斯．布拉德蕭擅自逃離美國海軍的逃兵罪。法官點點頭，把注意力轉到傑克斯身上，這是給他的暗示，要他站起來。

「關於第二樁罪行，逃兵罪，你的當事人如何抗辯？」

「認罪，」傑克斯說，「希望庭上能對我的當事人寬宏大量，我相信您不需要我的提醒，這是他第一次犯法，在這次有違常情的脫軌行為之前，他一直表現良好。」

亞特金斯法官蹙起眉頭。「傑克斯先生，」他說，「很多人認為軍官擅離職守，背棄為國服務的責任，是和謀殺同等重大的罪行。我相信**你**不需要我的提醒，不算太久之前，這樣的行為還會讓你的當事人被槍決。」

哈利抬頭看傑克斯，胃一陣翻攪，而傑克斯還是看著法官。

「基於此，」亞特金斯繼續說，「我判湯瑪斯．布拉德蕭上尉入獄服刑六年。」哈利還來不及抗議，他就敲下法槌，說：「下一案。」

「你告訴我說——」哈利才開口，傑克斯已經轉身背對他的前當事人，走開了。哈利想追上去，但兩名警衛抓住他的手臂，把他拉回座位，戴上手銬，然後帶著已被定罪的他穿過法庭，穿過他之前沒注意到的一扇門。

他轉身看見賽芬頓．傑克斯正和一名中年男子握手。那人顯然恭賀他表現得很好。哈利以前在什麼地方見過這張臉？但他馬上明白過來——那是湯姆．布拉德蕭的父親。

2

哈利頹喪地走過陰暗的長走廊，穿過一道沒有標示的門，進到有圍牆環繞的光禿院子。院子中央停了輛黃色巴士，既沒有路線號碼，也沒標示目的地。一名渾身肌肉、手握來福槍的男子站在門邊，點個頭，要哈利上車。押解的警衛推他上車，不讓他有心生他念的機會。

哈利在車上找位子坐下，茫然看著窗外，一個個被判刑的罪犯上車來，有的垂頭喪氣，但也有的顯然老於經驗，輕鬆愉快，昂首闊步。他以為很快就會開車，開往他所要去的目的地。但是，他很快就學到身為囚犯的第一個痛苦教訓：一旦被判了刑，就什麼也不急了。

哈利想過要問警衛，他們究竟要去哪裡，但他們看起來可不像樂於助人的導遊。有個人在他旁邊坐下，他憂心轉身。儘管哈利不想盯著這位新夥伴看，但這人卻馬上就自我介紹，所以哈利不得不定睛看他。

「我叫派特．昆恩。」他講話略帶愛爾蘭口音。

「我是湯姆．布拉德蕭。」哈利說。若非戴著手銬，他一定會和這位新朋友握手。

昆恩看起來不像個罪犯。他坐下來腳未踏地，所以身高應該頂多五呎一吋（約一五五公分），而且車上的其他犯人要嘛渾身肌肉，要嘛體重過重，但昆恩卻瘦得像颳陣風就會被吹跑似的。他稀疏的紅髮已經開始變灰白了，雖然他看來還不到四十歲。

「你是第一次坐牢？」昆恩很篤定地問。

「有這麼明顯？」哈利問。

「根本就寫在你臉上。」

「我臉上寫了什麼？」

「你根本就不知道接下來會怎麼樣。」

「**你**顯然不是第一次坐牢。」

「我已經第十一次坐上這巴士了，不然就是第十二次。」

哈利笑起來。這是好幾天來他第一次笑得出來。

「你犯了什麼罪？」昆恩問他。

「潛逃。」哈利想也不想就回答。

「從沒聽過這罪名。」昆恩說，「我逃離三個老婆，但也沒有人把我抓去關。」

「我不是逃離老婆，」哈利想起艾瑪，「我是逃離皇家海軍——嗯，是海軍。」

「你被判多久？」

「六年。」

昆恩只剩兩顆牙的嘴巴吹聲口哨。「判很重啊。是哪個法官？」

「亞特金斯。」哈利說。

「阿尼·亞特金斯？你選錯法官啦。你下次再被告上法庭，記得要選對法官。」

「我不知道還可以自己選法官。」

「是不能選，」昆恩說，「但可以想辦法避開難搞的法官。」哈利更專注看著這位同伴，但沒打岔。「巡迴法院總共有七名法官，其中有兩個，你無論如何都要想辦法避開。一個是阿尼．亞特金斯。他這人一點幽默感都沒有，而且判刑很重。」

「可是我要怎麼避開他？」哈利問。

「過去十一年來，亞特金斯都主持第四法庭，所以一發現走向第四法庭，我就癲癇發作，然後法警就會帶我去找法院的醫生。」

「你患有癲癇？」

「沒有，」昆恩說，「你沒認真聽。」他好像有點生氣，所以哈利保持沉默。「等我恢復正常的時候，他們就會把我的案子安排到下一個法庭去審判。」

哈利又笑起來。「所以你就逃過一劫了？」

「不，不是每次都成功，但如果碰上菜鳥法警，我就有機會了。不過同樣的招式用了一次又一次，就會越來越難成功。這一次我不必使花招，因為我被送上第二法庭，那是雷根法官的地盤。他是愛爾蘭人——和我一樣，我想你應該注意到了——所以他比較有可能給同胞判最低刑期。」

「你犯了什麼罪？」哈利問。

「我是個扒手。」昆恩的神態彷彿說自己是建築師或醫生一般，「我特別擅長的是夏天的賽馬大會和冬天的拳擊賽館。目標站起來的時候，比較容易得手。」他解釋說，「但我的運氣好像快用光了，因為有太多服務人員認得我，所以我得轉換地盤到地鐵和巴士站去，那裡扒到的錢不多，而且容易被逮。」

哈利像個用功的學生，有好多問題想問他這位新老師，特別是可以幫助他通過第一關的問題。他很慶幸昆恩沒注意到他的口音。

「你知道我們要去哪裡嗎？」他問。

「拉文翰或者派爾波恩特。」昆恩說，「就看我們是從第十二號或第十四號出口下高速公路。」

「你以前待過這兩個地方嗎？」

「兩個都待過好幾次。」昆恩實事求是地說，「我告訴你，要是有監獄旅遊指南，拉文翰可以得一顆星，而派爾波恩特差不多墊底。」

「我們為什麼不直接問警衛，說我們要去哪裡？」哈利非常想解開謎題。

「因為他會告訴我們錯誤的答案，就只為了搞我們。如果是去拉文翰，你唯一要擔心的是他們會把你關在哪一區。如果你是初犯，很可能會到A區，那裡日子比較輕鬆一點。像我這樣的累犯，通常會到D區，那裡的犯人都在三十歲以上，而且沒有暴力紀錄，如果你只想保持低調，好好服完刑期，那倒是個理想的地方。要避開B區和C區，這兩區關的都是毒鬼和瘋子。」

「我要怎麼做，才能確保被分到A區？」

「告訴接收處的長官說你是虔誠的基督徒，不抽菸，不喝酒。」

「我不知道監獄裡還能喝酒。」哈利說。

「是不行，你這個笨蛋。」昆恩說，「但是你如果可以給鈔票，」他搓著拇指和食指指尖說，「獄警就可以變成酒保。就連禁酒令也沒能讓他們稍微收斂一點。」

「我在牢裡的第一天，最該注意的是什麼事？」

「確保你能得到合適的工作。」

「有什麼選擇？」

「打掃，廚房，醫院，洗衣房，圖書室，園藝和禮拜堂。」

「我要怎麼做才能到圖書室工作？」

「告訴他們說你識字。」

「你是怎麼告訴他們的？」哈利問。

「我說我受過廚師訓練。」

「那一定很有趣。」

「你還是沒抓到重點，對吧？」昆恩說，「我才沒受過什麼廚師訓練，但這樣說，每次都可以讓我到廚房工作，那是監獄裡最好的工作。」

「為什麼？」

「你早餐之前就可以離開牢房，待到晚餐之後才回去。那裡很溫暖，而且可以吃得很好。啊，我們要去拉文翰。」巴士轉下第十二號出口，昆恩說。「很好，這樣我就不必回答關於派爾波恩特的蠢問題了。」

「對於拉文翰，我還有沒有什麼需要知道的？」哈利不理會昆恩的嘲弄，繼續問。他覺得這位慣犯很喜歡指點他這位好學的門徒。

「要告訴你的太多了。」他嘆口氣，「只要記得，我們一登記完成之後，要緊緊跟著我。」

「他們不是會自動把你分到D區嗎？」

「如果梅森先生當班的話就不會。」昆恩沒多加解釋。

巴士停到監獄外面之前，哈利想辦法又多問了幾個問題。事實上，他覺得自己過去幾個鐘頭從昆恩身上學到的，比他在牛津十幾位老師身上學到的還多。

「跟緊我。」大門打開時，昆恩又叮囑一次。巴士緩緩往前開，開進一座顯然從未有過園丁照料的荒蕪灌木地。巴士停在一棟很大的磚砌建築前面。這建築有一排排髒兮兮的小窗，有些窗子裡面有人瞪著外面看。

哈利看著十幾名獄警排成兩排，從巴士一直到監獄入口，形成一條走廊。巴士門口兩邊是手持來福槍的武裝獄警。

「一次兩個下車，」其中一個粗暴地說，「間隔五分鐘。除非我下令，否則誰也不准動。」

哈利和昆恩在巴士上又待了一個鐘頭。終於被叫下車時，哈利抬頭看見高高的圍牆環繞整座監獄，頂端有倒鉤鐵絲。他心想，就算是撐竿跳世界冠軍，也逃不出拉文翰吧。

哈利跟著昆恩走進室內，停在登記桌前。桌子後面坐了一名獄警，身上的藍色制服已經磨得禿亮，鈕釦反倒沒半顆發亮。他研究手上夾紙板上名單時的神情，彷彿自己也在服無期徒刑。看見下一名囚犯，他臉上露出微笑。

「歡迎回來啊，昆恩，」他說，「你會發現從上次離開之後，這裡沒什麼改變。」

昆恩咧嘴笑，「我也很高興見到您，梅森先生。也許您可以派位服務生把我的行李送到我慣住的房間。」

「別浪費你的運氣，昆恩，」梅森說，「否則我可能會告訴新來的醫生說你沒有癲癇。」

「可是，梅森先生，我是有醫療證明的。」

「肯定和你的廚師證同一個來源吧。」梅森說，注意力轉到哈利身上。「你又是誰？」

「這是我哥兒們，湯姆．布拉德蕭。他不抽菸，不喝酒，不罵髒話，不隨地吐痰。」昆恩搶在哈利之前回答。

「歡迎來到拉文翰，布拉德蕭。」梅森說。

「他有軍階的，其實。他是布拉德蕭上校。」昆恩說。

「我是海軍上尉。」哈利說，「並不是上校。」昆恩對他這位門生似乎有點失望。

「初犯？」梅森問，更仔細看著哈利。

「是的，長官。」

「我會把你分配到A區。先去沖澡，換上你的囚服。赫斯勒先生會帶你到三二七號牢房。」梅森又看了看手上的夾紙板，轉頭看站在他後面的一名年輕獄警，這人右手拿著一根警棍。

「我有可能和我這位朋友一起住嗎？」哈利在登記單上簽好名，昆恩就問。「畢竟，布拉德蕭上尉可能需要個勤務兵。」

「他最不需要的就是你，」梅森說。哈利正要開口，這名扒手卻突然彎腰，從襪子裡掏出一疊折起來的鈔票，塞進梅森的上衣口袋，眨眨眼。「昆恩也到三二七號牢房。」梅森對年輕獄警說。赫斯勒就算看見這金錢交易，也沒說什麼。「你們兩個，跟我來。」他只說了這一句話。

昆恩趁梅森還沒改變心意，趕緊追上哈利。

兩名新囚走過一條綠色磚牆的長走廊，最後赫斯勒停在淋浴間門口。淋浴間牆面釘有兩條窄窄的木條板，散落著用過的毛巾。

「脫光，」赫斯勒說，「沖澡。」

哈利慢慢脫掉訂製西裝、筆挺的米白襯衫、硬領和條紋領帶。這是傑克斯熱心提供，讓他上法庭時能給法官留下好印象的裝扮。問題是，他挑錯法官了。

哈利還在脫鞋子的時候，昆恩已經站在蓮蓬頭底下了。他轉開水龍頭，細細的水柱很不情願地滴在他的禿頭上。他從地上抓起一小片肥皂，開始洗。淋浴間裡只有另一個蓮蓬頭，哈利站到底下，流下來的是冷水。一會兒之後，昆恩把他的肥皂遞給哈利。

「記得提醒我，我得和經理談談這裡的設施問題。」昆恩撿起一條不比一塊抹布大的濕毛巾，想辦法擦乾身體。

赫斯勒再次以快捷的腳步沿走廊往下走，後面跟著衣衫不整、身體還是半濕的哈利。他們一直走到標示著「商店」的雙扉門前。赫斯勒用力敲門，一會兒之後，門打開來，一名表情極度煩倦的獄警手肘擱在櫃檯上，抽著手捲菸。他一看見昆恩就眉開眼笑。

「我不確定洗衣房是不是把你的東西送回來了。」他說。

「那我就來一整套新的吧，紐伯德先生。」昆恩說，又彎腰從另一隻襪子裡抽出鈔票，鈔票神不知鬼不覺地就消失了。「我的用品很簡單，」他又說，「一條毯子，兩條棉床布單，一個枕頭，一個枕頭套……」紐伯德從背後的架子一一拿下昆恩要的東西，疊成一堆擺在櫃檯上。

「……兩件襯衫，三雙襪子，六條內褲，兩條毛巾，一個碗，一個盤子，一套刀叉和湯匙，一把刮鬍刀，一支牙刷，一條牙膏——我比較喜歡高露潔。」

昆恩要的東西越堆越高，但紐伯德什麼也沒說。「還需要什麼別的嗎？」最後他問，彷彿昆恩是位可能再度上門光顧的貴客。

「是的，我的朋友布拉德蕭上尉也需要同樣一整套的東西。他是位軍官，也是位紳士，所以請給他最上等的貨。」

出乎哈利意料的，紐伯德又開始疊起另一堆東西，而且細心挑選每一件物品，只因為在囚車上坐在哈利身邊的這人要求他這麼做。

「跟我來。」紐伯德完成工作之後，赫斯勒說。哈利和派特抱起他們的衣物，繼續沿走廊往下走。這一路上幾度停步，因為必須經過一道又一道的鐵門，等值班獄警開鎖上鎖，讓他們一步步接近他們的牢房。終於到達他們牢房所在的區域時，迎接他們的是上千名囚犯的喧鬧。

昆恩說：「我知道我們的房間在頂樓，赫斯勒先生，但我不要搭電梯，因為我需要運動。」獄警不理他，繼續走過叫囂的囚犯面前。

「我記得你說這裡比較安靜。」哈利說。

「顯然赫斯勒先生在這裡沒那麼受歡迎。」昆恩低聲說，他們三人終於走到三二七號牢房前。赫斯勒打開厚重鐵門的門鎖，拉開來，讓菜鳥與老鳥囚犯進到這間哈利要借住六年的房間。

哈利聽到牢門在他背後重重關上。他四下打量一下，發現門裡沒有門把。一張雙層床，一個釘在牆上的鐵製洗臉槽，一張也釘在牆上的木桌，以及一把木椅。最後他終於看見擺在下層床鋪底下的鐵碗。他覺得自己快吐了。

「你睡上層，」昆恩打斷他的思緒，「因為你是第一次坐牢。要是我比你先出獄，你就可以搬到下層來，讓你的新牢友睡上層。這是坐牢的規矩。」他解釋說。

哈利站在下層床上，整理他的床鋪，然後爬上去，躺下，頭枕在又硬又薄的枕頭上，很痛苦地體會到，他可能要花很長一段時間才能睡得著覺。「我能再問一個問題嗎？」他對昆恩說。

「可以啊，可是在明天天亮之前，不要再說話了。」哈利想起他在聖貝迪學院的第一個晚上，費雪也對他說過同樣的話。

「你顯然偷帶了不少錢進來，你下車的時候，獄警為什麼沒給你搜身？」

「因為他們要是這麼做，」昆恩說，「就不會再有人再帶錢進來，這整個系統就會崩潰啦。」

3

哈利躺在上層鋪位，瞪著只漆一層薄漆，一伸手就能摸到的白色天花板。床墊有硬塊隆起，而枕頭又硬邦邦的，他每次都只睡幾分鐘就醒來。

他的思緒飄回賽芬頓．傑克斯身上，覺得自己怎麼這麼容易就被這個老律師給騙了。洗刷我兒子的殺人罪名，我只在乎這個，他彷彿聽得見湯姆．布拉德蕭的父親這樣對傑克斯說。哈利努力不去想像接下來的六年，布拉德蕭先生不在乎的這六年。這樣值一萬美元嗎？

他拋開這位律師，開始想艾瑪。他好想念她，好希望能寫信給她，告訴她說他還活著，但他知道不行。他很想知道人在牛津的她，如何度過秋季的生活。她的新鮮人生活，課業可有進步？是不是有其他人追求她？

而她哥哥，也是他最要好的朋友，吉爾斯，過得可好？如今英國宣戰了，吉爾斯是不是已經離開牛津，入伍去和德國作戰？倘若如此，哈利為他禱告，願他還活著。他掄起拳頭，重重捶了鋪位側邊一記，很氣自己不能為國效力。昆恩默不作聲，心想哈利是因為在牢裡度過的第一夜而痛苦難眠。

雨果．巴靈頓呢？他在哈利預定要娶他女兒的那天失蹤之後，還有人再見過他嗎？在所有的人都相信哈利已命喪汪洋之後，他是不是會找到方法偷偷溜回來，取得大家的諒解？他從腦海裡甩開巴靈頓，仍然不願接受這人或許是他父親的可能性。

思緒轉回到媽媽身上時，哈利露出微笑。傑克斯說只要他答應頂替湯姆・布拉德蕭，就會寄一萬美元給他媽媽。他希望媽媽能好好利用這筆錢。銀行帳戶裡有了兩千多鎊的存款，他很期待媽媽能辭掉華麗飯店服務生的工作，在鄉下買棟她一直想買的房子，那就會是這整齣戲唯一帶來的好處。

還有向來待他如孫子的華特・巴靈頓爵士呢？如果雨果是哈利的父親，那華特爵士就是他的祖父。倘若真是如此，哈利就會成為巴靈頓家產業與爵銜的繼承人，他就會是哈利・巴靈頓爵士。但是，哈利不只希望他的好友，也就是雨果・巴靈頓的合法婚生子吉爾斯可以繼承爵位，他更迫切希望能證明亞瑟・柯里夫頓才是自己的親生父親。這樣他才有機會迎娶他心愛的艾瑪。哈利盡力不去想他接下來所要面對的六年。

□

七點鐘，號角響起，喚醒所有的囚犯。但只有在牢裡待得夠久的人，才可能一夜好眠。睡著之後，你就不在牢裡了，這是昆恩昨晚沉沉入睡前說嘟囔的一句話。這不礙哈利的事，要說打呼，史丹利舅舅的層次是昆恩望塵莫及的。

哈利在漫長無眠的一夜裡，決定了幾件事：為了安然度過這殘酷至極的虛擲光陰，「湯姆」將成為模範囚犯，希望能以優異表現換得刑期縮短。他要得到圖書室的工作，寫下日記，記錄他被判刑以前所發生的事情，以及在牢裡所面對的一切。他要讓自己保持身體健康，出獄時如果歐戰仍未結束，他就可以馬上從軍作戰。

哈利爬下床的時候，昆恩已經穿著整齊了。

「現在要怎麼做？」哈利問，彷彿是開學第一天的新生。

「早餐。」昆恩說，「穿好衣服，拿著你的盤子和馬克杯，那些混蛋一打開門鎖，你就要做好準備。要是你慢個幾秒鐘，有些獄警就會當著你的面把門關上。」哈利開始套上長褲，「走去食堂的路上，別和任何人講話。」昆恩說，「那會惹來注意，也會惹毛老鳥。事實上，在第二年開始之前，最好別和任何人講話。」

哈利差點笑起來，不過他不確定昆恩是不是在開玩笑。他聽見鑰匙插進門鎖的聲音，牢門打開來。昆恩像掙脫狗鍊的獵狗那樣往外衝，他的牢友則落後他一步。他們加入排得長長的囚犯隊伍，默默穿過平台，經過一間間敞著門的空牢房，走下旋轉樓梯到一樓，和其他獄友一起吃早餐。

距離食堂還有很長一段距離，隊伍就停住了。哈利看見服務的人身穿白色短袍，站在熱鍋後面。一名身穿白色長外套、手拿警棍的獄警監視他們，確保沒有人會多拿食物。

「又見面了，好開心哪，席戴爾先生。」隨著隊伍經過獄警前面時，昆恩輕聲說。兩人像老朋友那樣握手。這次哈利沒看見鈔票，但席戴爾先生點點頭，顯然兩人已經交易完成。

昆恩隨著隊伍前進，盤子裡裝了有一整顆蛋黃的炒蛋、一堆黑多於白的馬鈴薯，以及每人兩片的隔夜麵包。哈利趕上他的時候，他的馬克杯已經裝進半杯咖啡了。哈利一個個謝謝為他盛菜的人，彷彿是參加教區茶會的客人。而被道謝的人都很不解地瞪著他看。

「該死，」最後一個打菜的人要給他咖啡時，哈利說，「我把馬克杯忘在房間裡了。」倒咖啡的人幫昆恩把杯子裝得滿滿的。「下次別忘了。」哈利的獄友說。

「排隊不要講話！」赫斯勒的警棍一下下敲著他戴手套的手。昆恩帶哈利到長桌盡頭，和他面對面坐下。哈利好餓，狼吞虎嚥，吃光盤子裡所有的東西，包括他這輩子所吃過最油膩的蛋。他甚至想要舔舔盤子，這讓他想起好友吉爾斯有一天曾經做過的事。

哈利和昆恩吃完這僅只費時五分鐘的早餐，再次爬上旋轉樓梯，回到頂樓。牢門一關上，昆恩就洗洗盤子和馬克杯，整整齊齊擺在床底下。

「要在一坪的小房間裡待上幾年，你就得學會利用每一吋空間。」他解釋說。哈利照著做，心想，要到什麼時候，才能輪到他來指點昆恩呢？

「接下來呢？」哈利問。

「分配工作。」昆恩說，「我會和席戴爾一起待在廚房，但他們會不會把你分到圖書室還不知道，這要看今天是誰值班。問題是，我的現金用完了。」昆恩幾乎什麼話都沒再說，直到牢房門再次開啟，赫斯勒出現在門口，警棍還是敲著他戴手套的掌心。

「昆恩，」他說，「馬上去廚房報到。布拉德蕭，去九號站，和其他區域的清潔工一起。」

「我希望能在圖書室工作，赫斯——」

「我才不鳥你希望什麼咧，布拉德蕭。」赫斯勒說，「我是牢房管理人，要做的就是維護這裡的秩序。你星期二、星期四、星期天的六點到七點可以到圖書室，就和其他受刑人一樣。聽清楚了沒？」哈利點點頭。「你不再是軍官了，布拉德蕭。你就只是個犯了罪的人，和這個地方的其他人一樣。別浪費你的時間去想要怎麼賄賂我。」他一說完就走到下一間牢房去。

「赫斯勒是少數幾個沒辦法賄賂的獄警。」昆恩輕聲說，「你唯一的希望是史旺森先生，他是典獄長。只要記得，他自以為是知識份子，這意思大概是他能寫書寫體吧。他也是個浸信會的基本教義信徒。哈利路亞！」

「我什麼時候能有機會見到他？」哈利問。

「隨時都有可能。一定要讓他知道你想去圖書室工作，因為每個新囚犯只能見他五分鐘。」

哈利癱坐在木椅上，頭埋在手裡。若不是傑克斯答應給他媽媽一萬美金，他就該利用這五分鐘，把他是怎麼淪落到拉文翰來的事實告訴典獄長。

「同時，我會想辦法先把你弄到廚房去，」昆恩又說，「你應該會希望這樣，因為這比當清潔工好多了。」

「謝謝。」哈利說。昆恩不需要有人帶路，就匆匆走向廚房了。哈利走下樓梯到一樓，去找九號站。

十二個第一次坐牢的菜鳥站在一起，等待指示。拉文翰並不鼓勵積極進取，因為那既有帶來叛變的可能，也暗示囚犯可能比獄警還聰明。

「給桶子裝滿水，然後拿起你們的拖把。」赫斯勒說。他在夾紙板上給哈利的名字打個勾，微笑說：「布拉德蕭，你最後一個到，所以接下來一個月，你負責掃廁所。」

「我又不是最後一個到的。」哈利抗議。

「我認為你是，你就是。」赫斯勒說，臉上的微笑始終沒消失。

哈利給水桶裝滿冷水，抓起拖把。不必有人指點，他也知道那地方在哪裡，因為遠遠隔著幾十步的距離，就聞得到臭味。一踏進這間地上有三十個坑的方正大屋，他就開始反胃。他捏住鼻子，但還是不時得要走到戶外呼吸一下空氣。赫斯勒站得遠遠的，不住發笑。

「你會習慣的，布拉德蕭，」他說，「遲早。」

哈利很後悔自己早餐吃了那麼多，因為不到幾分鐘就吐光了。過了大概有一個鐘頭，他聽到另一名獄警喊他的名字：「布拉德蕭！」

哈利蹣跚走出廁所，臉色白得像張紙。「我是。」他說。

「典獄長要見你，快點……」

哈利每多走一步，就能呼吸得更長一點，走到典獄長辦公室時，覺得自己差不多恢復人形了。

「在這裡等著，叫你再進去。」那名獄警說。

兩名囚犯之間有個空位，哈利一坐下，那兩人馬上就轉開頭。這也不能怪他們。不斷有囚犯進來出去，他努力想集中思緒。昆恩說得沒錯，典獄長的接見只有五分鐘，有些甚至更短。在分配給每個人的有限時間裡，哈利一秒鐘都不能浪費。

「布拉德蕭。」獄警叫他，打開門，站到一旁讓哈利進到典獄長辦公室。哈利決定不要太靠近史旺森先生，離那張皮面大辦公桌幾步的距離。儘管典獄長坐著，但哈利看得出來，他身上的獵裝上衣中間的那顆釦子無法扣得上。他染黑頭髮，想讓自己看起來年輕一些，結果卻只顯得有點可笑。布魯特斯是怎麼說凱撒的虛榮心？為他獻上花冠，讚美他，把他捧得像天神一樣，他就會垮台。

史旺森打開布拉德蕭的檔案，研究了幾分鐘，才抬頭看哈利。

「你因為逃兵被判刑六年，我以前沒碰過這樣的案例。」他坦白說。

「是的，長官。」哈利說，他的時間寶貴，一秒都不能浪費。

「不必白費功夫說你是無辜的。」史旺森繼續說，「因為無辜的機率只有千分之一，所以你的贏面很低。」哈利不得不微笑。「但是如果你保持得乾乾淨淨的，」——哈利想起廁所——「不惹麻煩，我覺得你就可以在這裡好好服完六年刑期。」

「謝謝您，長官。」

「你有特別的興趣嗎？」史旺森問，但臉上的表情擺明著是哈利不管說什麼，他都沒有興趣。

「閱讀、藝術欣賞，還有合唱，長官。」

典獄長很不相信地瞄了哈利一眼，不知道哈利是不是在挖苦他。他指著掛在他背後牆上的一幅字問：「你可以告訴我下一行是什麼嗎，布拉德蕭？」

哈利看了那幅字：「我要向山舉目」。他默默感謝愛蓮諾．蒙岱小姐，以及他以前在合唱練習所花的時間。「我的幫助從何而來，從上帝而來。聖經詩篇第一百二十一篇。」

典獄長露出微笑，「告訴我，布拉德蕭，你最喜歡的作家是誰？」

「莎士比亞、狄更斯、奧斯汀、特羅洛普、湯瑪斯．哈代。」

「我國的作家都不夠好？」

哈利真想痛罵自己，竟然犯這麼明顯的錯誤。他瞄了一眼典獄長書只擺了半滿的書架。

「不，」他說，「我認為費茲傑羅、海明威、史坦貝克是美國最出色的當代作家。」他希望自己沒唸錯這幾個名字。他暗自下定決心，下次再見到典獄長之前，一定要讀完《人鼠之間》。

微笑再次回到史旺森唇邊，「赫斯勒先生分配給你什麼工作？」他問。

「樓區清潔，雖然我比較想在圖書室工作，先生。」

「真的嗎？」典獄長說，「那我來看看那裡還有沒有缺。」他當著他的面寫了一張字條。

「謝謝您，長官。」

「有沒有缺，下午會有人通知你。」典獄長闔起檔案說。

「謝謝您，長官。」哈利又說一遍。他迅速離開，警覺到自己在典獄長辦公室裡待了不止五分鐘。

一踏上走廊，值班的獄警就帶他回到樓區。哈利很慶幸赫斯勒不在。清潔隊已經打掃到二樓，他趕緊加入他們。

早在午飯鈴聲還沒響起很久之前，哈利就已經筋疲力盡了。他排隊等著領菜，看見昆恩已經在櫃檯後面，為獄友提供服務了。他在哈利盤子裡舀進超多的馬鈴薯和煮得過熟的肉。哈利一個人在長桌坐下，慢慢吃午飯，很擔心下午赫斯勒再次出現時，又會把他派去掃廁所，那麼他的午餐就又要吐個精光了。

哈利回隊上報到的時候，當班的已不是赫斯勒，這名獄警派了另一個菜鳥囚犯去掃廁所。哈利一整個下午都在掃走廊，清垃圾桶，滿腦子想的都是，典獄長會不會把他重新分派到圖書室去。要是沒有，哈利就得指望到廚房工作。

晚餐之後，昆恩回到牢房。他臉上的表情讓哈利清楚知道，自己沒辦法和朋友一起工作了。

「洗碗的工作還有個空缺。」

「我去。」哈利說。

「可是席戴爾一報上你的名字，赫斯特就否決。說你至少得先在樓區清掃三個月，他才考慮把你調到廚房去。」

「這人是有什麼毛病？」哈利絕望地說。

「據說啊，他曾經想加入海軍，但是沒通過考試，才來監獄工作。所以啊，布拉德蕭上尉非得吃點苦頭不行。」

4

接下來的二十九天，哈利都在打掃A區的廁所，直到有個更晚入獄的菜鳥出現在樓區，赫斯勒才終於對哈利鬆手，讓另一個傢伙痛不欲生。

「那人真是有病，」昆恩說，「席戴爾還是想調你去廚房，但他不肯放人。」哈利默不作聲。「不過也不全是壞消息，」昆恩說，「因為我聽說圖書室副管理員安迪．薩瓦多利獲得假釋，下個月就會出獄，而且更棒的是，好像沒有人想要這份工作。」

「狄金斯會想要的，」哈利輕聲說，「那我要怎麼做才能得到這份工作？」

「什麼也不必做。事實上呢，你要照著赫斯勒的方法來玩，裝出一點都不感興趣的樣子。因為我們都知道典獄長是支持你的。」

接下來的這個月無比漫長，每一天感覺上都比前一天更長。哈利每個星期二、星期四和星期天的六點到七點之間，都到圖書室去，但資深圖書管理員麥克斯．勞德的態度，讓他覺得勞德一點都不考慮讓他接這個工作。薩瓦多利口風很緊，雖然他顯然知道一些內情。

「我不認為勞德想讓我去當他的副手。」有天晚上熄燈之後，哈利說。

「勞德沒資格說什麼，」昆恩說，「這事是典獄長說了算。」

但哈利不信，「我懷疑赫斯勒和勞德合謀，不讓我得到那個工作。」

「你這是……偏……呃……什麼來著？」昆恩說。

「偏執狂。」

「沒錯，你就是這樣，不過我也不太確定這個詞是什麼意思就是了。」

「因為沒有根據的懷疑而痛苦不已。」哈利說。

「這正是我的意思！」

哈利並不認為自己的懷疑毫無根據，因為一個星期之後，薩瓦多利把他拉到一旁，證實了他的恐懼。

「赫斯勒提報了三個犯人給典獄長挑選，但是名單上沒有你的名字。」

「那就沒辦法了，」哈利用力捶自己的腿，「我得要永遠當清潔工了。」

「倒也不見得。」薩瓦多利說，「我要出獄的前一天，你來找我。」

「可是到那個時候已經來不及了。」

「我不認為，」薩瓦多利說，但沒多加解釋。「同時，仔細讀這本書，一頁一頁認真讀。」

他交給哈利一本很少借出圖書室的厚重皮面精裝書。

□

哈利坐在自己的上層床位上，翻開總共兩百七十三頁的監獄手冊。還讀不到六頁，他已經開始做筆記。還沒開始讀第二遍，他心裡已經有了一個計畫。

他知道自己的時間很有限，而且兩個行動都必須預習，特別是在布幕揭起的那一刻，他必須確保自己站在舞台上。他現在知道，他的計畫必須在薩瓦多利獲釋之後才能進行，雖然那時已經有人被指派到圖書室工作了。

哈利在牢房裡正式預習時，昆恩說他不只有偏執狂，而且是瘋了，因為，昆恩保證，他的第二場表演不會有半個觀眾。

□

典獄長每個星期一上午巡視牢房，一次一個區域，所以哈利知道，典獄長要在薩瓦多利出獄的三個星期之後，才會再度出現在A區。史旺森的巡視路線向來相同，所以犯人們都知道，如果不想受皮肉之苦，在他巡視的時候最好躲著別讓他看見。

這個星期一上午史旺森走上A區的頂樓時，哈利拿著拖把迎上前去。赫斯勒在典獄長後面揮著警棍，警告布拉德蕭，要是還想活命，就滾開。哈利沒畏縮，逼得典獄長別無選擇，只能停下腳步。

「早安，典獄長。」哈利說，彷彿他們是偶然碰上。

在巡視的時候碰上犯人，讓史旺森很意外，但他更意外的是，這名囚犯還開口對他講話。他更仔細看看哈利，「你是布拉德蕭吧？」

「您記性真好，長官。」

「我還記得你喜歡文學。你拒絕當圖書室副管理員，讓我很意外。」

「從來沒有人給我這個工作，」哈利說，「如果有，我肯定會歡天喜地接受。」這句話顯然讓典獄長很意外。

史旺森轉頭對赫斯勒說：「你告訴我說布拉德蕭不想要這個工作的。」

赫斯勒還來不及回答，哈利就搶著說：「很可能是我的錯，長官。我不知道我得要主動去申請這個工作。」

「原來如此，」典獄長說，「這樣就解釋得通了。我告訴你，布拉德蕭，新來的那個人連柏拉圖（Plato）和冥王（Pluto）都搞不清楚。」哈利噗嗤笑出來，而赫斯勒還是緊抿嘴唇。

「這兩個字還真像呢。」哈利說。典獄長就要繼續往前走了，但哈利還沒準備罷手。他知道，他從口袋裡掏出信封，交給典獄長的時候，赫斯勒肯定會氣到爆炸。

「這是什麼？」史旺森狐疑地問。

「是一封正式的請求信，要求行使刑法第三十二條所賦予我的權利，在上級單位下個月來進行定期訪視時與他們談話。我同時也寄了副本給我的律師賽芬頓．傑克斯先生。」典獄長頭一次露出憂心的神色。赫斯勒快控制不了自己的脾氣。

「你要提出申訴嗎？」典獄長審慎地問。

哈利盯著赫斯勒看了一會兒，才回答說：「根據第一一六條，我有權在獄方人員不在場的情況下與上級人員談話，我相信您一定很瞭解，典獄長。」

「是啊，當然，當然，布拉德蕭。」典獄長說，略微有點臉紅。

「不過，我要告訴上級人員的是，在我們每天的生活裡，您都讓我們體會到文學與宗教的重要性。」哈利讓開，讓典獄長可以繼續他的巡視行程。

「謝謝你，布拉德蕭，」他說，「你真是好樣的。」

「我們待會見，布拉德蕭。」赫斯勒咬牙切齒地說。

「我很期待。」哈利說，聲音大得讓史旺森先生也聽得見。

□

哈利攔住典獄長的事，是犯人們在排隊領晚餐時議論紛紛的大話題。這天晚上昆恩從廚房回來之後，警告哈利說，有人謠傳，晚上熄燈之後，赫斯勒很可能就會來要他的命。

「我想不會，」哈利平靜地說，「你知道，霸凌只是銅板的一面，另一面就是懦弱。」

昆恩一臉不信的樣子。

哈利不須等待太久就可以印證自己的論點正不正確，因為才剛熄燈不久，牢房門就打開來，赫斯勒走進來，警棍依舊敲著掌心。

「昆恩，出去。」他說，眼睛仍然緊盯哈利。愛爾蘭佬匆匆跑到外面，赫斯勒就關上門，說：「我等這一天已經等很久了，布拉德蕭。你今天就會知道，你全身上下總共有多少根骨頭。」

「我不這麼想，赫斯特先生。」哈利毫不畏縮。

「你以為誰會來救你？」赫斯勒欺近一步說，「這個時間，典獄長可不會趕來救你。」

「我不需要典獄長，」哈利說，「在你有可能獲得升遷的這個時間不需要。」他迎上赫斯勒的目光，「我有可靠的情報來源，下個星期二下午兩點鐘，上級人員要見你。」

「那又怎樣？」赫斯勒說，距哈利只一呎不到。

「你顯然忘了，那天早上十點鐘，我要去見上級人員。其中總會有人覺得好奇，為什麼我在大膽和典獄長說過話之後，身上就斷了好幾根骨頭。」赫斯勒的警棍重重敲在上鋪床沿，距哈利的臉只有幾吋。但哈利並不畏懼。

「當然，」哈利又說，「你也可能想一輩子都當個管理樓區的小獄警，但我不認為是這樣，因為就算是你，也不會蠢得毀了你自己的升遷機會。」赫斯勒再次舉起警棍，但遲疑了一下，因為哈利從枕頭下抽出一本厚厚的書。

「我已經列出一張清單，列舉你過去一個月來所違反的規定，赫斯勒先生，有些還犯了好幾次。我相信上級人員會覺得有興趣看一看。今天晚上我會再加上兩條：在牢房門關上之後與囚犯獨處，這違反了第四一九條，以及在囚犯無力自衛的情況下進行肢體脅迫，這違反五一二條。」

赫斯勒後退一步。「但是我相信上級在考慮你的升遷案時，最感興趣的問題會是，你為什麼會在海軍待這麼短的時間就離開？」赫斯勒臉上血色盡失。「肯定不是因為你申請當軍官的時候沒能通過考試。」

「是誰多嘴？」赫斯勒說，但聲音小得近乎耳語。

「你以前船上的同袍，他很不幸的淪落到這裡來。你為了讓他閉嘴，所以讓他去當圖書室副管理員。我想也是。」

哈利把他這個月的記錄成果交給赫斯勒，沉默了一會兒，讓赫斯勒能消化最後的這一個消息，然後才說：「我會守口如瓶，直到我獲釋的那天——當然，除非你給了我不這麼做的理由。如果你敢再碰我一下，我保證，你很快就會被踢出獄警工作，比你被踢出海軍還快。我說得夠清楚了嗎？」赫斯勒點點頭，但沒說話。「而且，只要你敢再找任何倒霉的菜鳥麻煩，我們的交易就一筆勾消。滾出我的牢房吧。」

5

哈利當圖書室副管理員的第一天，上午九點鐘，勞德站起來招呼他。哈利這才發現，他以前從沒見過這個人站起來。勞德比他預期來得高，超過六呎（約一八三公分）。儘管監獄裡的伙食油膩不健康，他卻很瘦，而且是少數幾個每天刮鬍子的囚犯之一。滿頭烏亮的頭髮往後梳，看起來不像個被判五年徒刑的詐欺犯，反倒像個偶像明星。昆恩不清楚他犯罪的細節，也就是說，除了典獄長之外，沒有人知道完整的來龍去脈。監獄裡的規則很簡單：獄友若不自願說出入獄的原因，你也就不問。

勞德告訴哈利每日工作流程，也就是每天晚上圖書管理員去吃晚餐的時候，就由新來的圖書室副管理員坐鎮。接下來幾天，哈利不斷問勞德問題，諸如怎麼收回逾期的借書、罰款，以及如何鼓勵受刑人出獄時捐出自己的書給圖書室，而這些問題是勞德連想都沒想過的，也幾乎沒有答案。所以哈利最後只好回到自己的辦公桌，躲在《紐約時報》後面。

雖然拉文翰有將近一千名囚犯，但是能讀能寫的不到十分之一，而就算是識字的人，也很少費事在星期二、星期四或星期日來圖書室借書。

哈利沒多久就發現麥克斯·勞德這人很懶，而且很狡猾。對於新來的這位副管理員提出的新創意，除非不增加他額外的工作，否則向來置之不理。

勞德最主要的工作似乎是隨時煮上一壺咖啡，以防萬一有任何長官大駕光臨。典獄長看完的《紐約時報》會在隔天早上送到圖書室，勞德總是一整個早上都坐在辦公桌後面，先翻到書評版，讀完之後翻到分類廣告版，接著才看新聞，最後是體育版。午飯之後，就開始玩填字遊戲。要再到隔天早上，才輪到哈利看。

哈利讀的是兩天前的報紙。他總是從國際新聞開始看，因為他想知道歐洲戰事的進展。他因而知道法國被侵略，納維爾・張伯倫辭去首相職位，由溫斯頓・邱吉爾繼任。邱吉爾並不是各方認為的最佳人選，但是哈利永遠忘不了邱吉爾在布里斯托文法學校頒獎時的致詞。邱吉爾是領導英國的絕佳人選，哈利一點都不懷疑。他每每怨憤有加，很氣自己是美國監獄裡的圖書室副管理員，而不是皇家海軍的軍官。

但到每天的最後一個鐘頭，就連哈利也找不到任何事情可做了，於是就拿出日記來寫。

□

哈利花了一個月的工夫，把所有的書按正確的分類歸位：第一類是虛構類，第二才是非虛構類。第二個月，他做出更細的分類，如此一來，受刑人就不必在滿架子的書裡找僅有三本的木工書籍。他對勞德說，非虛構書籍的分類很重要，不能只是按作者名字排序。但勞德只聳聳肩。

星期天上午，哈利推著手推車走遍四個牛房區，收回逾期的借書，有些書甚至已經借出超過一年未還了。他以為D區的累犯受刑人會很凶狠，甚至會很不滿他入侵地盤，結果他們都很想見見這個讓赫斯勒被轉調到派爾波恩特的人。

上級官員接見哈利之後，赫斯特轉調到派爾波恩特擔任高一級的工作。赫斯特接受升遷，因為那裡離他家比較近。儘管哈利從未提起他和赫斯勒轉調的事有關，但是透過昆恩的口耳相傳，哈利的這個故事已成為獄中傳奇。

穿梭各個牢區尋找遺失書籍的過程裡，哈利也聽到很多傳聞軼事，可以記入他的日記裡。典獄長偶爾會到圖書室來，特別是因為哈利在上級官員面前力讚史旺森先生勇於支持受刑人接受教育，而且很有開創力和遠見。哈利很難相信，這些言過其實的讚美，竟然能讓史旺森先生如此開心。

哈利在圖書室工作三個月之後，圖書出借率上升了百分之十四。他問典獄長，是不是可以在晚間籌辦識字班。史旺森本來有點猶豫，但哈利又講了一遍「勇於支持，很有開創力和遠見」之後，他就讓步了。

哈利的第一堂課，只有三名受刑人參加，包括派特．昆恩，儘管他本來就已經會讀會寫了。但到第二個月月底，全班已經有十六個人，雖然其中有些人只是為了能在夜裡離開牢房一個鐘頭，而不惜做任何事情。但是哈利想辦法在年輕的受刑人裡取得一些成就，並不時提醒他們，並不是因為你沒上「對的」學校或根本沒上學，就代表你很笨——恰恰相反，昆恩總是這樣告訴他。

儘管哈利增加了這麼多額外的工作，但他還是覺得空閒的時間很多，所以規定自己一個星期必須讀兩本新書。努力讀完圖書室裡為數不多的美國經典文學之後，他開始讀犯罪推理，因為這是截至目前為止，他的獄友們最愛的一種類型，在圖書室的十九個書架裡佔了七架。

哈利向來喜歡柯南・道爾，也很希望能見識一下道爾的美國對手。他從厄爾・史坦利・賈納德的小說開始，接著又讀雷蒙・錢德勒的《大眠》。他很喜歡他們的作品，因而有點罪惡感。霍康畢老師會怎麼說呢？

圖書室關門之前的最後一個鐘頭，哈利還是用來寫他的每日紀事。有天晚上，勞德看完報紙之後，問他要不要看，他嚇了一跳。哈利知道勞德還沒入獄之前，是紐約的文學經紀人，這也是他能得到圖書室工作的原因。他有時會提到他所代理的作家，但大部分哈利連名字都沒聽過。勞德只有一次提起自己是怎麼入獄的，而且還不停瞥著門口，確定沒有人偷聽。

「運氣不好，」勞德說，「我本來是好意，幫客戶拿錢去投資股票，但情況不如預期，我就被迫負起責任。」

那天晚上，他告訴昆恩這件事時，昆恩的眉毛挑得老高。

「我看哪，他八成是把錢花在跑不快的老馬和花費太凶的女人身上啦。」

「那他幹嘛對我透露這麼多，」哈利問，「既然他從來不對任何人提起自己入獄的原因？」

「你有時候真的很天真耶，」昆恩說，「勞德知道透過你傳話，我們會比較可能相信他的說法。你千萬別和這個人談什麼交換條件，因為他每隻手都有六根手指——」哈利這天晚上記載下這個形容「扒手」的新說法。但是他對昆恩的建議卻沒怎麼放在心上，因為除了典獄長進來時該由誰倒咖啡之外，他實在想像不出來自己有和麥克斯・勞德交換條件的任何可能性。

□

在拉文翰待滿一年時，哈利的監獄生活觀察日記已經寫滿三本練習簿了，不禁忖思，在服完刑期之前，他還要寫多少頁的日記。

讓他意外的是，勞德對他的日記表現出高度的興趣，總是急著想讀下一部分。他甚至還建議代哈利拿給出版社看看。哈利聽了哈哈大笑。

「很難相信有人會對我的喃喃自語感興趣。」

「你會很意外的。」勞德說。

艾瑪．巴靈頓 1939–1941

6

「塞巴斯汀．亞瑟．柯里夫頓。」艾瑪說，把熟睡的孩子交給他的奶奶。

梅西第一次把孫子抱在懷裡，露出喜悅的笑容。

「他們把我送到蘇格蘭，也不肯讓我在啟程之前來看您。」艾瑪一點都不掩飾自己的氣憤，「所以我一回布里斯托，就打電話給您。」

「你太貼心了。」梅西說。她仔細端詳懷裡的小男孩，想要讓自己相信他遺傳了她丈夫的金頭髮與澄藍眼睛。

艾瑪坐在餐桌旁，喝著茶。是伯爵茶，梅西就是會記得這樣的細節。還有哈利最愛的小黃瓜鮭魚三明治，這些茶點想必用光了她的食糧配給。艾瑪環顧四周，目光停駐在壁爐架上，那裡有張發黃的照片，是個第一次世界大戰的二等兵。艾瑪好希望能看見他頭盔底下的頭髮顏色，或者是他眼睛的顏色。是藍色的，像哈利，或者是褐色的，像她自己？身穿軍服的亞瑟．柯里夫頓看起來英勇強健。方正的下巴，堅定的眼神，讓艾瑪知道他必定以為國奉獻為榮。她的目光移向更新的照片，有一張是哈利變聲之前加入聖貝迪合唱團時拍的。這張照片旁邊，靠在牆上的是一個信封，上面的字跡她怎麼也不會錯認，絕對是哈利寫的。她認為那應該是他喪命之前寫給母親的最後一封信，不知道梅西會不會願意讓她看看。她站起來，走到壁爐架前，很詫異地發現信封上並沒有郵票。

「聽說你不得不離開牛津，我覺得很遺憾。」梅西開口說，因為她看見艾瑪盯著那個信封。

「要繼續念完學位，還是要為哈利生下孩子，這根本就不需要選擇。」艾瑪說，但眼睛還是盯著信封不放。

「華特爵士告訴我，令兄吉爾斯加入韋塞克斯軍團，很遺憾的——」

「我看見有封哈利寫給您的信，」艾瑪克制不了自己，打斷了梅西的話。

「不，那不是哈利寫的。」梅西說，「是和哈利一同在《得文郡號》上工作的湯瑪斯・布拉德蕭上尉寫的。」

「布拉德蕭上尉為什麼要寫信給您？」艾瑪說，發現那個信封並未打開。

「我也不知道，」梅西說，「是華歷斯醫師送來的，說是一封慰問信。我不覺得我需要任何人再來提醒我哈利死了。我沒打開。」

「但是這封信不也可能讓我們知道《得文郡號》上發生了什麼事嗎？」

「我很懷疑，」梅西回答說，「畢竟，他們才認識沒幾天。」

「可不可以讓我唸給您聽，柯里夫頓夫人？」艾瑪問，意識到梅西可能羞於承認自己不識字。

「不用了，謝謝你，親愛的，」梅西回答說，「反正這也不會讓哈利回來，不是嗎？」

「我同意，」艾瑪說，「但您或許願意為了我內心的平靜，准許我讀這封信？」她說。

「那天晚上德軍以船塢為攻擊目標，」梅西說，「希望沒對巴靈頓公司造成太大損失。」

「我們沒被直接攻擊，」艾瑪說，不得不接受事實，知道梅西不會容許她讀這封信。「不瞞您說，我還真懷疑德國人敢對爺爺丟炸彈呢。」

梅西笑起來，有那麼一會兒，艾瑪考慮要在梅西來不及阻止之前，一把搶過信封，撕開來。但哈利絕對不會認可這樣的行為。要是梅西離開房間，就算只是一下下，艾瑪就可以用冒著蒸氣的水壺打開信封，查看簽名，然後在梅西回來之前把信擺回原處。

然而，梅西像洞悉她的想法似的，留在壁爐架旁，一步也不離開。

「爺爺覺得我做得很對。」艾瑪說，也不肯放棄。

梅西臉微紅，開始聊起她在華麗飯店的新職位。艾瑪的眼睛還是盯著信封看。她仔細看著地址上的一個個字母：L、C、S和H，知道她必須在回到莊園宅邸之前把這些字母像照片一般牢記於心。梅西把塞巴斯汀交還給艾瑪，說很抱歉，她得趕回去上班了。艾瑪很不情願地起身，但還是瞥了信封最後一眼。

回莊園宅邸的路上，艾瑪很努力在心中回想那些字母，還好塞巴斯汀睡得很熟。車子停在門階前的碎石道上，亨德森打開後車門，讓艾瑪下車，抱著兒子走進家門。她把他抱進嬰兒房，巴靈頓家的奶媽已經等在這裡了。讓奶媽意外的是，艾瑪匆匆親吻兒子的額頭，一句話也沒交代的就走了。

艾瑪回到自己的房間，馬上打開書桌上了鎖的中間抽屜，拿出這些年來哈利寫給她的一大疊信。

她先查看的是哈利簽名的大寫「H」，平順大膽的筆劃，和梅西那封未打開的信封地址上的H一模一樣。這讓她有了信心繼續追查。下一個要找的是大寫的C，她最後在一張聖誕卡上找到Merry Christmas（聖誕快樂），不只有C，還有M。這C和M都和信封上寫的柯里夫頓夫人（Mrs. Clifton）一模一樣。哈利一定還活著，艾瑪一遍又一遍大聲說。找到地址上的「布里斯托」（Bristol）很容易，但要找到「英格蘭」（England）就難多了。後來終於找到他們還在念書時，哈利從義大利寫給她的信。艾瑪花了一個多鐘頭，才找齊這三十九個字母與兩個數字，重現信封上的收信人與地址：

Mrs. M. Clifton
27 Still House Lane
Bristol
England

（英格蘭布里斯托市靜宅巷二十七號，柯里夫頓夫人收）

艾瑪筋疲力竭癱倒在床上。她不知道湯瑪斯．布拉德蕭是什麼人，但有件事是肯定的：梅西家壁爐架上那封未打開的信，肯定是哈利寫的，但不知為了什麼原因，或許只有他自己知道的原因，他並不希望她知道他還活著。她很想知道，要是他啟程前知道她已經懷了他的孩子，會不會有不同的想法。

艾瑪迫不及待想告訴媽媽、爺爺、葛芮絲和梅西，哈利還活著。但她知道，在掌握比這封未開啟的信更具體的證據之前，她必須保持沉默。一個計畫在她心裡悄悄成形。

二

這天晚上，艾瑪沒下樓吃晚飯，留在房間裡，想搞清楚哈利為什麼希望除了媽媽之外的其他人都以為他死了。苦苦思索到將近午夜上床時，她只能推斷他是出於榮譽心。他這個愚蠢、可憐、實事求是的傢伙，以為這樣可以讓她得到解脫，讓她不再覺得對他負有義務。他難道不明白，打從十歲那年，在哥哥的慶生會看到他的第一眼起，她生命中就再也沒有其他男人？

八年之後，艾瑪和哈利訂婚，艾瑪的家人都非常開心，除了她父親之外。她父親長年以來揣著一個直到他們結婚之日才被揭穿的謊言。她和哈利站在祭壇前，正要交換信物，老傑克卻站起來，讓這場婚禮不按彩排的程序，出乎意料地結束了。艾瑪的父親可能也是哈利的父親，這個真相的揭露並沒有讓她停止再愛哈利。她對哈利的愛永遠不渝。哈利表現出君子風範，而艾瑪的父親卻現出惡棍的本性，沒有人覺得意外。他們一個站起來面對現實，而另一個卻從後門溜走，再也不見人影。

哈利開口向艾瑪求婚之前很久，就說得很清楚，只要戰爭爆發，他會毫不遲疑地離開牛津，加入皇家海軍。即使是在最平安無事的狀況下，他都是個頑固的人，更何況橫亙在眼前的是最慘的情況。艾瑪知道勸他也沒用，因為不管怎麼說怎麼做，她都無法讓他改變心意。他也警告過她，除非德國投降，否則他是不會回牛津復學的。

艾瑪同樣也中輟了牛津的學業，但和哈利不同的是，她別無選擇。對她而言，已經沒有復學的機會了。桑默維爾學院不認可懷孕這件事，更別說是未婚懷孕了。這個決定想必讓她媽媽心碎。伊麗莎白．巴靈頓一心期待女兒能完成她當年只因性別因素而無法拿到的學位。一年之後，媽媽眼中終於再次閃現罕見的光彩，因為艾瑪妹妹拿到劍橋大學格頓學院的獎學金，而且從開學的第一天起，就比同窗最聰明的男同學還出色。

艾瑪懷孕的事再也無法隱瞞之後，她就被送到蘇格蘭的外公家待產，生下哈利的孩子。巴靈頓家不會有非婚生子，至少在布里斯托沒有。在這個未能守貞的女兒獲准回莊園宅邸之前，塞巴斯汀只能在城堡裡爬來爬去。伊麗莎白要他們在戰爭結束前留在穆爾吉瑞，但是艾瑪受夠了躲在蘇格蘭偏僻城堡的日子了。

回到布里斯托，她首先去看爺爺華特．巴靈頓爵士。當初是爺爺告訴她說哈利到《得文郡號》上當船員，打算日後到皇家海軍《決心號》當個普通水手。哈利未再歸來，六個星期之後，她才知道心愛的人已葬身大海。

華特爵士親自去探訪家人，一個個通知他們這個噩耗。他第一個拜訪的是柯里夫頓太太，雖然他知道她已經從華歷斯醫師那裡知道事發經過了，因為華歷斯醫師帶來一封湯瑪斯．布拉德蕭託轉的信。他的第二站是到蘇格蘭告知艾瑪。華特爵士很意外，因為孫女一滴眼淚都沒掉，但這只是因為艾瑪不肯相信哈利已經離開人世。

回到布里斯托之後，華特爵士下一個通知的人是吉爾斯。哈利的這位好友陷入沉默，無論家人說什麼或做什麼，都無法撫慰他。哈維爵爺與夫人聽說哈利的死訊時，表現得很堅強。一個星期之後，全家人一起去布里斯托文法學校參加傑克·塔蘭特上尉的紀念會時，哈維爵爺說，他很慶幸老傑克不必知道發生在自己愛徒身上的事。

華特爵士唯一不肯去探望的家人是他的兒子雨果。他當時的藉口是不知道怎麼和雨果聯繫，但艾瑪回到布里斯托之後，他告訴孫女，就算他知道，也不願費事去通知他。更何況，雨果可能是唯一一個很高興哈利已不在世間的人。艾瑪什麼也沒說，但心裡對他說的話深信不疑。

到靜宅巷拜訪梅西之後的幾天來，艾瑪每天把自己關在房間裡許久，不停思索該拿這個新發現怎麼辦。結論是，她不可能在不破壞和梅西關係的情況下，得知已在壁爐架上擱了一年的那封信究竟寫了什麼的。然而，艾瑪也下定決心，不只要向全世界證明哈利還活著，而且還要找出他人在哪裡。揣著這個心思，她又約了時間要去看爺爺。畢竟，除了梅西之外，只有華特爵士見過華歷斯醫師，要解開湯瑪斯·布拉德蕭的謎團，他是她最大的機會。

7

爺爺從小在艾瑪心中灌輸的一個觀念就是：和人約好時間絕對不能遲到。他告訴她，遲到會給人壞印象，這樣別人就不會認真看待你。

秉持這個訓示，這天早上艾瑪九點二十五分離開莊園宅邸，九點五十二分穿過巴靈頓船廠大門。九點五十四分，車子停在巴靈頓大樓外面。等她踏出電梯到五樓，穿過走廊到董事長辦公室時，還差兩分鐘就十點。

華特爵士的秘書碧爾小姐打開他辦公室的門時，他壁爐架上的時鐘開始敲響十點的鐘聲。董事長露出微笑，從辦公桌後面站起來，走過來迎接艾瑪，親吻她的雙頰。

「我最疼愛的孫女好不好啊？」他問，帶著她走到壁爐前舒適的椅子落座。

「葛芮絲很好，爺爺。」艾瑪說，「聽說在劍橋表現得非常出色。我代她問候您。」

「別對我這麼放肆，小姐，」他對著笑容滿面的她說，「還有塞巴斯汀，我最疼愛的曾孫，他好不好呢？」

「您只有一位曾孫啊。」艾瑪提醒他，往後靠坐在大皮椅裡。

「你沒帶他一起來，想必是有嚴肅的問題要討論。」

閒聊到此為止。艾瑪知道華特爵士給的會面時間是有限的。碧爾小姐曾經告訴她，華特爵士依據他所認為的重要性，給每位訪客十五分鐘、三十分鐘或一個鐘頭。除非是星期天，否則家人也必須遵守這個規則，沒有例外。艾瑪有很多問題必須問，所以希望他至少留了半個鐘頭給她。

艾瑪往後靠在椅背上，希望讓自己放鬆一點，因為她不希望爺爺看穿她來看他的真正原因。

「您還記不記得，」她開口說，「您親自到蘇格蘭去通知我哈利已經喪生海上的消息？當時我太震驚了，很多話都聽不進去，所以我希望您或許可以多告訴我一些他生前最後幾日的情況。」

「當然可以，親愛的，」華特爵士充滿悲憫的說，「希望我的記性還可以。你有特別想知道的事情嗎？」

「您告訴我說，哈利從牛津回來之後，就登記到《得文郡號》上去當水手。」

「沒錯。靠我的老朋友赫文斯船長幫忙。赫文斯和少數幾個人倖免於難。我最近去看他，他對哈利讚不絕口，說哈利是個英勇的年輕人，魚雷擊中他們的船之後，他並沒有只想著自己逃生，反而為了救輪機長而犧牲了自己的性命。」

「赫文斯船長也是被《堪薩斯之星號》救起的？」

「不是，他是被附近的另一艘船救起的，很遺憾，他沒能再見到哈利。」

「所以他沒有目睹哈利被海葬？」

「沒有。哈利過世的時候，身邊只有一位《得文郡號》的船員，是個美國人，名叫湯瑪斯．布拉德蕭上尉。」

「您告訴我說，有位華歷斯醫師替湯瑪斯．布拉德蕭上尉送了一封信來給柯里夫頓太太。」

「沒錯。華歷斯醫師是《堪薩斯之星號》上的主任醫官。他告訴我，他和他的團隊竭盡全力想挽救哈利的性命。」

「布拉德蕭也寫信給您了嗎？」

「沒有，只寫給哈利最親近的家人。我還記得華歷斯說的話。」

「他沒寫給我，難道您不覺得奇怪嗎？」

華特爵士沉默一晌。「你要知道，我其實沒仔細想過這件事。也許哈利從沒對布拉德蕭提起你。你也知道他這個人有多麼注重隱私。」

艾瑪也常這樣想，但她很快就提出下一個問題。「您看過他寫給柯里夫頓太太的那封信嗎？」

「沒，我沒有。但我隔天去探望她的時候，看見那封信擺在壁爐架上。」

「您覺得華歷斯醫師知道布拉德蕭在信裡寫了什麼嗎？」

「知道啊。他告訴我，這是和哈利同在《得文郡號》上工作的一位船員寫的慰問信。」

「真希望可以見見布拉德蕭上尉。」艾瑪試探地說。

「這我實在不知道怎麼安排，親愛的，」華特爵士說，「除非華歷斯醫師還和他保持聯繫。」

「您有華歷斯醫師的住址嗎？」

「只能透過《堪薩斯之星號》聯絡。」

「可是戰爭爆發之後，他們肯定不再開航到布里斯托來了。」

「除非有逗留在英國的美國人願意花大錢回家去。」

「有這麼多德國潛艇在大西洋巡行，搭船回美國不是要冒很大的風險嗎？」

「只要美國保持中立就不會，」華特爵士說，「希特勒最不願意看見的，就是德國潛艇擊沉美國載客郵輪，惹得美國向德國宣戰。」

「您知不知道《堪薩斯之星號》最近會不會再回到布里斯托來？」

「不知道，不過要查並不難。」老人從椅子裡站起來，緩緩走向辦公桌，翻開碼頭的每月航班手冊，開始一頁頁翻查。

「噢，找到了。」他終於說，「這艘船會在四個星期之內離開紐約，預計在十一月十五日抵達布里斯托。如果你想和船上的人聯絡，要提前通知，他們不會停留太久，因為在這裡有遭受攻擊的危險。」

「我可以上船嗎？」

「不行，除非你是乘客，或準備上船找工作。老實說，我看不出來你有當水手或雞尾酒服務生的能耐。」

「那我怎麼才能見到華歷斯醫師？」

「你只能在碼頭等待，希望他上岸來。經過一個星期的海上航程，幾乎每個人都會上岸的。如果他確實在這艘船上，我想你總會碰到他的。但是別忘了，艾瑪，哈利過世已經一年多了，華歷斯很可能已經不在這艘船上當船醫了。」艾瑪咬著下唇。「但是如果你希望我安排你和船長單獨見面，我很樂意——」

「不，不，」艾瑪馬上說，「這沒那麼重要。」

「如果你改變心意——」華特爵士突然意識到艾瑪認為這事有多重要。

「不，謝謝您，爺爺。」她起身說，「謝謝您撥出這麼多時間來見我。」

「再多時間也不夠，」老人家說，「我希望你更常來看我。下次一定要帶塞巴斯汀一起來。」他陪她走向門口時說。

華特爵士對孫女來看他的原因已瞭然於胸，一點都不懷疑了。

搭車回莊園宅邸途中，有句話不停在艾瑪心中盤旋。她像跳針的留聲機一樣，在心裡一而再、再而三地重複這句話。

一回到家，她就到嬰兒房陪塞巴斯汀。他哭了好一會兒，才肯從他的搖搖馬上下來。吃過午飯之後，他像隻滿足的貓，蜷起身子，沉沉入睡。保姆把他抱上床，艾瑪則找司機來。

「請載我回布里斯托，亨德森。」

「請問是布里斯托的哪裡，小姐？」

「華麗飯店。」

「你要我做什麼？」梅西說。

「教我怎麼做服務生。」

「可是為什麼？」

「我寧可不告訴您。」

「你知道這工作有多辛苦嗎？」

「不知道，」艾瑪承認，「但是我不會讓您失望。」

「那你希望從什麼時候開始？」

「明天。」

「明天？」

「是的。」

「持續多久？」

「一個月。」

「我先把事情搞清楚，」梅西說，「你想要我訓練你當服務生，從明天開始，為時一個月，但你不願意告訴我為什麼。」

「就是這樣。」

「你要領薪水？」

「不用。」艾瑪說。

「噢，這倒讓我鬆了一口氣。」

「那我什麼時候開始？」

「明天早上六點。」

「六點？」艾瑪不可置信地驚呼。

「這對你來說可能很意外，艾瑪，但我有客人要在早上七點吃早餐，八點上班，所以你必須在早上六點鐘就到你的崗位——每天早上。」

「我的崗位？」

「要是你明天早上六點之前出現了，我就會解釋給你聽。」

□

接下來的二十八天，艾瑪一天都沒遲到，很可能是因為簡勤斯每天清晨四點半就來敲她的房門，然後亨德森開車載她，五點四十五分準時在華麗飯店的員工出入口一百碼外放她下車。其他員工都叫她狄更斯小姐，而她也靠著優秀的演技，沒讓任何人看出來她是巴靈頓家的千金。

艾瑪把湯濺到客人身上，柯里夫頓太太沒給她好臉色看；而她失手在餐廳摔落一疊碟子時，柯里夫頓太太更是不假辭色。這損失通常是要從工資裡扣錢賠償的，如果她領有工資的話。艾瑪花了好一些功夫，才學會用肩膀頂開通向廚房的雙開門時，不撞到從反方向過來的其他服務生。

儘管如此，梅西不久就發現，任何的事情，她只需要交代艾瑪一次，艾瑪就不會忘記。艾瑪收拾餐桌的俐落動作，也讓梅西敬佩，雖然艾瑪這輩子從來不曾自己動手做過這類的事情。大部分實習生都要花好幾個星期才能熟悉端銀盤上菜的技巧，但艾瑪才上班兩個星期，就可以在沒有人監督協助的情況下做得很好。

第三個星期結束時，梅西心裡暗自盼著她不要離開。到了第四個星期，已經有些常客堅持要由狄更斯小姐服務，也不希望她離開。

梅西開始擔心，該怎麼對飯店經理解釋，狄更斯小姐才來一個月就要辭職。

「您可以告訴赫斯特先生，說我有了一個更好的工作機會，薪水更高。」艾瑪折好她的制服。

「他會很不高興的，」梅西說，「要是你表現得差一點，或者至少遲到個幾次，事情就會比較好辦。」艾瑪笑起來，最後一次把小白帽整整齊齊擺在摺好的衣服上。

「還有什麼需要我幫忙的嗎，狄更斯小姐？」梅西問。

「是的，麻煩您，」艾瑪說，「我需要一封推薦信。」

「又要去申請一份沒工資的工作嗎？」

「差不多，」艾瑪說。她覺得有點歉疚，不能老實把計畫告訴哈利的媽媽。

「那麼我來口述，你來寫，然後我再簽名。」她說，交給艾瑪一疊印有飯店名銜的便條紙。

「敬啟者，」梅西說，「在這段短短的時間裡——」

「我可以刪去『短短的』這幾個字嗎？」艾瑪問。

梅西笑起來。

「狄更斯小姐與我們在華麗飯店共事的這段時間，」——艾瑪寫的是「巴靈頓小姐」——「工作勤奮，效率十足，備受顧客與員工好評。她具有優異的服務生技巧，而在工作上表現出來的領悟力，更讓我相信，貴單位能僱請她為員工，非常幸運。失去她，我們很遺憾，如果她願意回到本飯店工作，我們隨時歡迎。」

艾瑪微笑著把推薦信交給梅西，梅西在「餐廳經理」四個字上方簽自己的名字。

「謝謝您。」艾瑪摟著她說。

「我不知道你想做什麼，親愛的，」艾瑪一放開手臂，梅西就說，「但無論如何，我都希望你幸運如願。」

艾瑪很想告訴他，我要去找你兒子，除非找到他，否則我絕不回來。

8

艾瑪在碼頭邊站了一個多鐘頭，才看見《堪薩斯之星號》駛進港口。但是船靠岸停妥，又是一個鐘頭之後的事了。

在等候的這段時間裡，艾瑪思索著自己所做的決定，已經開始懷疑自己究竟有沒有勇氣去完成。她極力不去想幾個月前《雅典號》沉沒的事，以及她根本抵達不了紐約的可能性。

她寫了一封長長的信給媽媽，想辦法解釋她為什麼要離開幾個星期——頂多三星期——希望媽媽能諒解。但她沒辦法寫信給塞巴斯汀，讓他知道她是要去尋找他父親的下落。她這時已經開始想念塞巴斯汀了。她不斷說服自己，她之所以這麼做，不只是為了自己，也是為了兒子。

華特爵士再次提議要介紹她認識《堪薩斯之星號》的船長，但是艾瑪很有禮貌的婉謝了，因為她打算讓自己隱姓埋名。華特爵士大略描述過華歷斯醫師的外貌，但這天早上並沒有任何長得稍微相仿的人下船來。然而，華特爵士還是提供了一些很有價值的情報。《堪薩斯之星號》當天晚上就將乘著海潮啟航，事務長每天下午兩點到五點通常都會在辦公室裡填啟航表格。更重要的是，船員以外的人員聘僱，都由事務長負責。

艾瑪在前一天寫信謝謝爺爺的協助，但她還是沒讓他知道自己的計畫，雖然她隱隱覺得他已經知道了。

巴靈頓大樓的鐘敲響兩點鐘時，華歷斯醫師還是不見蹤影，艾瑪拎起她的小行李箱，認定這是踏上舷梯的時機了。她緊張地踏到甲板上，碰見第一個穿制服的人，就問事務長辦公室在哪裡，那人答說在下甲板靠船尾的地方。

她瞥見有個乘客走下一道寬闊的樓梯，沒了蹤影，於是也跟著走下樓梯，到她認為就是下甲板的地方。但她完全沒概念，不知道哪裡是船尾，所以她就跟著人龍在詢問櫃檯前排隊。

櫃檯後面站著兩個女孩，身穿深藍制服搭白上衣。她們想辦法保持微笑，回答每一名乘客的問題。

「有什麼可以為您服務的嗎，小姐？」艾瑪終於排到時，其中一個女孩問。這女孩顯然以為她也是乘客，事實上，艾瑪也考慮過付錢買船票到紐約，只是後來決定，如果她和船員一起工作，比較容易打探出她想知道的消息。

「請問事務長的辦公室在哪裡？」她問。

「在那個艙梯右邊過去的第二扇門，」女孩回答說，「你一定看得到的。」

艾瑪順著她手指指的方向，走到一道標示有「事務長」字樣的門，深呼吸，然後敲門。

「進來。」

艾瑪打開門，走進去，看見一名穿著整潔的主管，坐在堆滿表格的辦公桌後面。他上身是敞開領口、熨燙筆挺的白襯衫，雙肩各有兩條金色肩章。

「有事嗎？」他問。這是她從沒聽過的口音，很難聽得懂。

「我想找份服務生的工作，長官。」艾瑪說，希望自己的口吻聽起來像華麗飯店的那些女服務生。

「抱歉，」他說，又低下頭。「我們沒有服務生的缺了。唯一的空缺是詢問櫃檯的工作。」

「我很樂意做這個工作。」艾瑪說，馬上回復她正常的講話語氣。

事務長更仔細打量她，「工資不太高，」他警告她，「而且工作時間很長。」

「我已經習慣了。」艾瑪說。

「而且我不能給你長期的工作，」事務長繼續說，「因為我們有位女同事在紐約上岸休假，等我們在紐約靠岸之後，就會回來工作。」

「沒有問題。」艾瑪說，沒進一步解釋。

事務長還是不太相信的樣子。「你識字？會寫字嗎？」

艾瑪很想告訴他說，她可是拿獎學金進牛津大學的，但只簡單回答說：「我會，長官。」

他沒再多說一句話，拉開抽屜，抽出一張長長的表格，交給她一支鋼筆，說：「填好。」艾瑪開始填寫表格上的問題時，他又補上一句：「而且我需要推薦信。」

艾瑪填完表格，打開皮包，拿出梅西的推薦信。

「很有力的推薦信，」他說，「但是你確定自己適合當接待員？」

「我在華麗飯店的下一個工作就是接待員，」艾瑪說，「這是經理人才訓練計畫的一部分。」

「那你為什麼放棄這個機會，跑來和我們一起工作？」

「我有位姑婆住在紐約，我媽希望我去她家，待到戰爭結束。」

這一次事務長相信了，因為這也不是第一次有人想在船上工作，好搭船離開英國。「那我們就讓你準備上工吧。」他跳起來說。事務長闊步走出辦公室，領著她走一小段路，回到詢問櫃檯。

「佩琪，我找到這趟航程替代黛娜的人了，你最好讓她趕快準備好上工。」

「謝天謝地，」佩琪說，掀起櫃檯邊的蓋板，讓艾瑪進到裡面。「你叫什麼名字？」她問，口音同樣難以理解。艾瑪此時才第一次瞭解伯納德．蕭為什麼會說英國和美國被同一種語言切分為二。

「艾瑪．巴靈頓。」

「好，艾瑪，這位是我的助理楚蒂，我們現在太忙，也許你先觀摩一下，我們再告訴你整個工作的流程。」

艾瑪退開一步，看著兩個女孩應付丟給她們的所有問題，而且還一直保持微笑。

不到一個鐘頭，艾瑪就知道乘客應該在什麼時間到什麼地方去參加救生艇演練，牛排屋在哪一個甲板，船要出海多遠乘客才能點酒，晚飯之後可以在哪裡找到打橋牌的牌搭子，如果想欣賞夕陽應該如何到上甲板去。

接下來的一個鐘頭，艾瑪基本上就是聽著同樣的問題一再重複，到第三個鐘頭，她往前踏近櫃檯，開始回答乘客的問題，只偶爾需要問其他兩個女孩。

佩琪非常讚賞她的表現，排隊的只剩幾個晚到的乘客時，她對艾瑪說：「趁乘客開始喝餐前飲料的時候，我帶你去看你的房間，吃點東西。」她轉頭對楚蒂說：「我大概七點回來，換你去休息。」接著掀開蓋板，走出櫃檯。楚蒂點點頭，已經有下一名乘客站到櫃檯前了。

「請問，我們晚餐得要換正式服裝嗎？」

「第一天晚上不用，先生，」楚蒂的回答堅定而清晰，「但是之後每天晚上都要。」

佩琪一面講話，一面帶艾瑪穿過長走廊，到一道樓梯口。這道往下的樓梯用繩索隔開，有個牌子，用鮮紅的大字寫著：「員工專用」。

「從這裡下去就是我們的宿舍，」她解開繩索，解釋說，「你要和我住同一個艙房。」往下走的時候，佩琪說：「因為目前船上只有黛娜的床位是空的。」

「沒問題。」艾瑪說。

越是往下層甲板走，樓梯就越窄小。只有碰到船員側身讓她們先過時，喋喋不休的佩琪才暫時住口。她偶爾會給他們一個溫暖的微笑。艾瑪這輩子從沒碰過像佩琪這樣的人：如此獨立，然而還是渾身散發女人味，一頭波浪鬈髮，長僅過膝的裙子，讓美好的曲線一覽無遺的緊身外套。

「這就是我們的房間，」她終於說，「你接下來這個星期都要睡在這裡。希望你沒期待這裡很豪華。」

艾瑪踏進房裡，這個房間比莊園宅邸的任何房間都小，包括放掃帚的小壁櫥。

「很可怕，對吧？」佩琪說，「其實呢，這艘老東西只有一個好處。」艾瑪不必問是什麼，因為佩琪很樂於回答艾瑪的問題，更樂於回答她自己的問題。「這裡的男女比例遠遠優於地球上的其他地方。」佩琪笑著說，然後又說：「那是黛娜的床位，這是我的。你也看得出來，這房間太小，沒辦法讓兩個人同時擠在裡面，除非其中一個躺在床上。我讓你先在房間裡整理行李，半個鐘頭之後再回來，帶你下去員工餐廳吃晚飯。」

艾瑪很難想像這船還有更下層的地方，但還來不及開口問，佩琪就不見了。她茫然坐在自己的床位上。如果佩琪一直這樣話說個沒完，她的問題怎麼會有機會問呢？也或者這會是個好處，只要假以時日，佩琪就會自動說出艾瑪想知道的一切？她有一整個星期的時間來搞清楚，只要耐心等待。她把僅有的幾件個人物品塞進黛娜沒費事清空的抽屜裡。

船笛發出兩聲長鳴，一會兒之後，她感覺到抖動。儘管沒有窺孔可以看見外面，但她可以感覺得到船在移動。她坐回床位上，說服自己相信她做了正確的決定。雖然她打算一個月之內就回布里斯托，但這時已經開始想念塞巴斯汀了。

她仔細打量未來一週要住的地方。艙房兩側貼牆各一個窄窄的床位，尺寸大概是設計給低於平均身高的人睡的。她躺下來，試試完全沒有彈簧的床墊，頭靠在填裝發泡橡膠而非羽毛的枕頭上。艙裡有個小洗臉槽，兩個水龍頭都只能流出微溫的涓涓細流。

她換上黛娜的制服，忍住不笑。但佩琪回來之後，看著她哈哈大笑。黛娜應該比艾瑪矮上至少三吋，也比艾瑪胖，衣服大上三號。「還好只有一個星期。」佩琪說。她帶艾瑪去吃晚餐。

她們繼續往下走到船身深處，和其他工作人員一起吃飯。好幾個年輕男子和一兩個年紀稍長的，邀佩琪一起坐。她選擇了一個高高的年輕人，據她告訴艾瑪，這人是輪機師。艾瑪心想，難怪餐廳裡只有他頭髮上一層油污。他們三人一起排隊拿熱菜。輪機師來者不拒，盤子堆滿餐廳供應的全部菜餚。佩琪的盤子差不多只有半滿，而艾瑪覺得有點反胃，只拿了一個小麵包和一顆蘋果。

晚飯之後，佩琪和艾瑪回到詢問櫃檯，和楚蒂換班。乘客是晚上八點吃晚餐，除了有些人來問餐廳在哪裡之外，沒有什麼人到櫃檯來。

接下來一個鐘頭，艾瑪對佩琪的瞭解遠多於對《堪薩斯之星號》的認識。十點鐘下班時，她們拉起柵欄，佩琪帶著新同事走向下艙樓梯。

「你想和我們到員工餐廳喝一杯嗎？」她問。

「不了，謝謝，」艾瑪說，「我累了。」

「你可以找到回房間的路嗎？」

「七號下甲板，一一三號房。要是你回來的時候我沒在床上，就請組個搜救隊吧。」

艾瑪一回到房間，就迅速換下衣服，漱洗，鑽進船上提供的薄毯裡。她想辦法在床鋪上安頓好自己的身體，膝蓋幾乎要抵到下巴，但船身的不規則晃動，讓她同一個姿勢沒辦法保持太久的時間。斷斷續續睡去之前，她想著的都是塞巴斯汀。

艾瑪一驚而醒。四周黑漆漆的，她沒辦法看錶。起初她以為是船隻移動產生的晃動，等目光聚焦之後才發現，艙房另一側的床鋪上有兩個身體，節奏分明地上上下下。其中一人的腿伸長到床尾外面，彎起靠著牆，想必是那個輪機師。艾瑪很想笑，但只能一動也不動躺著，等到佩琪呼出一口長嘆，兩人的動作才停止。一會兒之後，伸長的長腿放到地板上，扭動著套上連身工作服。過沒多久，艙門悄悄打開，又悄悄關上。艾瑪沉沉睡去。

9

隔天早上艾瑪醒來的時候，佩琪已經起床，換好衣服了。

「我去吃早餐了，」她說，「我晚一點和你在櫃檯碰面。順便告訴你，我們是八點上班。」門關上之後，艾瑪從床上跳起來，緩緩漱洗，迅速著裝。她知道如果要準時站在詢問櫃檯後面，她就沒有時間吃早餐了。

一開始上班，艾瑪就發現佩琪工作很認真，盡力協助任何需要她幫忙的乘客。上午的茶點休息時間，艾瑪說：「有位客人問我醫生看診的時間。」

「上午七點到十一點，」佩琪回答說，「下午四點到六點，如果有緊急狀況，用最近的電話撥打一一一。」

「醫生的名字是？」

「帕金森。帕金森醫師。船上每個女生都愛他。」

「噢——有位客人還以為是華歷斯醫師呢。」

「不是。華歷斯大約半年前退休了。老好人一個。」

這個休息時間，艾瑪沒再問其他問題，只喝了咖啡。

「你上午其餘的時間何不到處逛逛，這樣你才知道怎麼給客人指引方向。」兩人回到櫃檯之後，佩琪說。她交給艾瑪一本客輪指南。「我們午餐見。」

艾瑪翻開指南手冊，開始探索上甲板：各個餐廳、酒吧、牌室、圖書室，甚至還有一間舞廳，有爵士樂團駐唱。經過第二層下甲板的醫護室時，她停下來稍微仔細看一看，推開雙扉門，探頭進去。房間靠裡側的牆邊有兩張整齊的床，是空的。哈利當時就睡在其中一張，而布拉德蕭躺在另一張嗎？

「需要幫忙嗎？」有個聲音問。

艾瑪一轉身，看見一位身穿白色長袍的高個子男人。她馬上就知道佩琪為什麼喜歡他了。

「我剛開始在詢問櫃檯工作，」她脫口而出，「正在到處看看每個地方。」

「我是西蒙．帕金森。」他露出親切的微笑，「現在你知道我在什麼地方了，歡迎隨時造訪。」

「謝謝你，」艾瑪說。她馬上就退出房間，回到走廊上，關上門，迅速離開。她已經想不起來上一回有人和她調情是什麼時候了，但她很希望在船上的是華歷斯醫師。上午其餘的時間，她探索每一層甲板，直到覺得自己已經明瞭船艙的分布，可以比較有自信地告訴乘客說什麼東西在哪個地方。

她很希望下午能現場測試一下自己的新能力，但佩琪要她像摸索船艙構造那樣，仔細研讀乘客檔案。艾瑪獨自坐在後面的房間裡，瞭解那些她這輩子再也不會碰面的人。

晚上，她想辦法吃了些東西，塗焗豆醬的吐司與一杯檸檬汁，一吃完就回到房間，希望能睡一會兒，免得輪機師又來。

門打開的時候，走廊上的燈光讓她醒了過來。艾瑪看不清進房間的是誰，但肯定不是那個輪機師，因為這人的腳搆不到牆壁。她清醒著躺在那裡四十分鐘，直到房門再次打開關上，才能睡著。

□

艾瑪很快就習慣了一天工作之後，繼之而來的夜間拜訪。除了來的男人不同之外，這些情事並沒有太大的不同。不過有一次，求歡客摸到艾瑪的床上，而不是佩琪的床。

「找錯人了。」艾瑪堅定地說。

「對不起，」那人回答，轉身走向另一張床。佩琪一定以為她睡著了，因為在這兩人做愛之後，艾瑪清清楚楚聽見他們的枕邊細語。

「你覺得你這個朋友還單身嗎？」

「幹嘛？你喜歡她啊？」佩琪咯咯笑。

「不是，不是我，可是我知道有人很想成為第一個解開她釦子的人。」

「沒希望。她在布里斯托有男朋友。我聽說啊，就連帕金森醫師也沒能讓她動心呢。」

「可惜。」那個聲音說。

佩琪和楚蒂常談到《得文郡號》六名船員在早餐前海葬的那個早晨。艾瑪巧妙慫恿，套出了爺爺和梅西都不可能知道的訊息。但再三天就要到紐約了，她卻還是不知道活下來的是哈利還是布拉德蕭。

第五天，艾瑪第一次自己負責櫃檯，沒發生任何出乎意料的事。出乎意料的事是在第五天晚上才發生的。

晚上不知幾點，房門打開來，又有個人摸上艾瑪的床，但她一堅定地說：「找錯人了。」這人就馬上離開。她躺在床上睡不著，一直想著這人會是誰。

第六天，對於哈利和布拉德蕭，艾瑪沒得到任何新的資料。她開始擔心自己抵達紐約時，或許會沒有任何線索可以追查。那天晚上吃晚餐的時候，她決定要問佩琪，「活下來那個人」的事。

「我只見過布拉德蕭上尉一次，」佩琪說，「他那時和護士一起在甲板上漫步。呃，現在想想，那人還真的是在『慢步』呢，因為他拄著枴杖。」

「你和他講過話嗎？」艾瑪問。

「沒有，他好像很害羞。克麗斯汀無論如何都不讓他離開她的視線。」

「克麗斯汀？」

「當時的醫護所護士，和華歷斯醫師一起工作的。就是他們兩個救了湯姆．布拉德蕭一命。」

「所以你從此以後沒再見到他？」

「直到在紐約靠岸的時候才再看見他。我看見他和克麗斯汀一起上岸。」

「他和克麗斯汀一起下船？」艾瑪有點擔心了，「華歷斯醫師和他們一道嗎？」

「沒有，就只有克麗斯汀和她男朋友理察。」

「理察？」艾瑪放心了。

「對啊，叫理察什麼的，我忘了他姓什麼。他是當時的三副。沒過多久，他娶了克麗斯汀，我們就沒再見到他們兩個了。」

「他長得好看嗎？」艾瑪問。

「湯姆還是理察？」佩琪問。

「可以請你喝杯酒嗎？」有個年輕男子問。艾瑪從未見過這人，但有預感，她那天深夜會看見他的身影。

艾瑪想得沒錯。這人來訪之前與之後，艾瑪都沒睡著，因為心裡想著其他事情。

□

隔天早上，艾瑪站在詢問櫃檯等著佩琪出現。這是航程開始以來的第一次。

「我應該為靠岸準備乘客名單嗎？」佩琪匆匆趕到，掀開櫃檯邊蓋板時，艾瑪問。

「你是我認識的人裡面，唯一一個自願做這件事的。」佩琪說，「請便吧。總要有人確定名單沒問題，免得抵達紐約的時候，移民局決定要複查某位乘客的詳細資料。」

艾瑪馬上到後面的房間裡去。她把這趟船程的旅客名單擺在一旁，翻找以前的船員檔案。她在一個好像已經很久沒人打開的櫃子裡找到了。

她開始仔細尋找克麗斯汀和理察的名字。克麗斯汀很容易找，因為只有一個人叫這個名字，從一九三六年到一九三九年在《堪薩斯之星號》上擔任資深護士。而雖然有好幾個人叫理察，然而其中一位理察·提貝特的地址和克麗斯汀·克拉文小姐是同一幢位於曼哈頓的公寓。

艾瑪抄下地址。

10

「歡迎到美國，巴靈頓小姐。」

「謝謝。」艾瑪說。

「你打算在美國待多久？」移民官員查看她的護照問。

「一個星期，頂多兩個星期。」艾瑪說，「我來探望姑婆，然後就回英國。」艾瑪確實有位姑婆住在紐約，她是哈維爵爺的姐姐。但艾瑪並不打算去看她，因為不想讓家裡的其他人知道她打什麼主意。

「你姑婆的地址是？」

「六十四街與公園大道交叉口。」

移民官員寫了個註記，在艾瑪護照上蓋章，交還給她。

「祝你在大蘋果停留愉快，巴靈頓小姐。」

艾瑪通過海關，就和從《堪薩斯之星號》下來的旅客一起排隊。又花了二十分鐘，她才坐上一輛黃色計程車。

「我想找一家價格合理的小旅館，靠近曼哈頓的莫頓街。」她告訴司機。

「究竟講啥啊，小姐？」司機說，嘴角叼著根沒點燃的菸。

艾瑪覺得自己完全聽不懂他在講什麼，想來他也聽不懂她在說什麼。「我想找一家價格不貴的小旅館，地點靠近曼哈頓島的莫頓街。」她放慢速度，一個字一個字說。

「莫頓街。」司機重複她的話，彷彿他只聽懂這三個字。

「沒錯。」艾瑪說。

「那你幹嘛不早說？」

司機開車，一路上沒再說半句話，最後把車停在一幢紅磚建築外面。這幢大樓掛著旗子：「五月花飯店」。

「四毛錢。」司機說，叼在嘴角的菸隨之上上下下移動。

艾瑪從郵輪給她的工資袋裡拿錢出來付了車錢。入住飯店之後，她搭電梯到四樓，直接進到自己的房間裡。她做的第一件事是換下衣服，好好泡個熱水澡。

她很不情願地爬出浴缸，用毛茸茸的大浴巾擦乾身體，穿上她認為夠端莊的衣服，到一樓去。她覺得自己終於人模人樣了。

艾瑪在飯店咖啡廳角落裡找了張安靜的桌子，點了杯茶——他們竟然沒聽過伯爵茶——和一份總匯三明治，這是她前所未聞的東西。等著上餐的時候，她在餐巾紙上寫下一長串問題，希望住在莫頓街四十六號的人願意回答。

在帳單上簽字之後，艾瑪問接待員莫頓街怎麼走。答案是：往北走三條街，再往西走兩條街。她沒想到每個紐約人都有個內建羅盤。

艾瑪很喜歡走路，一路上好幾次停下來欣賞櫥窗。櫥窗裡陳設著她在布里斯托未曾見過的各種商品。正午剛過，她走到佔滿一整個街區的公寓大樓，她不知道如果提貝特太太不在家，自己該怎麼辦。

有個衣著光鮮的門房對她敬禮，打開門。「有什麼需要幫忙嗎？」

「我是來找提貝特太太的。」艾瑪說，努力表現出已經和提貝特太太約好的樣子。

「三十一號公寓，在三樓。」他說，手碰碰帽簷。

一點都沒錯，英國口音可以讓人打通關節，暢行無阻。

電梯緩緩爬升到三樓，艾瑪複習自己的台詞，希望可以藉此再讓她打通另一個關節。電梯停下來，她拉開鐵柵，踏進走廊，找三十一號。提貝特家的大門中央有個小小的玻璃圓圈，讓艾瑪想起獨眼巨人。她看不見裡面，但她認為裡面的人可以看見外面。門邊的牆上有讓她感覺不那麼陌生的門鈴。她按了鈴，等待著。好一會兒，門才終於打開，但只打開一條小縫，露出一條銅鍊。一雙眼睛瞧著她。

「有事嗎？」這人講的話她至少聽得懂。

「不好意思，打擾您了，提貝特太太，」艾瑪說，「但你可能是我最後的希望了。」那雙眼睛充滿疑心。「是這樣的，我拚命想找到湯姆。」

「湯姆？」那聲音說。

「湯姆．布拉德蕭。他是我孩子的父親。」艾瑪說，打出她的最後一張牌。

門關上，取下門鍊，再次打開。門裡是個年輕女子，懷裡一個小寶寶。

「很不好意思這樣對你，」她說，「可是理察不喜歡我隨便給陌生人開門。請進。」她帶艾瑪走進客廳，「你先請坐，我把傑克抱回床上。」

艾瑪坐下，環顧室內。有好幾張照片，是克麗斯汀和位年輕的船員，艾瑪想那就是她丈夫理察。

克麗斯汀幾分鐘之後端著咖啡出現，「要加牛奶嗎？」

「要，麻煩了。」艾瑪說。她在英國從不喝咖啡，但很快就知道美國人不喝茶，就算在早上也不喝。

「糖？」克麗斯汀倒了兩杯咖啡之後問。

「不了，謝謝。」

「所以湯姆是你的先生？」克麗斯汀在艾瑪對面坐下，問。

「不，我是他的未婚妻。老實說，他並不知道我懷孕了。」

「你是怎麼找到我的？」克麗斯汀問，好像還是有點不放心。

「《堪薩斯之星號》的事務長說你和理察是最後見到湯姆的人。」

「這倒是真的。他上岸不久之後就被逮捕了。在那之前，我們一直和他在一起。」

「逮捕？」艾瑪無法置信，「他怎麼可能做出會被逮捕的事？」

「他被控謀殺親兄弟。」克麗斯汀說，「你肯定知道吧？」

艾瑪哭了出來，她的希望粉碎了，因為活下來的肯定是布拉德蕭，而不是哈利。如果哈利被控謀殺布拉德蕭的兄弟，他一定很容易就可以證明警方逮錯人了。

要是她當時撕開梅西壁爐上的那封信，就會發現真相，也就不至於讓自己白吃這些苦頭。她哭著，第一次接受哈利已死的事實。

吉爾斯．巴靈頓

1939–1941

11

華特爵士來看孫子，告訴他哈利．柯里夫頓已葬身海上的消息時，吉爾斯整個人不知所措，彷彿失去了一條手臂。事實上，他很樂意失去一條手臂，只要哈利能生還。他們兩個從小就形影不離，而吉爾斯也始終以為他們兩人都能長命百歲。哈利這輕如鴻毛、毫無意義的死亡，讓吉爾斯更加下定決心，絕對不重蹈覆轍。

吉爾斯在客廳聽收音機播放的邱吉爾演說，艾瑪問：「你打算從軍嗎？」

「是的，我不回牛津了。我要馬上入伍。」

他媽媽顯然很意外，但告訴他說她可以理解。艾瑪給他一個大大的擁抱，說：「哈利會以你為榮的。」而很少表露情緒的葛芮絲竟然哭了。

吉爾斯隔天早上開車到布里斯托，黃色的MG豪華轎車招搖地停在募兵處的大門口。他闊步走進屋裡，希望自己臉上寫滿「堅決」兩個字。皇家格勞斯特郡步兵團——也就是傑克．塔蘭特上尉原屬的軍團——有位士官長一看見巴靈頓先生進來，就馬上立正。他交給吉爾斯一份表格填寫，一個鐘頭之後，吉爾斯就被請進簾幕裡面，由軍醫進行身體檢查。

這位醫生仔細檢查這位自願入伍的年輕人——耳朵、鼻子、喉嚨、胸部和四肢——在每個欄位都打了勾，最後開始檢查視力。吉爾斯站在一條白線後面，根據醫生的要求複述每個看見的字母和數字。這難不倒他，畢竟他可以把時速九十哩的快速飛球擊到最遠的邊線。他相信自己能高分過關。後來醫生問他，家族是不是有什麼遺傳疾病。吉爾斯誠實回答：「我父親和祖父都有色盲。」

軍醫又開始一系列的檢查，吉爾斯發現醫生原本的「嗯」和「好」，變成了「啊」和「哎」。

「很遺憾，必須告訴你，巴靈頓先生，」檢查結束時，醫生說，「基於你的家族病史，我不建議你投身軍事行動。當然，你還是可以入伍，從事文書工作。」

「你不能就乾脆打勾，醫生，忘了我曾經提起這個該死的問題嗎？」吉爾斯說，竭力表現出絕望的神情。

醫生不理會他的抗議，在表格的最後一個欄位填上：「C3」，也就是不適合服役。

吉爾斯回到莊園宅邸時，正好趕上午餐。他幾乎喝掉一整瓶葡萄酒，但媽媽伊麗莎白並沒有說什麼。只要有人問起，他就說他因為色盲，被格勞斯特郡步兵團給拒絕了，甚至還主動告訴幾個根本沒開口問這個問題的人。

「爺爺也沒因為這樣而不能參加波爾戰爭啊。」吉爾斯吃了第二份布丁之後，葛芮絲說。

「當時大家可能還不知道有這種疾病存在。」吉爾斯說，不想理會她的話中有刺。

但艾瑪沒放過他。「你一開始就沒打算自願入伍，對吧？」她盯著哥哥的眼睛問。吉爾斯低頭看著自己的鞋子，這時艾瑪又給他重重一擊，「真可惜，你的好朋友沒能在這裡提醒你，他也有色盲。」

吉爾斯的媽媽聽見兒子不能入伍的消息時，顯然如釋重負，但沒說什麼。而葛芮絲在回劍橋之前，沒再和哥哥說半句話。

隔天，吉爾斯開車回牛津，想說服自己相信，每個人都能接受他不能當兵的理由，也打算繼續過他的大學生活。穿過學校大門之後，他發現整個校園就像個大型募兵中心，而不像大學，因為穿軍服的年輕人比身穿深色便服的人多。在吉爾斯看來，唯一的好處是，有史以來頭一遭，大學裡的女生和男生一樣多。不幸的是，大部分的女生都只想挽著穿軍服的男生。

吉爾斯的老同學狄金斯是少數幾個不因沒入伍而覺得不自在的大學生之一。說真的，狄金斯就算去身體檢查，分數想必也不會太好看。測驗向來難不倒狄金斯，像這樣一個勾都得不到的測驗結果，對他來說大概絕無僅有吧。但他突然不見了，去了一個叫布萊切利園❸的地方。沒有人能告訴吉爾斯說那裡在幹嘛，每個人一提到那個地方就說：「噓。」狄金斯則告訴吉爾斯，說他在任何情況之下都不能去探訪他。

幾個月過去，吉爾斯越來越常一個人混酒館，而不和同學一起聽課。牛津開始多了很多從前線回來的人，有些少了條胳臂，有些缺了條腿，有幾個人還眼睛瞎了，他們都是和他同一個學院的同學。他想要如常生活，假裝沒注意到這一切，但事實是，到了學期末，他越來越覺得自己格格不入。

學期結束，吉爾斯開車到蘇格蘭，參加塞巴斯汀・亞瑟・柯里夫頓的受洗典禮。在穆爾吉瑞城堡小教堂舉行的典禮，只邀了近親和一兩位好友參加。艾瑪和吉爾斯的父親沒有出席。

艾瑪請吉爾斯擔任塞巴斯汀的教父，讓他又驚又喜。但艾瑪坦承她之所以考慮他，唯一的原因是因為相信哈利的第一人選絕對會是他。吉爾斯不免還是有點吃驚。

□

隔天早上下樓吃早餐時，吉爾斯發現外公書房亮著燈。經過書房門口要到餐廳時，吉爾斯聽到有人提起他的名字。他停下腳步，挨近半開的門。華特爵士的一句話讓他又驚又懼，整個人僵住了：「說這句話讓我很痛苦，但我不得不說，有其父必有其子。」

「我同意，」哈維爵爺說，「我向來很欣賞這孩子，所以這該死的事情就讓我更覺得生氣。」

「我身為布里斯托文法學校董事長，」華特爵士說，「當年看到吉爾斯當上校隊隊長，內心比任何人都驕傲。」

「我以為，」哈維爵爺說，「他會把在球場上展現的優異天分和領導才幹，好好發揮在戰場上。」

❸ Bletchley Park，位於英國布萊切利鎮的一幢宅邸，是英國在第二次世界大戰期間進行密碼解讀的主要基地。其破解密碼的成果，被認為是戰爭能提早結束的原因之一。

「這整件事唯一的好處是，」華特爵士說，「讓我不再相信哈利．柯里夫頓可能是雨果的兒子。」

吉爾斯闊步穿過走廊，經過早餐室，走出大門。他上了車，展開漫長車程，回到英格蘭西部。

隔天早上，他把車停在募兵處外面，再次排隊。但這次不是皇家格勞斯特郡步兵團，而是在埃文河的另一岸，韋塞克斯軍團的新兵招募處。

填好表格之後，他又接受身體檢查。醫生問他：「你知道你們家族有什麼遺傳疾病，讓你可能無法參與軍事行動嗎？」這一次他回答：「沒有。」

12

隔天中午，吉爾斯離開一個世界，踏進另一個世界。

除了都來入伍領國王陛下的糧餉之外，沒有任何共同點的三十六名新兵，此時齊登上火車，由一名下士擔任他們的保姆。火車駛離車站時，吉爾斯透過三等車廂骯髒的窗戶往外看，只能確定一點：他們是往南走。但直到四個鐘頭之後，火車轉軌駛進林普斯東時，他才知道他們往南走了多遠。

旅程中，吉爾斯沉默不語，仔細聽著周圍的人交談。這些人很可能是他未來十二個星期的同伴。有個菲爾頓來的巴士司機、一名朗阿胥頓來的警察、百老匯街的肉販、涅爾西的建築商，還有個溫斯康貝的農夫。

下了火車之後，下士要他們登上等待的巴士。

「我們要去哪裡？」那名肉販問。

「你們很快就會知道了，兄弟。」下士說。他的口音透露了他的出生地。

巴士花了一個鐘頭的工夫穿過達特摩，來到沒有房舍、也沒有人煙的地方，只偶爾看見一隻老鷹飛過，搜尋著獵物。

巴士最後停在幾幢荒廢的房舍外面，有個飽經風霜的告示牌寫著：「韋塞克斯軍團訓練中心」。這並沒能鼓舞吉爾斯的士氣。大門警衛室走出一名士兵，打開柵門，讓巴士繼續往前行駛了一百碼，停在操場正中央。一個挺拔結實的人站在那裡等他們下車。

吉爾斯下了車，和這名高大如巨人的男子面對面。這人胸膛寬闊，身穿卡其制服，看來像在操場裡扎了根似的。他胸前有三排獎章，左臂夾著一根輕便手杖，但最讓吉爾斯吃驚的是，他褲子的摺痕燙得如刀鋒般筆挺，靴子擦得晶亮，到可以看見自己倒影的程度。

「午安，各位先生。」這人的聲音在操場迴盪，完全不需要麥克風啊，吉爾斯想。「我是道森士官長，也就是你們的長官。我的責任就是在短短的十二個星期裡，把你們從烏合之眾變成有戰鬥力的士兵。到那時，你們才能說自己是韋塞克斯軍團的一份子。接下來十二個星期，我是你們的母親、你們的父親，和你們的情人，同時，請容我向各位保證，我的人生只有一個目標，就是讓你們在碰到第一個德國兵的時候，能在他們殺了你之前，先殺了他們。我們從明天早上五點鐘開始。」有人呻吟一聲，但士官長聽而不聞。「在此之前，我讓邁克勞德下士先帶你們去食堂，然後再去營舍。晚上請好好休息，因為我們再次見面時，你們需要更充沛的體力。下士，交給你了。」

吉爾斯面前一塊煎魚餅，但餅皮裡的東西顯然連鹹水都沒見過。他喝了一口偽裝成茶的褐色溫水，就把馬克杯擺回餐桌上。

「要是你不吃煎魚餅，可以給我嗎？」坐他旁邊的年輕人說。吉爾斯點點頭，和他互換餐盤。他狼吞虎嚥吃完吉爾斯讓給他的煎魚餅，才再開口。

「我認識你媽媽。」這年輕人說。

吉爾斯仔細打量他，心想怎麼可能。

「莊園宅邸和巴靈頓大宅的肉品都是我們供應的。」這人繼續說，「我很喜歡你媽媽。」他說，「她人非常好。順便告訴你，我是貝茲。泰瑞・貝茲。」他用力和吉爾斯握手。「從來沒想到有一天我會坐在你旁邊。」

「好了，弟兄們，我們走了。」下士說。新兵全從長凳上跳起來，跟著下士走出食堂，越過操場，到一棟半圓形的活動營房前。營房門上漆著「馬恩❹」。這是韋塞克斯軍團引以為榮的一場戰役，下士推開門讓他們看見自己住處之前先解釋說。

三十六張床，兩側各十八張，全擠在不比巴靈頓大宅餐廳大的空間裡。吉爾斯被分配在亞特金森和貝茲之間。和以前念寄宿學校差不多，他想，雖然他在接下來幾天就會發現，不同之處還不止一二。

「好了，弟兄們，該換衣服睡覺了。」

最後一個人還沒爬上床，下士就熄燈，吼著說：「好好閉眼睡覺。你們明天還有得忙。」他如果像以前的級長費雪那樣嚷著：「熄燈之後不要講話！」吉爾斯也不會覺得意外。

士官長所言不虛，隔天清晨五點鐘燈就亮了。吉爾斯還沒機會看一下錶，道森士官長就已走進營舍，大聲吼著：「最後一個雙腳著地的，會是第一個被德國佬刺刀刺死的人！」

一雙雙腳紛紛著地，士官長沿著營舍中央的通道往前走，只要看見哪張床的主人雙腳還沒放

❹ Marne，馬恩河位於巴黎附近，一九一四年九月，英法聯軍擊敗德軍，阻斷德軍的西進計畫，為第一次世界大戰的重要戰役，亦稱為「馬恩河奇蹟」。

到地上，手裡的輕便手杖就揮過去。

「現在聽好了，給我仔細聽好。」他接著說，「我給你們四分鐘漱洗刮鬍子，四分鐘鋪床，四分鐘穿衣，八分鐘吃早餐。總共二十分鐘。我不建議你們交談，因為你們沒有時間可以浪費，而且，無論在什麼情況之下，只有我才能准許你們講話。聽明白了嗎？」

「肯定明白了。」吉爾斯說，引來陣陣詫異的笑聲。

一會兒之後，士官長站到他面前。「不管你什麼時候開口，小子，」他大聲咆哮，手杖敲在吉爾斯肩上。「我只想聽到你說是的，長官，不是的，長官，遵命，長官。清楚了嗎？」

「是的，長官。」吉爾斯說。

「我聽不見你說什麼，小子。」

「是的，長官！」吉爾斯扯開喉嚨說。

「這樣清楚一點了。現在快去盥洗室，你這個小子，趁我還沒把你關進禁閉室之前快去。」

吉爾斯根本不知道禁閉室是什麼，但顯然不是什麼好地方。

吉爾斯走進盥洗室的時候，貝茲已經往外衝了。他刮鬍子的時候，貝茲已經鋪好床、穿好衣服，走向食堂了。吉爾斯終於追上他的進度，在他對面找到位子坐下。

「你是怎麼辦到的？」吉爾斯讚嘆不已的問。

「辦到什麼？」貝茲問。

「我們有一半的人都還沒清醒，你就已經精神抖擻了。」

「其實很簡單。我是個肉販，和我爸一樣。我們每天早上四點起床，到市場去。要是我想拿到最上等的肉品，在他們從碼頭或車站把貨運來的時候，就要等在那裡了。只要慢個幾分鐘，就只能拿到次級品。晚半個鐘頭，就只剩下沒人要的劣品肉了。這樣你媽媽肯定不會感謝我的，對吧？」

大半個早上，他們都在給這群「菜鳥」分發制服。有些衣服看起來有人穿過。貝雷帽、皮帶、皮靴、鋼盔、漂白劑、銅油和鞋油。配備齊全之後，新兵就被帶到操場，進行第一次操練。因為在校時曾經參加過青少年軍，所以吉爾斯一開始稍佔優勢，但他感覺得到，要不了多久，泰瑞·貝茲就會趕上他。

十二點鐘，他們齊步走向食堂。吉爾斯餓壞了，把分發的午餐幾乎吃個精光。午飯後，他們回到營舍換上運動服，然後前往體育館。吉爾斯默默感謝中學的體育老師，教他學會爬繩索，走平衡木，藉助肋木伸展肌肉。他注意到，貝茲亦步亦趨，學著他的動作。

最後，以穿過得文沼澤的五哩長跑結束這天下午的鍛鍊。三十六名新兵裡，只有八名和健身教練同時回到營區大門。有一個新兵甚至走失了，只好派出搜救隊去找他。他們喝茶，進行士官長形容為娛樂的活動之後，所有的新兵幾乎馬上就倒在床上，沉沉熟睡。

隔天清晨五點鐘，營舍門再次敞開，這一次，在士官長還沒打開燈之前，就有好幾雙腳已經踩在地上了。早餐之後，又在操場上踢正步一個鐘頭，這次差不多每一個人都可以跟上節奏了。

新兵在草地上圍成一圈坐下，學習如何拆槍、清槍、上膛與射擊。下士一個乾脆俐落的動作就退出彈藥。他提醒他們，子彈不長眼睛，所以一定要盡可能把槍口對準前方，射殺敵人，而不要殺了自己。

下午的時間則是練習步槍射擊，教練指導每個新兵把步槍槍托穩穩架在肩上，瞄準槍靶正中的圓圈，輕輕扣下扳機，絕對不能太用力。這一次，吉爾斯感謝爺爺陪他在松雞獵場耗費那麼多時間，讓他可以射中靶心。

這天還是以五哩長跑、喝茶、娛樂和十點熄燈畫下句點。大部分人在熄燈之前就已經癱在床上了，希望隔天早上太陽忘了出來，或者士官長死在睡夢裡。但他們可沒這麼走運。對吉爾斯來說，第一個星期像一個月那麼漫長，但到第二個星期結束時，他已經可以掌握作息了，雖然還是沒辦法搶在貝茲之前到盥洗室。

儘管並不怎麼喜歡基礎訓練，但吉爾斯很喜歡競賽的挑戰。他不得不承認，日子一天天過去，他也越來越難甩開這個緊追在後的百老匯街肉販。貝茲在拳擊賽上和他平分秋色，射擊練習時也總能射中靶心，等開始穿著沉重皮靴、扛著步槍跑五哩長跑的時候，這個不分早、中、晚，長年肩扛牛肉的傢伙，已經變成很難擊敗的對手。

□

第六個星期結束時，如每個人所料的，巴靈頓和貝茲被拔擢為代理下士，各自帶領一隊人。

兩隊很快就成了死對頭。不只是在操場和體育館，就連夜間行動、現場操演和部隊行進時，都處處爭鋒。每天結束時，吉爾斯和貝茲都像學校裡的小男生似的，宣稱自己是贏家，往往還得要靠士官長來排紛解難。

離結訓會操的時間越來越近時，吉爾斯感覺到兩隊都自信滿滿，相信結訓之後，都可以自豪宣稱自己是韋塞克斯軍團的成員，儘管士官長一再警告他們，他們很快就會加入真正的戰場，用真槍實彈對抗真正的敵人。他也提醒他們，到時候他可不會在他們身邊手把手的教他們。這是吉爾斯第一次對自己承認，他會懷念這個傢伙。

「就讓他們放馬過來吧。」貝茲對這個問題只說了這句話。

第十二週的那個星期五晚上終於結訓了，吉爾斯以為他會和其他弟兄一起回到布里斯托，休息一個週末，等週一才到部隊報到。但那天下午他走到操場時，士官長把他拉到一旁。

「巴靈頓下士，你即刻去向雷德克里夫少校報到。」

吉爾斯想問為什麼，但知道問了也得不到答案。

他越過操場，敲敲長官辦公室的門。這位長官他只遠遠看過一次。

「進來。」有個聲音說。吉爾斯走辦公室，立正敬禮。「巴靈頓，」雷德克里夫少校回禮之後說，「我有個好消息要告訴你。你已經被軍官訓練學校錄取。」

吉爾斯甚至不知道他們考慮要讓他接受軍官訓練。

「你明天早上直接到蒙斯報到，星期一開始受訓。恭喜你，祝你好運。」

「謝謝您，長官。」吉爾斯說，接著問：「貝茲會和我一起去嗎？」

「貝茲？」雷德克里夫少校說，「你指的是貝茲下士？」

「是的，長官。」

「天哪，當然不會。」少校回答說，「他不是當軍官的材料。」

吉爾斯覺得，德軍在挑選軍官的時候，肯定不會這麼短視。

□

吉爾斯隔天下午到埃德修特的蒙斯軍官培訓中心報到，想都沒想到自己的人生會這麼快就再度轉變。他花了好些功夫才適應下士、中士，甚至士官長稱他為「長官」。

他有單人房可住，房門不會在清晨五點鐘打開，不會有士官來用力敲他的床尾，要他即刻雙腳踩地。房門只有在吉爾斯決定開門的時候才開。他在食堂吃早餐，周圍全是不需要人教就會使用刀叉的年輕人，但有幾個看來連步槍都不會用，更別說要在滿腔怒火中開槍射擊了。只是，再過幾個星期，這些年輕人就要到前線，帶領沒有經驗的志願軍，他們的判斷關乎所有人的性命。

吉爾斯和這些年輕人一起坐在教室裡學習戰爭史、地理、地圖判讀、戰術、德文與領導藝術。若說他從百老匯街的肉販身上學到了什麼，那就是領導藝術根本就教不來。

八個星期之後，同樣的這批年輕人參加結業式，獲國王授階。他們每個人得到兩枚皇冠肩章，一邊肩膀一個。還有軍官專用的褐色真皮手杖，以及一封國王寫的感謝信。

吉爾斯一心想回原本的部隊，和舊同袍並肩作戰，但他知道根本不可能，因為那個星期五下午，他走出操場的時候，所有的下士、中士，甚至士官長都對他敬禮。

這天下午，六十名陸軍少尉離開埃德修特，前往各個角落，和家人共度週末。對其中部分人來說，這將是最後一次與家人的團聚。

□

星期六大半的時間，吉爾斯都在上火車下火車，一路轉車回到英格蘭西部。抵達莊園宅邸的時候，剛好趕上和媽媽共進晚餐。

第一眼看見站在玄關的這位年輕上尉，伊麗莎白就掩不住驕傲。

艾瑪和葛芮絲不在家，不能親眼看見穿軍服的哥哥，讓吉爾斯很失望。媽媽說在劍橋念第二學期的葛芮絲很少回家，就連放假的時候也不常回來。

晚餐只有一道主菜，由簡勤斯伺候。媽媽說，有好幾位員工都到前線服役了。飯桌上，吉爾斯告訴媽媽，他們在達特摩訓練營的事。聽見泰瑞．貝茲的名字，她嘆口氣，「貝茲父子肉鋪原本是布里斯托最好的肉店。」

「原本是？」

「百老匯街的店鋪全夷為平地了，所以貝茲肉鋪也沒了。都要怪那些德國人。」

吉爾斯蹙起眉頭。「艾瑪呢？」他問。

「她很好……只是……」

「只是？」吉爾斯問。

媽媽沉吟了一晌才回答：「要是艾瑪生的是女兒，不是兒子，事情就簡單多了。」

「生兒子或女兒有什麼關係？」吉爾斯問，他又把杯子斟滿。

媽媽垂下頭，什麼都沒說。

「噢，天哪，」吉爾斯說，這才明白媽媽那句話的意義。「我以為哈利死了，就由我繼承——」

「恐怕目前什麼都還不能推斷，親愛的，」他媽媽抬起頭說，「也就是說，在還不確定你父親不是哈利的父親之前，我們什麼都無法斷定。如果他確實是哈利的父親，那麼根據你曾祖父的遺囑，繼承爵位的就會是塞巴斯汀。」

接下來一整頓飯的時間，吉爾斯幾乎沒再開口，只思索著媽媽這句話的重要性。咖啡上桌之後，媽媽說她累了，回房休息。

一會兒之後，吉爾斯上樓回房間時，忍不住到嬰兒房去看他的教子。他獨自坐在巴靈頓爵位繼承人身邊。塞巴斯汀睡得很熟，微微發出呼嚕聲，完全不受戰爭影響，也肯定不會想到爺爺的遺囑，以及這句話的重要意義：**隨之而來的一切**。

隔天中午，吉爾斯和爺爺、外公一起在薩維吉俱樂部吃午飯。這和他們五個月前在穆爾吉瑞城堡共度的那個週末氣氛大不相同。兩位老人家迫切想知道的是他會被派到哪裡去。

「我不知道。」吉爾斯回答說。他自己也很想知道，但就算他去問也不會有答案。這兩位打過波爾戰爭的老人家當然也很清楚。

星期一早上，巴靈頓少尉清晨即起，和媽媽吃過午飯之後，就由亨德森開車載他到韋塞克斯第一軍團總部報到。他們的車子被擋在大門外，因為川流不息的武裝車輛與載滿軍隊的大卡車不斷駛出。他下車，步行到大門警衛室。

「早安，長官，」一名下士動作俐落地敬禮說。吉爾斯對這樣尊敬的態度還是不太能適應。「少校請您一到就去他的辦公室報到。」

「我樂於從命，下士。」吉爾斯回禮說。「請問雷德克里夫少校的辦公室在哪裡？」

「在廣場的另一側，長官，綠色的門。您一定會看到的。」

吉爾斯闊步穿過廣場，一路上又回了幾次禮，才到達少校的辦公室。

吉爾斯走進辦公室，雷德克里夫少校從辦公桌抬頭看他。

「啊，巴靈頓，老朋友，很高興又見到你。」他說，「我不知道你是不是來得及。」

「來得及做什麼，長官？」吉爾斯問。

「部隊被派往國外，上校覺得應該給你機會，和我們一起走，否則你只好留下來，等下次機會了。」

「我們要去哪裡，長官？」

「一點頭緒都沒有，兄弟，這不是我這個階級能知道的。可是我可以肯定的告訴你，一定比布里斯托更靠近該死的德國。」

哈利·柯里夫頓　1941

13

哈利永遠不會忘記勞德從拉文翰出獄的那天，雖然看見他離開並不失望，但他臨別前說的話卻讓哈利很意外。

「可以幫我一個忙嗎，哈利？」他們最後一次握手的時候，勞德說，「我好喜歡看你寫的日記，很希望以後也能繼續讀到。要是你可以寄到這個地址，」他交給哈利一張名片，彷彿人已出獄似的。「我看完之後會在一個星期之內寄還給你。」

哈利受寵若驚，答應寫完一本練習簿就寄給勞德。

隔天早上，哈利坐在圖書管理員的辦公桌後面，完成自己的工作之後，才開始看前一天的《紐約時報》。他每天晚上繼續更新日記，寫完一本簿子，就寄給麥克斯・勞德。這些簿子一如原本的承諾，如期歸還，讓他很意外，但也鬆了一口氣。

幾個月過去，哈利已經接受事實，監獄生活最規律，也最平凡單調。所以。有天早上典獄長手裡抓著《紐約時報》衝進圖書室的時候，哈利嚇了一大跳，放下手中正準備上架歸位的一大疊書。

「你有美國地圖嗎？」史旺森問。

「有，當然有。」他回答說，迅速走到參考區，抽出一本《赫伯特美國地圖集》。「您特別要找什麼地方嗎，長官？」他問。

「珍珠港。」

接下來二十四個鐘頭，每個人一張口都只有這一個話題，不管囚犯或獄警都一樣：「美國何時會參戰？」

隔天早上，史旺森回到圖書室。

「羅斯福總統剛在收音機上宣布，美國對日本宣戰。」

「非常好，」哈利說，「但是美國什麼時候才要幫我們對抗德國？」

哈利話才出口，就後悔自己用了「我們」這兩個字。一抬頭，看見史旺森用不解的眼神看他。他匆匆把前一天的書本上架歸位。

幾個星期之後，哈利得到了答案。溫斯頓．邱吉爾登上《約克公爵號》，航向華盛頓，與美國總統舉行會談。英國首相返回英國時，羅斯福總統已同意美國會關注歐洲戰事，合力擊敗納粹德國。

哈利在日記上寫了一頁又一頁，記載獄友對自己國家參戰的反應。他的結論是，大部分人都可以歸入兩類之一：懦夫與英雄。懦夫就是因為自己被關在牢裡而鬆一口氣，只希望戰事能在他們獲釋之前結束；而英雄就是迫不及待想出獄，去和比獄警更可恨的敵人作戰。哈利問自己的室友，他屬於哪一類時，昆恩回答說：「你碰過不愛打架的愛爾蘭人嗎？」

至於哈利自己，則比以前更挫折，因為他相信美國參戰之後，戰爭一定會很快就結束，讓他沒有機會為國征戰。這是他從入獄以來，頭一次想要逃獄。

□

哈利剛看完《紐約時報》的一篇書評，有個獄警走進圖書室說：「典獄長要你馬上到他的辦公室去，布拉德蕭。」

哈利並不意外，雖然又瞥了那一頁底下的廣告，還是很不解勞德怎麼會以為他不會追究。他把報紙整整齊齊折好，擺回架上，跟著獄警走出圖書室。

「你知道他為什麼要見我嗎，喬伊先生？」穿過中庭時，哈利問。

「別問我，」喬伊說，一點都不掩飾他的諷刺意味。「我又不是典獄長的心腹。」

哈利沒再開口，一路沉默走到典獄長辦公室門口，喬伊敲敲門。

「進來，」不容錯認的聲音說。喬伊打開門，哈利走進辦公室，意外發現裡面還有另一個人坐在典獄長對面。這人身穿陸軍制服，哈利覺得自己有多蓬頭垢面，這人就有多精明潔淨。他的眼睛始終盯著哈利不放。

典獄長從辦公桌後面站起來。「早安，湯姆。」這是史旺森第一次叫他的名字，「這位是德克薩斯第五遊騎兵團的克雷佛登上校。」

「早安，長官。」哈利說。

克雷佛登站起來，和哈利握手。又一個第一次。

「請坐，湯姆。」史旺森說，「上校有個提議要對你說。」

哈利坐下。

「很高興見到你，布拉德蕭。」克雷佛登上校坐下說，「我是遊騎兵團的指揮官。」哈利疑惑地看他一眼。「在任何募兵手冊上，都不會列上我們的單位。我負責訓練的士兵將空降到敵後，想辦法儘量對敵人造成最大的傷害，好讓步兵可以更順利作戰。目前還沒有人知道我們的部隊空降到歐洲的時間和地點，但是一有決定，我會是第一個被通知的。而我的手下也會在進攻展開的幾天之前，就空降到目標地區。」

哈利緊張地往前坐。

「但是在空降之前，我必須先籌組一個出專家組成的小單位，為任何可能的情況做好準備。這個單位包括三個小隊，每個小隊有十個人：一名上尉、一名上士、兩名下士，以及六名士兵。過去幾個星期，我和好幾位典獄長聯繫，問他們有沒有任何特別出色的人，可以勝任這個行動。史旺森先生提報了兩位，你是其中之一。我查過你在海軍的紀錄，也同意典獄長的看法，你比較適合穿軍裝，而不是待在這裡浪費時間。」

哈利轉頭看典獄長。「謝謝您，長官，但我可以請問另一個人是誰嗎？」

「昆恩，」史旺森說，「過去這段時間，你們兩個給我惹了不少麻煩，我想是該輪到德國人嘗嘗你們兩個人招牌詭計的苦頭了。」哈利露出微笑。

「如果你決定加入我們，布拉德蕭，」上校繼續說，「可以馬上接受八個星期的基礎訓練，接著是六個星期的特殊行動訓練。在我繼續往下講之前，我必須先知道，這個提議有沒有打動你。」

「我什麼時候可以開始？」哈利問。

上校微笑。「我車停在院子裡，引擎沒熄火。」

「我已經從儲藏室拿出你入獄時穿的衣服。」典獄長說，「我們顯然不能透露你們必須倉促離開的原因。如果有任何人問起，我就說你和昆恩已經轉送其他監獄了。」

上校點點頭。「有任何問題嗎，布拉德蕭？」

「昆恩也同意加入了？」哈利問。

「他現在坐在我車子的後座，很可能正在想，你為什麼拖這麼久。」

「可是你知道我入獄的原因吧，上校？」

「逃兵。」克雷佛登上校說，「所以我必須盯緊你，對吧？」兩人同時笑起來。「你會加入我的小隊當士兵，但我保證，你過往的紀錄不會成為你未來晉升的障礙。不過，既然提到這件事，布拉德蕭，在這個情況下，你可能必須改名。我們不希望有哪個聰明的混蛋挖出你的海軍紀錄，開始問些難堪的問題。有什麼想法嗎？」

「哈利・柯里夫頓，長官。」他回答得有點太快。

典獄長露出微笑，「我一直都在想，你的真名究竟是什麼。」

艾瑪．巴靈頓　1941

14

艾瑪想儘快離開克麗斯汀的公寓，逃離紐約，回到英國。回到布里斯托之後，她就可以獨自一個人哀慟，竭盡一生之力撫養哈利的兒子長大成人。但是，脫身談何容易。

「很對不起，」克麗斯汀說，手臂攬著艾瑪肩頭。「我不知道你不曉得湯姆的事。」

艾瑪虛弱微笑。

「我希望你知道，」克麗斯汀繼續說，「理察和我一刻也沒懷疑過，湯姆是無辜的。在我照顧之下活過來的那個人，絕對不可能犯下謀殺罪的。」

「謝謝你。」艾瑪說。

「我有幾張湯姆的照片，是我們在《堪薩斯之星號》上拍的，你想看看嗎？」克麗斯汀說。

艾瑪禮貌的點頭，雖然她並不想看湯瑪斯・布拉德蕭的照片。她決定，等克麗斯汀離開房間，她就要悄悄溜出公寓，回到旅館。她不想在陌生人面前繼續當傻瓜。

克麗斯汀一離開客廳，艾瑪就跳起來，卻不小心碰翻了茶几上的咖啡，杯子掉在地上，咖啡灑到地毯上。她跪下來，又哭了起來，這時克麗斯汀回到客廳，手裡拿著幾張照片。

看見艾瑪跪在地上哭，她忙著安慰她。「別管地毯了，這不重要。你何不看看這些照片，我去找東西來擦乾淨？」她把照片交給艾瑪，又走出客廳。

艾瑪接受事實，知道自己無法輕易脫身，所以坐回椅子上，很不情願地開始看湯姆・布拉德蕭的照片。

「噢，天哪！」她忍不住大聲叫出來。她不敢置信地瞪著眼前的照片：哈利站在一艘船的甲板上，背景是自由女神像，還有另一張的背景是曼哈頓的摩天大樓。淚水再次模糊了她的眼睛，她無法解釋這一切怎麼可能。她不耐煩地等著克麗斯汀回來。這位勤勞的家庭主婦不久就回到客廳，跪下來，開始用濕抹布擦掉地毯上的褐色咖啡漬。

「你知道湯姆被捕之後的情況嗎？」艾瑪焦急地問。

「沒人告訴你嗎？」克麗斯汀抬頭問，「檢方顯然沒有足夠的證據起訴他謀殺，傑克斯幫他脫罪了。但是海軍告他逃軍罪，他也認罪了，被判刑六年。」

艾瑪不明白，哈利怎麼會因為自己沒犯過的罪淪落到坐牢的地步。「審判是在紐約進行的？」

「是的，」克麗斯汀回答說，「因為他的律師是賽芬頓．傑克斯，所以理察和我都認為他應該不需要金錢資助。」

「我不太理解。」

「賽芬頓．傑克斯是紐約一家最頂尖律師事務所的合夥人，所以湯姆至少有很強的辨護律師。他為了湯姆的事來看我們的時候，好像真的非常關心。我知道他也去看了華歷斯醫師和船長，他向我們保證，湯姆是無辜的。」

「你知道他被關在哪個監獄嗎？」艾瑪平靜地問。

「拉文翰，在紐約上州。理察和我想要去探監，但是傑克斯先生說他不想見任何人。」

「你們實在太好心了。」艾瑪說，「離開之前，我是不是能再請你幫個小忙。這幾張照片可以給我嗎？」

「收著吧，理察拍了好幾十張。他總是說攝影是他的嗜好。」

「我不想再浪費你的時間。」艾瑪說，搖搖晃晃地站起來。

「你才沒浪費我的時間呢。」克麗斯汀回答說，「發生在湯姆身上的事，理察和我都很想不通。如果你去看他，記得替我們問候他。」她送艾瑪到門口，「如果他想讓我們去看他，我們也很樂意去。」

「謝謝你。」艾瑪說。克麗斯汀再次取下門鍊，打開門，說：「我們都感覺到湯姆陷在熱戀裡，但他沒告訴我們說你是英國人。」

15

艾瑪轉亮床邊的燈，再次端詳哈利站在《堪薩斯之星號》甲板上的照片。他看起來這麼開心，這麼輕鬆，顯然不知道上岸之後會碰到什麼事情。

她睡得斷斷續續的，心裡一直想搞清楚哈利為什麼會願意面對謀殺罪的審判，而且明明沒加入海軍，卻願意對逃兵罪認罪。她想來想去，斷定只有傑克斯可以提供答案。她要做的第一件事，就是去和他約時間見面。

清晨六點，她洗澡更衣，下樓吃早餐。桌上有份《紐約時報》，她翻開來，一則報導吸引了她的注意力。美國對英國情勢日益感到悲觀，認為英國無法抵擋德國勢在必行的入侵行動。有張照片是邱吉爾站在多佛的白色石崖上，叼著已是他招牌的雪茄，堅定凝望英法海峽，上方的標題寫著：「我們將與他們浴血沙灘。」

沒能留在祖國，讓艾瑪心有愧疚。她一定要找到哈利，把他弄出監獄，一起回到布里斯托。

飯店接待員幫她在曼哈頓的電話名錄上查傑克斯、梅爾與亞伯納席律師事務所，抄下一個華爾街的地址，交給艾瑪。

計程車載她到一棟高聳入雲的大樓前面，整幢建築都是用鋼鐵和玻璃建造的。她走進旋轉門，查看牆面標示四十八層樓裡各家公司行號的大告示牌。傑克斯、梅爾與亞伯納席律師事務所佔據了二十、二十一與二十二樓，接待櫃檯在二十樓。

艾瑪和一群身穿灰色法蘭絨西裝的男人一起擠進第一部上樓的電梯。走出二十樓，迎面就見三名身穿敞領白上衣搭黑裙的時髦女子坐在接待櫃檯後面，這又是她在布里斯托從未見過的場景。她自信地走上前去。「我想見傑克斯先生。」

「請問您有預約嗎？」接待小姐客氣地問。

「沒有。」艾瑪承認。她以前只和布里斯托的律師打過交道，巴靈頓家族的人大駕光臨，他們永遠都有空。

接待小姐一臉意外。客戶通常不會就這樣突然出現在櫃檯前面，要求見資深律師。他們要嘛寫信，要嘛由秘書打電話來，在傑克斯先生忙碌的日程裡擠出一個會晤時間來。「請告訴我您的大名，我可以和他的助理說一下。」

「我是艾瑪．巴靈頓。」

「請先坐一下，巴靈頓小姐。馬上會有人來接待您。」

艾瑪獨自坐在一個小隔間裡。所謂的「馬上」是半個多小時之後，一名灰西裝男子帶著黃色拍紙簿走進來。

「我是山謬．安斯寇特。」他伸出手說，「我知道你想見我們的資深合夥人。」

「沒錯。」

「我是他的法律助理。」安斯寇特在她對面坐下，「傑克斯先生要我先請教你，找他有什麼事情。」

「這是私事。」艾瑪說。

「要是我不能告訴他是什麼事，我想他大概不會見你。」

艾瑪抿著嘴。「我是哈利．柯里夫頓的朋友。」

她盯著安斯寇特看，但這個名字顯然對他沒有任何意義，雖然他記在黃色的拍紙簿上。

「我有理由相信哈利．柯里夫頓因為被控謀殺亞當．布拉德蕭而被捕，傑克斯先生是他的律師。」

這個名字起了作用，安斯寇特手上那支筆飛快寫著。

「我想見傑克斯先生，是為了知道，像他這麼有地位的一位律師，怎麼能容許我的未婚夫替湯瑪斯．布拉德蕭頂罪。」

這年輕人深深蹙起眉頭，顯然不習慣有任何人這樣說他老闆。「我不知道你在說什麼，巴靈頓小姐。」他說，艾瑪的揣測沒錯。「可是我會向傑克斯先生報告之後，再和你聯絡。或許你可以給我聯絡地址。」

「我住在五月花飯店。」艾瑪說，「我隨時都可以和傑克斯先生碰面。」

安斯寇特又在拍紙簿上記了下來，然後起身，草草點頭，但這一次沒和她握手了。艾瑪很有信心，不必等待太久，這位資深合夥人就會答應見她。

她搭計程車回五月花飯店，還沒打開房門，就聽見房裡的電話響了。她衝進房裡，但伸手拿起電話，對方卻已經掛斷了。

她坐在書桌旁，開始寫信給媽媽，說她已經安全抵達，但沒提到她確信哈利還活著的事。艾瑪要等到親眼見到他才會說。信寫到第三頁，電話又響了。她接起來。

「午安，巴靈頓小姐。」

「午安，安斯寇特先生。」她說，不等他自報名號，就知道他是誰。

「我已經向傑克斯先生報告過你想和他見面的事，但他沒辦法見你，因為這會和他所代表的另一位客戶產生利益衝突。他很抱歉，無法提供更多協助。」

電話掛斷了。

艾瑪坐在書桌旁，手裡還抓著電話，整個人呆住了，「利益衝突」這四個字不斷在她耳朵裡迴旋。是真的有另一位客戶存在嗎？如果是，那又會是誰？或者這只是不想見她的藉口？她放下話筒，靜靜坐了好一會兒，思索著如果是爺爺，在這樣的狀況下會怎麼做。她想起他最喜歡的一句格言：山不轉路轉。

艾瑪打開書桌抽屜，慶幸找到一疊新的信紙，擬了一份清單，是有可能讓傑克斯先生產生利益衝突的人。然後她下樓找接待員，知道接下來這幾天會很忙。這名說話輕聲細語的英國年輕女士開口要找法院、警察局與監獄的地址，讓接待員大吃一驚。

艾瑪離開五月花飯店之前，先到飯店附設的商店，給自己買了一本黃色拍紙簿。她走到人行道，招了一部計程車。

車子載她到城裡的另一個地方，和傑克斯先生辦公室位在不同方向的另一個區域。艾瑪爬上法院的台階時，想起了哈利，想像身處在截然不同情境下的他，踏進這幢建築時會有什麼感覺。她問門口的警衛，資料圖書館在什麼地方，希望能找出哈利當時是碰到什麼狀況了。

「如果你指的是檔案室，小姐，那是在地下室。」警衛說。

走下兩段樓梯之後，艾瑪問櫃檯的辦事員，她可不可以查閱紐約州控告布拉德蕭案件的檔案。辦事員交給她一張表格，要她填寫，裡面的問題包括：**你是學生嗎**？她回答：是。幾分鐘之後，辦事員交給她三大箱檔案。

「我們再兩三個鐘頭就關門了，」辦事員提醒她，「鐘一響，你就要馬上把檔案歸還到櫃檯來。」

艾瑪讀了幾頁檔案，不明白州檢察官為何不繼續追訴湯姆．布拉德蕭的謀殺罪，因為他們看似有很強的論據。這對兄弟一起住在旅館的同一個房間，威士忌倒酒器上滿是湯姆的血指紋，而且亞當被發現死在血泊之前，應該也沒有其他人進到房間裡。最嚴重的是，湯姆為何逃離犯罪現場？檢察官怎麼會接受他以較輕的罪行認罪？更大的謎團是，哈利一開始怎麼會捲進來的？梅西壁爐架上的信裡有這些問題的答案？又或者，這只是因為傑克斯知道一些不想讓她發現的事？

鐘聲打斷了她的思緒，她必須馬上歸還檔案。她找到了幾個問題的答案，但有更多問題沒得到解答。艾瑪做了筆記，寫下兩個名字，希望他們可以提供更多答案。但他們會不會也有「利益衝突」呢？

五點剛過，她從法院出來，修長的手裡抱著更多筆記。她在一家叫賀雪酒館的店裡買了些吃的，又向街頭攤販買了一瓶可樂，然後招了計程車，請司機載她到第二十四區警察局。她在車上吃喝，這是她媽媽絕對不會贊同的行為。

抵達警察局之後，艾瑪要求見柯洛斯基警探或雷恩警探。

「他們兩個這星期都值夜班。」值班的警員告訴她，「要十點鐘才會來上班。」

艾瑪謝謝他，決定先回飯店吃晚餐，十點鐘再回到第二十四區警局。

吃完凱撒沙拉，以及第一次品嘗的紐約繽紛聖代之後，艾瑪回到她位在四樓的房間，躺在床上，思考著要問柯洛斯基或雷恩什麼問題，假設他們兩人願意見她的話。布拉德蕭先生是否有美國口音……？

艾瑪睡著了，睡得很沉，直到樓下街道的警笛聲驚醒了她。她現在知道，為什麼樓層較高的房間比較貴了。她看看手錶，一點十五分。

「要命！」她跳起來，衝向浴室，拿條毛巾泡泡冷水，敷在臉上。她迅速走出房間，搭電梯到一樓。走出旅館時，她很詫異發現外面還是很熱鬧，人行道上人來人往，和白天一樣。

她又招了一部計程車，要司機載她回第二十四區警局。是紐約的計程車司機開始聽得懂她的話，還是她開始聽得懂計程車司機的話了？

快兩點的時候，她踏上台階到警察局。另一位值班警員請她稍坐，保證會通知柯洛斯基和雷恩說她在接待處等他們。

艾瑪以為要等很久，沒料到，幾分鐘之後，就聽見值班警員說：「嘿，卡爾，這裡有位小姐說要見你。」他指著艾瑪的方向。

柯洛斯基警探一手咖啡、一手菸地走過來，對艾瑪半露微笑。艾瑪不禁想，等他知道她為什麼要來找他時，他臉上的微笑會多快消失。

「有什麼可以效勞的嗎，小姐？」他問。

「我是艾瑪．巴靈頓。」她說，刻意強調自己的英國口音。「我有件個人的私事，想要請教你。」

「那就到我的辦公室來吧，巴靈頓小姐。」柯洛斯基說，開始往走廊另一頭走去，停在一扇門前，用鞋尖踢開。「請坐，」他指著辦公室裡唯一的另一張椅子說，「要我幫你倒杯咖啡嗎？」艾瑪一坐下，他就問。

「謝謝，不用。」

「很明智的決定，小姐。」他把馬克杯擺在桌上，點菸，坐下。「需要我幫什麼忙呢？」

「我知道是你逮捕我未婚夫的。」

「你未婚夫叫什麼名字？」

「湯瑪斯．布拉德蕭。」

她猜得沒錯。他的表情、語氣、神態全都變了。「沒錯，是我。我可以告訴你，小姐，在賽芬頓．傑克斯插手之前，這根本是個簡單明瞭，一點疑問都沒有的案子。」

「可是這個案子並沒有進入審判程序。」

「那是因為布拉德蕭有傑克斯當律師。他如果替本丟．彼拉多❺辯護，一定可以說服陪審團相信，彼拉多只不過是幫那個想買釘子釘十字架的年輕木匠一把而已。」

「你的意思是傑克斯先生——」

「不，」艾瑪還沒把話說完，柯洛斯基就語帶諷刺的打斷她。「我覺得這一切都只是巧合，

❺ Pontius Pilate，羅馬帝國猶太行省的第五任總督，判處耶穌的十字架釘刑。

檢察長那年正好要競選連任，而傑克斯有幾位客戶剛好又是他競選經費的大金主。反正，」他吐出一大口煙之後又說，「布拉德蕭最後因為逃兵被判六年，雖然檢方建議的刑期是十八個月，至多兩年。」

「你的看法是？」艾瑪問。

「法官認為布拉德蕭有罪——」柯洛斯基停了一晌，又吐出一口煙。「——謀殺罪。」

「我認同你和法官的看法。」艾瑪說，「湯姆．布拉德蕭很可能犯了謀殺罪。」柯洛斯基一臉驚訝，「但是你逮捕的那個人有沒有告訴你說你搞錯了，他不是湯姆．布拉德蕭，而是哈利．柯里夫頓？」

警探仔細打量艾瑪，想了想。「他一開始確實說過類似的話，但是傑克斯一定是告訴他說這行不通，因為他之後就再也沒提起了。」

「要是我能證明這是說得通的，柯洛斯基先生，你會不會感興趣？」

「不，小姐，」柯洛斯基堅定地說，「這案子早就結案了。你的未婚夫已經因為認罪而被判坐牢六年，而且我桌上的工作堆積如山——」他一手壓在成疊的檔案上，「沒辦法再重新揭開舊傷疤。現在，除非有其他事情需要我幫忙……」

「我可以到拉文翰探望湯姆嗎？」

「我看不出來有什麼不可以。」柯洛斯基說，「寫信給典獄長，他會寄探監申請給你，你填好之後寄回去，他們就會給你一個探監日期。應該只需要六到八星期的時間。」

「可是我沒有六個星期的時間。」艾瑪抗議，「我這幾個星期就要回英國了。有沒有辦法可以加快申請速度？」

「除非基於人道的理由。」警探說，「僅限於妻子和父母。」

「那如果是犯人兒女的母親呢？」艾瑪問。

「在紐約，小姐，這就等同於妻子，只要你能證明。」

艾瑪從皮包裡掏出兩張照片，一張是塞巴斯汀，一張是站在《堪薩斯之星號》甲板上的哈利。

「在我看來，這就夠了。」柯洛斯基把哈利的照片交還給她，沒多作評論。「如果你別再煩我，我會和典獄長談談，看能不能安排一下。」

「謝謝你。」艾瑪說。

「我怎麼聯絡你？」

「我住在五月花飯店。」

「我會和你聯絡。」柯洛斯基記下來說，「可是我希望你不要懷疑，小姐，湯姆・布拉德蕭殺了他的兄弟。我非常確定。」

「我也希望你不要懷疑，警官，現在關在拉文翰的那個人不是湯姆・布拉德蕭。我非常確定。」艾瑪把照片收回皮包裡，站起來離開。

看著她走出辦公室，警探蹙起眉頭。

艾瑪回到飯店，更衣，躺到床上。她清醒躺著，很想知道柯洛斯基會不會再多想想自己是不是逮錯人了。她還是不明白，傑克斯是怎麼讓哈利被判刑六年的，他明明很容易就可以證明哈利並不是湯姆·布拉德蕭。

最後她終於睡著了，慶幸沒有任何的夜間訪客來吵醒她。

口

電話鈴響時，她人在浴室。等她接起電話，話筒裡傳來的只有嘟嘟聲。

電話再次響起時，她正要關上房門下樓吃早餐。她馬上衝回房裡，抓起電話，聽見另一端傳來她認得的聲音。

「早安，柯洛斯基先生。」她說。

「消息不太好。」警探開門見山說。她癱坐在床上，擔心最壞的情況。「我下班之前和拉文翰的典獄長通過電話。他告訴我，布拉德蕭講得很清楚，他不見任何訪客，沒有例外。而且傑克斯先生好像也簽了一份執行令，如果有人要求見布拉德蕭，必須先通知他。」

「沒辦法傳訊息給他嗎？」艾瑪懇求，「我相信，如果他知道是我——」

「沒有希望啊，小姐，」柯洛斯基說，「你不知道傑克斯的人脈有多廣。」

「他可以否決典獄長的決定？」

「典獄長算哪棵蔥。紐約的檢察官和一半法官都在傑克斯的控制之下。別告訴別人說這是我講的喔。」

他掛掉電話。

不知過了多久，艾瑪聽見有人敲門。會是誰呢？門打開，一張和善的臉孔探進來。

「我可以打掃房間嗎，小姐？」有個推手推車的女子問。

「給我幾分鐘。」艾瑪說。她看看手錶，意外發現竟已十點十分。她得讓腦筋清醒一下，才能思考下一步行動，於是決定到中央公園好好散步。

她在公園裡漫步，做了一個決定。是該去探望姑婆了，問問她的意見，看接下來該怎麼做。

艾瑪往第六十四街與公園大道的方向走去，一路沉思，該怎麼對菲黎斯姑婆解釋她拖這麼久才來看她，所以對眼前的景物視而不見。她停下腳步，轉身，重新邁開腳步，看著路旁的櫥窗，直走到道布戴爾書店門口。中間的櫥窗用書疊成一個金字塔，旁邊有張照片，是個油亮黑髮往後梳、留小鬍子的男人。他對著她微笑。

受刑人日記

我在拉文翰重刑監的歲月

麥克斯・勞德著

暢銷鉅著作者將於週二下午五點舉行簽書會

切勿錯過與作者會面的機會

吉爾斯・巴靈頓 1941

16

吉爾斯不知道部隊要往哪裡去。好幾天的時間，他好像不停行進，每次頂多只能睡一兩個鐘頭。他先是搭上火車，然後換卡車，接著走過運輸艦的舷橋，隨著船隻的速度破浪航過大海，最後終於下船，一千名韋塞克斯軍團的官兵在北非海岸的埃及亞歷山卓港登陸。

在旅途中，吉爾斯與他在達特摩訓練營的同袍重逢，但必須接受他們如今已歸他指揮的事實。其中有一兩個，特別是貝茲，很難開口喊他長官，甚至更難每次見到他就要敬禮。

一列陸軍運輸車隊在港口等待韋塞克斯軍團官兵下船。吉爾斯沒經歷過像這樣熱氣逼人的高溫天氣，才剛踏上這片陌生的土地沒多久，他才換上的卡其制服就已被汗水濕透了。他迅速整隊，才讓隊伍爬上等候的卡車。車隊沿著塵土飛揚的狹小海岸路緩緩前進，連續開了好幾個鐘頭，最後來到一座被轟炸得面目全非的城市郊區。貝茲高聲嚷著：「托布魯克！我就說是這裡！」於是開始向弟兄們收他打賭獲勝的賭金。

開進城區之後，車隊的車輛在不同地點放官兵下車。吉爾斯和其他軍官在豪華飯店外面跳下車，因為韋塞克斯軍團徵用這裡當總部。吉爾斯推開旋轉門進到飯店，發現這裡一點都不豪華。每一吋可以利用的空間都塞滿臨時辦公室。原本掛畫的牆上，用圖釘釘滿圖表和地圖。歡迎世界各地貴客蒞臨的奢華紅地毯，也被不停走來走去的軍靴踩得破舊。

只有接待區能讓人想起這裡曾經是一座大飯店。值班的下士在長長的新抵岸名單上找巴靈頓少尉的名字。

「二一九號房。」他說，交給他一只信封。「你需要的東西都在房間裡，長官。」

吉爾斯走上寬闊的樓梯到二樓，進到房間裡。他坐在床上，打開信封，讀給他的指令。他七點鐘必須到宴會大廳報到，軍團上校要對全體軍官訓話。吉爾斯打開行李袋，沖了澡，換上乾淨的襯衫，回到樓下。他在軍官餐廳拿了個三明治和一杯茶，趕在七點鐘之前抵達大宴會廳。

這個寬敞的大廳有富麗堂皇的挑高天花板，華麗的水晶吊燈，擠滿喧鬧的軍官，有的和舊友重逢，有的把自己介紹給新朋友認識，等著想知道自己在大戰略棋盤上會扮演什麼角色。吉爾斯瞥見大廳另一頭有個中尉，他覺得自己好像認識，但不一會兒就沒看見那人的身影。

六點五十九分，羅勃遜上校走上舞台，大廳裡所有的人全都安靜下來，馬上立正站好。他停在舞台正中央，和下面的人揮手。他雙腿分開，手扠腰，開始對大家訓話。

「各位先生，從大英帝國的每一個角落來到北非，和德軍作戰，對各位來說，想必是很陌生的經驗。然而，隆美爾元帥的非洲兵團也在這裡，為的是維持歐洲的石油供應不中斷。我們的任務就是在他們的最後一輛坦克沒油可用之前，把他打得落花流水，逃回柏林。」

大廳響起喝采，眾人鼓掌且頓足。

「韋佛爾將軍賦予韋塞克斯軍團捍衛托佈魯克的光榮任務，我向他報告，我們願意犧牲所有人的性命，確保隆美爾不入住豪華飯店的套房。」

這句話引來更熱烈的喝采，更用力的頓足。

「現在，我要你們向各自的連指揮官報到，指揮官會向你們簡報我們捍衛本城的全盤計畫，以及你們各自應該負責的任務。各位，我們沒有時間可以浪費。祝大家好運，狩獵愉快。」

上校下台的時候，所有的軍官又馬上立正。吉爾斯再次查看自己收到的指令。他被分發到C連第七排，在上校訓話之後，應該到圖書室集合，聽理查斯少校的簡報。

「你一定是巴靈頓，」幾分鐘之後，吉爾斯一走進圖書室，少校就說。吉爾斯立正敬禮。「很高興你一授階之後就馬上加入我們的行列。我讓你負責第七排，接受你老朋友的指揮。你底下有三個班，總共十二個人。你們的責任是巡邏城區的西緣。你會有一名中士和三名下士協助你。詳細的情況，中尉會向你說明。你們以前是同學，應該不需要太多時間彼此熟悉。」

吉爾斯很好奇這位中尉會是誰。這時他想起在大廳看到的那個熟悉的修長身影。

□

吉爾斯．巴靈頓少尉很願意認為費雪中尉是個好人，但卻無法抹去當年在聖貝迪就學時的回憶。當時擔任級長的費雪，開學第一個星期每天晚上找哈利麻煩，沒有任何理由，只因為哈利是個碼頭工人的兒子。

「很高興又見面了，巴靈頓，隔了這麼多年之後。」費雪說，「我覺得我們一定可以合作愉快，你覺得呢？」他顯然也回想起自己欺負哈利．柯里夫頓的往事。吉爾斯勉強擠出一絲微笑。

「我們手下有三十幾個人，另外還有三名下士和一名中士。有些是你認得的，和你在同一個訓練營受過訓。事實上，我已經派貝茲下士負責指揮一個班。」

「泰瑞・貝茲？」

「貝茲下士。」費雪再說一遍，「提到其他階級的人，絕對只能叫他們的姓。在軍官餐廳，只有我們兩個在一起的時候，吉爾斯，你可以叫我亞歷斯，但是在其他人面前不可以。我相信你一定聽明白了。」

你以前就是個自大的混蛋，到現在還是沒變，吉爾斯想。這一次他沒微笑。

「我們的任務是守著城市的西邊，每班四小時，輪流監視。別低估這個任務的重要性，因為情報顯示，如果隆美爾要攻打托布魯克，就會從西面進攻。所以我們必須隨時保持警覺。我讓你來排班表。我一天通常只能值兩個班，但因為有其他任務，所以沒辦法值更多班了。」

什麼任務呢？吉爾斯實在很想問他。

吉爾斯喜歡和手下一起巡邏西城，也很快就熟悉他這三十六位士兵，部分原因是貝茲隨時提供他充分的資訊。他遵照費雪的指示，讓他們隨時保持戒備，但經過平靜無波的幾個星期，他開始懷疑他們是不是真的會面對敵軍了。

□

四月初一個有霧的傍晚，吉爾斯的三名巡邏兵全在外面巡邏時，不知從哪裡射來的槍彈突然齊發。士兵立即臥倒，迅速爬行到最近的建築，找地方掩蔽。

德軍發動第一波攻擊的時候，吉爾斯正和領頭的班兵在一起。接著，第二波子彈又射來。雖然槍彈都沒擊中目標，但吉爾斯知道，要不了多久，德軍就會確認出他所在的位置。

「在我下令之前不准開槍。」他下達命令，用雙筒望遠鏡緩緩查看地平線。他決定在展開進一步行動之前，先向費雪報告。他拿起野戰無線電話，費雪立刻接了電話。

「你知道他們有多少人嗎？」費雪問。

「我猜應該不到七十個，頂多八十。如果你帶第二班和第三班來，應該就可以擋下他們，撐到援軍趕到。」

第三波攻擊又開始，但吉爾斯查看地平線之後，還是下令：「不准開槍。」

「我派哈里斯中士帶第二班去支援你。」費雪說，「你隨時向我報告，我會決定什麼時候派第三班過去。」電話掛了。

第四波攻擊緊跟著第三波之後展開，這一次，吉爾斯用望遠鏡專心觀察，看見十幾個人匍匐爬過空曠的地面，朝他們而來。

「瞄準，但等目標進入射程再開槍，每顆子彈一定都要擊中目標。」

貝茲是第一個扣下扳機的。「逮住你了。」他說。一名德軍倒在沙漠的沙土上。他重新裝上子彈，說：「誰叫你們去轟炸百老匯街！」

「閉嘴，貝茲，專心！」吉爾斯說。

「抱歉，長官。」

吉爾斯繼續觀察地平線。他看見有兩個，也或許是三個人被擊中，面朝下倒臥在沙裡，距他們的壕溝只有幾碼遠。他下令再發動一波射擊，吉爾斯看見更多德軍奔回壕溝尋求掩蔽，像螞蟻匆忙爬進洞裡一樣。

「停火！」吉爾斯喊道，知道他們不能再浪費寶貴的彈藥。他望向左邊，看見第二班已經在哈里斯中士的指揮下就位，等待他們下達命令。

他拿起野戰無線電話，費雪接起電話。「我的彈藥撐不了多久，長官。現在我的左翼有哈里斯中士掩護，但右翼曝露在德軍槍火下。你如果能過來，我們擊退他們的可能性就比較高。」

「你已經有第二班可以強化軍力了，巴靈頓。我最好留在陣線後面掩護你，以防萬一他們衝破防線。」

又一波子彈朝他們的方向飛來。德軍顯然已經搞清楚他們所在的位置，但吉爾斯仍然命令兩個班暫時不要開火。他罵了一句髒話，放下電話，跑過一段沒有掩護的空地，和哈里斯中士在一起。他的移動又引來一波射擊。

「你覺得情況如何，中士？」

「這應該是半個連，總共大概有八十人。但我想，他們只是先遣的偵察隊。所以我們應該要在這裡待著，保持耐心。」

「我同意，」吉爾斯說，「你想他們會怎麼做？」

「德國佬知道他們人數比我們多，所以他們會在援軍趕到之前發動攻擊。如果費雪中尉能帶第三班來掩護右翼，我們的情況就會好很多。」

「我同意，」吉爾斯說，又一波子彈朝他們襲來。「我回去告訴費雪，等我的命令。」

吉爾斯左閃右躲跑過空地，這一次子彈挨得很近，差點就擊中他。他正要打給費雪，野戰無線電話就響了。他馬上抓起電話。

「巴靈頓，」費雪說，「我相信這次該輪到我們進攻了。」

吉爾斯必須重複費雪說的話，確定他沒聽錯。「你要我帶隊對德軍發動攻擊，而你帶領第三班掩護我？」

「要是我們這麼做，」貝茲說，「等於是在獵槍槍口下孵蛋的野鴨啊。」

「閉嘴，貝茲。」

「是的，長官。」

「哈里斯中士這麼想，而我也同意他的看法，」吉爾斯說，「如果你帶第三班來掩護我們的右翼，德軍就必須發動攻擊，然後我們可以——」

「哈里斯中士怎麼想，我一點興趣都沒有，」費雪說，「我下令，你執行。聽明白了嗎？」

「是的，長官。」吉爾斯說，用力摔下電話。

「我實在很想宰掉他，長官。」貝茲說。

吉爾斯不理會他，給手槍裝上子彈，在網狀皮帶上掛上六個手榴彈。他站起來，讓兩排人都看得見他，拉開嗓門說：「裝上刺刀，準備進攻。」他走出掩體，大聲說：「跟我來！」

吉爾斯跑過乾涸焦黃的沙地，哈里斯中士和貝茲下士跟在他後面約一步的距離。又一波子彈襲來，他不禁忖思，在人數如此懸殊的情況下，他究竟還能撐多久。還差四十碼的距離時，他已經清楚看見敵軍的三個壕溝在哪裡。他從皮帶上取下一顆手榴彈，丟向中間的那個戰壕，彷彿從外野把板球丟回守門員的手套裡那樣。手榴彈落在掩護的樹樁上，吉爾斯看見兩個人飛到空中，還有一個往後倒。

他手臂一揮，朝左手邊擲出第二顆手榴彈，這肯定正中目標，因為敵軍的槍火突然停息了。第三顆手榴彈擊中了一部機關槍。吉爾斯往前跑的時候，看見敵軍瞄準他。他掏出槍袋裡的手槍，像在射擊場上那樣開槍，只是這一次的槍靶是活生生的人。一個，兩個，三個倒下。這時吉爾斯看見一名德國軍官就在他的射程裡。那名德國人也扣下扳機，但晚了一步，倒在他面前的地上。吉爾斯覺得想吐。

離壕溝只有一碼的時候，一名年輕德軍把步槍丟在地上，另一個高高舉起雙手。吉爾斯瞪著他手下敗軍絕望的眼睛。他不必懂德文也知道他們不想死。

「停火！」吉爾斯大喊，第一班和第二班迅速壓制了敵軍的攻勢。「哈里斯中士，要他們整隊，解除他們的武裝。」他說，一轉身才看見哈里斯頭靠在沙上，一縷鮮血從嘴巴汩汩流出，離戰壕只有幾碼之遙。

吉爾斯回頭看著他們衝過的空地，想要數一數，有多少士兵因為一個人軟弱的決定而犧牲性命。扛擔架的人已經開始搬運戰場上的屍體。

「貝茲下士，讓敵軍的俘虜三個三個排好，押著他們回營區。」

「是的，長官。」貝茲說，這聲「長官」喊得真心真意。

幾分鐘之後，吉爾斯帶著他僅餘的手下走回那片空地。大約走了五十碼，吉爾斯看見費雪朝他跑來，後面跟著第三班。

「好了，巴靈頓，我來接手。」他嚷道，「你押後。跟著我來。」他帶著被俘的德軍，得意揚揚地走回城裡。

回到豪華飯店時，一小群人圍攏在一起為他們歡呼。費雪對其他軍官同袍回禮。

「巴靈頓，把那些戰俘關好之後，帶這些小伙子去食堂喝一杯，這是他們應得的。我利用這個時間去向理查斯少校報告。」

「我可以宰了他嗎，長官？」貝茲問。

17

隔天早上，吉爾斯下樓吃早餐時，幾名軍官，有幾個甚至從沒和他交談過，走過來和他握手。

他走進軍官餐廳時，好幾個人轉頭看他，朝他的方向微笑，讓他有點不好意思。他拿了一碗粥，兩顆水煮蛋，和一本過期的《潘趣雜誌》。他看到E．H．薛帕畫的漫畫，說希特勒騎著前輪大後輪小的舊型腳踏車從加萊撤退，不禁笑起來。

「不可思議的英勇。」他右邊的一位澳洲人說。

吉爾斯覺得自己臉紅了。

「我也這麼認為。」桌子另一側有人說，「太了不起了。」

吉爾斯很想走開，趁他們還沒……

「你說那個傢伙叫什麼？」

吉爾斯舀起一匙粥。

「費雪。」

吉爾斯差點嗆著了。

「這個費雪不顧危險，帶著他的手下衝過沒有掩護的空地，只帶著手榴彈和手槍，炸掉了滿滿是德軍的三個壕溝。」

「難以置信！」另一個人說。

這一點吉爾斯也同意。

「聽說他只靠著兩個人掩護，幹掉一名軍官，俘虜了五十個該死的德軍，是真的嗎？」

吉爾斯剝開第一個水煮蛋的蛋殼。蛋煮得好硬。

「一定是真的。」另一個人說，「因為他已經晉升上尉了。」

吉爾斯坐在那裡瞪著他的蛋黃。

「我聽說，上級已經建議頒給他十字獎章。」

「這是他最起碼該得的。」

他最起碼該得的，吉爾斯想，是貝茲所建議的。

「有其他人參與行動嗎？」坐在餐桌另一側的那人問。

「有啊，他的副手，可是我記不得他的名字。」

吉爾斯聽夠了，決定去告訴費雪，他心裡真正的想法。他放下碰也沒碰的第二顆蛋，走出軍官餐廳，到戰情室去。他非常火大，連門都沒敲就闖了進去。一進門，他就立正敬禮。「對不起，長官，」他說，「我不知道您在這裡。」

「這是巴靈頓先生，長官，」費雪說，「您一定記得，我向您報告過，他在昨天的行動裡協助我。」

「噢，是啊，巴靈頓。幹得好。你大概還沒看到今天發布的命令，但你已經晉升為中尉了。看過費雪上尉的報告之後，我可以告訴你，我們在電報裡一定會提及你的名字。」

「大大恭喜啊，吉爾斯。」費雪說，「實至名歸。」

「確實，」上校說，「既然你來了，巴靈頓，我正和費雪上尉說，他既然已經識破隆美爾攻打托布魯克的路線，在城西的巡邏守備應該要加倍，我們會派出一整連的坦克做你們的後援。」

他抓起攤在桌上的地圖，部署在這裡、這裡，和這裡。我希望你們都同意？」

「我同意，長官。」費雪說，「我會馬上讓全排的弟兄都做好準備。」

「趕緊行動，」上校說，「因為我有預感，隆美爾很快就會回來，這一次不會只派偵察兵，而會帶領非洲兵團來襲。我們一定要做好準備，請君入甕。等待他們踏進我們的陷阱裡。」

「我們會準備好迎戰的，長官。」費雪說。

「很好。因為我要你負責我們新的巡邏行動，費雪。巴靈頓，你還是擔任副手。」

「我中午就會把報告送到您辦公桌上，長官。」費雪說。

「幹得好，費雪。具體的行動細節就交給你們了。」

「謝謝您，長官。」費雪說。立正敬禮，送上校離開。

吉爾斯正要開口，費雪就搶先說：「我已經建議追贈哈里斯中士陸軍獎章，電報裡也會提到貝茲下士的表現。我希望你支持我的決定。」

「而且我聽說，你也會得到陸軍十字獎章？」吉爾斯問。

「這不是我決定的，老兄，可是身為指揮官，我很樂意得到肯定。我們開始幹活吧。現在我們有六支巡邏隊可以調度，我想我們……」

□

在第一班和第二班人人稱為「費雪夢話」的事件之後，從上校以下的全部官兵都進入紅色警戒狀態。有兩個排在城西巡邏，日夜輪班，一排值勤，一排休息。所有的人對隆美爾會不會領頭帶著非洲兵團出現在地平線上，都已不再懷疑。他們知道這只是時間早晚的問題而已。

就連剛晉升為英雄的費雪，偶爾也出現在城界外圍，也許只是為了保持他的英雄神話吧，總是待得久到讓所有的人都看見他出現了。然後，他就拿起野戰無線電話，向部署在後方三哩處的坦克連指揮官報告。

□

沙漠之狐選擇一九四一年四月十一日對托布魯克展開攻擊。在德軍的猛烈攻擊下，英軍與澳軍表現得無比英勇，拚命守住城界。但隨著一個月又一個月過去，食糧和彈藥的補給開始不足，有些人懷疑——儘管沒說出口——他們遲早要被隆美爾大軍擊敗。

這個星期五早晨，沙漠的霧氣剛散，巴靈頓中尉用雙筒望遠鏡查看地平線，看見一排又一排的德國坦克。

「該死！」他說。他抓起野戰電話，但一枚砲彈擊中他和手下選為觀測站的這棟建築。費雪接起電話。「我看見四十，也許五十部坦克朝我們開來。」吉爾斯告訴費雪。「而且他們後面好像有整個軍團的士兵。請求允許我的手下撤退到較安全的地點，這樣我們可以重新整隊，部署戰鬥隊形？」

「留守據點，」費雪說，「敵軍一進入射程，就立刻開戰。」

「開戰？」吉爾斯說，「用什麼開戰？弓箭嗎？這不是艾金寇[6]戰役啊，費雪。我只有不到一百個人，手上只有步槍，要怎麼對抗一整個軍團的坦克。看在老天的份上，費雪，請准許我考慮手下的安危。」

「留守據點。」費雪又說一遍，「敵軍一進入射程就開戰。這是命令。」

吉爾斯摔下電話。

「他最好知道自己在幹嘛。」貝茲說，「這傢伙根本就不想讓你活命。你早該讓我一槍斃了他。」

又一顆砲彈擊中房子，石塊瓦礫紛紛掉落他們周圍。吉爾斯不再需要望遠鏡，也可以看見有多少坦克朝他們駛來。他接受現實，知道自己再活也沒有多久了。

「瞄準！」他突然想起塞巴斯汀，這孩子會繼承家族爵銜。塞巴斯汀只要有哈利一半優秀，巴靈頓家族就不必擔心自己的未來無以為繼。

又一顆砲彈擊中他們後方的建築，吉爾斯清清楚楚看見有個德軍站在坦克砲塔上看他。「開

[6] Agincourt，位於法國北部，一四一五年，英軍以寡敵眾，擊敗法軍，成為英法百年戰爭裡的傳奇戰役。

火！」

周圍的建築開始崩塌，吉爾斯想起艾瑪、葛芮絲、父親、母親、爺爺和……下一顆砲彈讓整幢大建築垮了下來。吉爾斯抬頭，看見石塊大片大片墜落，墜落，再墜落。他跳起來護在貝茲身上，貝茲還在對著進擊的坦克不斷開槍。

出現在吉爾斯眼前的最後一個影像是哈利。哈利不停往前游，游向安全的地方。

艾瑪·巴靈頓　1941

18

艾瑪獨自坐在飯店房間裡，把《受刑人日記》從頭讀到尾。她不知道麥克斯・勞德是誰，但有件事是肯定的：他絕對不是作者。

這本書只有一個人寫得出來。很多文句她再熟悉不過了，勞德甚至懶得改掉其中的名字，當然，除非他也有個人在海外、同時也叫艾瑪的女朋友。

艾瑪讀完最後一頁的時候，已經將近午夜。她決定打電話給還在上班的某人。

「請再幫我一個忙。」那人接了電話之後，她說。

「說吧。」他說。

「我需要麥克斯・勞德假釋官的電話。」

「麥克斯・勞德，那個作家？」

「正是。」

「我不想問是為什麼。」

她又從頭開始看第二遍，在書頁空白處用鉛筆寫下註記，但還沒讀到圖書副管理員走馬上任那段，就已經睡著了。隔天早上五點醒來，她又繼續看，一直看到有名獄警走進圖書室說：「勞德，典獄長要見你。」

艾瑪泡了個慵懶的長澡，思索著，她這麼努力想要蒐集的資料，竟然在任何一家書店，花一塊半就可以買得到。

換好衣服之後，她下樓吃早餐，拿起一份《紐約時報》。翻到書評版，意外看見《受刑人日記》的書評：

「我們應該感謝勞德先生，讓我們瞭解今日監獄的現況。勞德是才華橫溢的作家，擁有真正的天分。我們希望他已出獄，而且永遠不會放下他的筆。」

他打從開始就沒拿起筆吧，艾瑪不屑地想，一面簽了帳單。

上樓回房間之前，她問接待員，在道布戴爾書店附近有沒有什麼好餐廳可以推薦。

「巴賽麗，小姐。那家餐廳評價最高。需要我替你訂位嗎？」

「是的，麻煩你，」艾瑪說，「請幫我訂今天午餐一位，晚餐兩位。」

接待員很快就知道這位英國小姐不管想做什麼，都不應該覺得意外。

艾瑪回到房間，坐下來再次讀這本日記。她有點不解，日記是從哈利抵達拉文翰開始，但整本書各處都有些蛛絲馬跡，提到他也寫下了入獄前的經歷，儘管出版社很可能並沒有看到那個部分，更不要說是讀者了。事實上，這讓艾瑪更加相信，還有其他的日記存在，不只述說了哈利被捕與受審的過程，或許也說明了，雖然有個明知他不是湯姆．布拉德蕭的厲害律師傑克斯，他卻還會吃這麼多苦頭。

讀完標有記號的日記第三遍之後，艾瑪覺得自己需要到公園再好好散一回步。走到萊辛頓大道時，她走進布魯明岱爾百貨公司，訂了些東西，店員保證下午三點鐘就可以取貨。在布里斯托，同樣的東西訂貨要十四天才能取呢。

在公園散步時，一個計畫悄悄在腦海裡成形，但她必須回到道布戴爾書店，好好觀察店內的情況，才能敲定最後的細節。走進書店時，店員已經為簽書會做好準備了。有張桌子，還用繩子圍起一個區域，清楚標明排隊的位置。櫥窗上的海報加上了一個紅色大寫標題：「今天！」

艾瑪選了兩排架子中間的空隙，可以清楚看見勞德簽書的位置。從這裡，她可以觀察她的獵物，布好陷阱。

她快一點鐘的時候離開道布戴爾書店，越過第五大道，到巴賽麗餐廳。有位服務生帶她到爺爺或外公絕對不會接受的位子。但這裡的餐點名不虛傳，確實是一流的。帳單送來時，她深吸一口氣，留下豐厚的小費。

「我預定了今晚的位子，」她對服務生說，「可以給我個小房間嗎？」服務生頗為猶豫，但艾瑪抽出一元紙鈔，讓他的疑惑一掃而空。她慢慢瞭解在美國事情是怎麼運作的。

「你叫什麼名字？」艾瑪把紙鈔遞給他，問。

「吉米。」服務生回答說。

「還有件事，吉米。」

「請吩咐，小姐。」

「我可以帶走一份菜單嗎？」

「當然可以，小姐。」

回五月花飯店的路上，艾瑪到布魯明岱爾取她訂的貨。店員把名片樣張給她看的時候，她露出微笑。「希望您滿意，小姐。」

「非常滿意。」艾瑪說。她一回到飯店房間，就反覆練習她準備好的問題，決定好先後順序之後，用鉛筆整整齊齊寫在菜單背後。她筋疲力竭地躺在床上，沉沉睡去。

持續不斷的電話鈴聲喚醒她時，外面天色已暗。她看看手錶，已經五點十分。

「該死！」她說著抓起電話。

「我知道那個感覺。」電話另一端的聲音說，「雖然我不一定會用這兩個字。」艾瑪笑起來。「你想找的那個人叫布瑞特．埃德斯……我沒告訴你喔。」

「謝謝你，」艾瑪說，「我會想辦法不再打擾你。」

「但願如此。」警探說完就掛掉電話。

艾瑪用鉛筆把「布瑞特．埃德斯」這個名字整整齊齊寫在菜單的右上角。她很想快快沖個澡，換衣服，但時間已經遲了，她不能錯過和他見面的機會。

她抓起菜單和三張名片，塞進皮包裡，然後衝出房門，不等電梯來就跑下樓梯。她招了一部計程車，跳上後座。「第五大道的道布戴爾書店，」她說，「快一點！」

計程車加速疾馳。噢，天哪，艾瑪想，我是怎麼回事？

艾瑪進到擁擠的書店，站在她之前挑選好的位置，也就是政治類和宗教類的書架之間，從那裡觀察麥克斯・勞德簽書。

他動作誇張地給每一本書簽名，整個人沐浴在粉絲崇拜的溫暖光線裡。艾瑪知道，坐在那裡接受盛讚的應該是哈利才對。他知道自己的作品出版了嗎？她今晚能找到答案嗎？

結果她根本不必趕時間，因為勞德這本超級暢銷書又簽名簽了一個鐘頭，排隊的人潮才慢慢稀落。他題字越寫越長，希望能吸引其他人的注意，也來加入排隊的行列。

他和最後一位排隊的讀者聊個沒完沒了，艾瑪離開觀察的位置，走了過去。

「你親愛的媽媽還好嗎？」那位讀者問。

「她很好，謝謝你。」勞德說，「她沒去飯店工作了，」他補上一句，「因為我這本書很暢銷。」

這位讀者微笑：「那艾瑪呢，請容我問？」

「我們秋天就要結婚了。」勞德幫她簽完名說。

我們要結婚嗎？艾瑪想。

「噢，太為你們高興了。」那位讀者說，「她為你付出這麼多。請替我問候她。」

你何不轉身，親自問候我呢？艾瑪很想這麼說。

「我一定會的。」勞德說，把書交還給她，露出和封底照片一樣的微笑。

艾瑪走上前去，交給勞德一張名片。他仔細看了一會兒，同樣的微笑又出現了。

「和我同行，是經紀人。」他站起來歡迎她。

艾瑪握了握他伸長的手，想辦法擠出微笑。「是的，」她說，「倫敦有幾家出版社對你的書很感興趣。當然，如果你已經在英國簽了版權合約，或者已經有其他經紀人，那我就不浪費你的時間了。」

「不，不，親愛的小姐，我很樂意考慮你提出的任何提議。」

「那你或許願意和我共進晚餐，進一步討論？」

「我想他們要等我一起吃飯。」勞德說，用力對幾位道布戴爾的人員揮手。

「太可惜了，」艾瑪說，「我明天就要飛到洛杉磯去拜訪海明威。」

「那我只好讓他們失望了，對吧？」勞德說，「我想他們會理解的。」

「太好了。那我們在巴賽麗餐廳碰面，等你簽完書之後？」

「現在才訂位，恐怕很難有空位。」

「我想這不是問題。」艾瑪說。這時又有個讀者走來，想要簽名。「我們待會兒見了，勞德先生。」

「請叫我麥克斯。」

艾瑪走出書店，穿過第五大道到巴賽麗。這一次她不必等。

「吉米，」服務生陪她走向小房間的時候，她說，「待會兒有位重要的客人要來，我希望今天晚上能讓他終生難忘。」

「放心交給我吧，小姐。」服務生服侍艾瑪坐下。他離開之後，艾瑪打開皮包，拿出菜單，再次溫習她的問題。看見吉米領著勞德走過來，她忙把菜單翻面。

「你在這裡很有名啊。」勞德坐進她對面的座位說。

「這是我最喜歡的紐約餐廳。」艾瑪對他報以微笑。

「您要來杯酒嗎，先生？」

「曼哈頓，加冰塊。」

「您呢，小姐？」

「和平常一樣，吉米。」

服務生快步離開。艾瑪很好奇他會端著什麼回來給她。「我們先點菜吧，」艾瑪說，「然後我們就可以開始談正事。」

「好主意。」勞德回答說，「我已經知道我要點什麼了。」服務生回來時他說。吉米在他面前擺下一杯曼哈頓，在艾瑪面前的則是她中午點過的飲料。艾瑪非常佩服。

「吉米，我想我們可以點菜了。」服務生點點頭，轉身面向艾瑪的客人。

「我要一份你們鮮嫩多汁的沙朗牛排。五分熟，不必配菜。」

「沒問題，先生。」吉米轉向艾瑪，問：「今天晚上您想吃點什麼呢，小姐？」

「請給我凱撒沙拉，吉米，但醬料少一點。」

等服務生走遠，聽不見了，她就把菜單翻過來，雖然她早就已經牢記第一個問題是什麼了。

「這本日記只記載了你十八個月的服刑生活，」她說，「但是你坐牢不止兩年，所以我很希望我們還能看到另一本出版。」

「我還有另一本寫滿素材的筆記，」勞德說，第一次顯得放鬆。「但我計畫寫一本小說，所以打算把我所經歷過的一些特殊事件用在小說裡。」

因為你如果把那些事情以日記的形式發表，任何一家出版社都看得出來你不是作者，艾瑪很想這麼說。

勞德的酒杯一空，侍酒師就出現在他身邊。

「您想看看酒單嗎，先生？或許來瓶配牛排的？」

「好主意，」勞德說，一副反客為主的模樣，翻開厚重皮面的酒單。他的手指順著一長排勃艮地紅酒往下滑，停在接近底部之處。「來瓶三七年的，我想。」

「非常好的選擇，先生。」

艾瑪想那一定不便宜。但這不是對價錢斤斤計較的時候。

「赫斯勒實在是太可惡了，」艾瑪瞄著第二個問題說，「我還以為這種人只有在蹩腳小說或二流電影裡才會有。」

「不，他是活生生的人，」勞德說，「可是我讓他轉調到其他監獄去了，你應該記得的。」

「我是記得。」艾瑪說。一塊大牛排擺在她客人的面前，而她面前則是一盤凱撒沙拉。勞德拿起刀叉，顯然已經準備好大快朵頤。

「那麼告訴我，你想提出什麼樣的條件來買我的版權？」他又起一塊牛排問。

「你有什麼價值，就會得到什麼價錢，」艾瑪說，語氣已經變了。「一毛不多。」勞德浮現不解的神情，放下刀叉，等著艾瑪繼續往下說。「我非常清楚，勞德先生，《受刑人日記》這本書，沒有一個字是出自你的手筆，你只不過換掉原作者的名字，改上你的名字而已。」勞德張開嘴巴，但還沒出口抗議，艾瑪就接著說：「要是你蠢得堅持說這本書是你寫的，那我明天早上第一件事情，就是去拜訪布瑞特．埃德斯先生，你的假釋官，那麼你回監獄的事，絕對順理成章了。」

侍酒師再度出現，打開一瓶酒，等待指示由誰來試酒。勞德瞪著艾瑪，活像被車頭燈嚇呆的兔子。所以艾瑪輕輕點頭。她好整以暇地晃動杯裡的酒，然後才嚐了一小口。

「非常好，」最後她說，「我特別喜歡三七年的酒。」侍酒師微微鞠躬，倒了兩杯，走出去找下一個受害人。

「你沒辦法證明書不是我寫的。」勞德違抗不屈地說。

「嗯，我可以證明。」艾瑪說，「因為我代表了寫這本書的人，」她啜了一口酒，又再斟了一點。「湯姆．布拉德蕭，你的圖書室副管理員。」勞德癱在椅子裡，突然陷入沉默。「請仔細聽我的條件，勞德先生，而且我要事先聲明，這沒有任何討價還價的餘地，當然，除非你想因為詐欺與偷竊，而再次回到牢裡。你會被送到派爾波恩特，我想赫斯勒先生肯定會很樂意陪你到你的牢房，因為他在書裡的形象實在很不怎麼樣。」

勞德沒回答，彷彿被這個可能性給嚇壞了。

艾瑪又啜了一口酒，才繼續說：「布拉德蕭很大方，不拆穿你自稱是作者的謊言，甚至也不期待你交回你的預付版稅，因為我想你應該已經都花光了。」勞德抿起嘴。「不過，他希望把話講清楚，你要是蠢到想把版權賣到其他國家，他肯定會告你和相關出版社盜用版權。聽清楚了嗎？」

「是的。」勞德喃喃說，雙手抓著椅子把手。

「很好，那就敲定了。」艾瑪說，又啜了一口紅酒。「我確信你會同意，勞德先生，我們已經沒有必要繼續談下去了，你或許該走了。」

勞德有點遲疑。

「我們明天早上十點鐘在華爾街四十九號見。」

「華爾街四十九號？」

「賽芬頓．傑克斯先生的辦公室，他是湯姆．布拉德蕭的律師。」

「所以幕後黑手是傑克斯。這樣一切就說得通了。」

艾瑪不瞭解他的意思，但說：「你得帶上每一本筆記，全部交出來。只要你遲到一分鐘，我就請傑克斯先生打電話到假釋官辦公室，把你離開拉文翰之後做的事情全部告訴他。挪用客戶的收入是一回事，但宣稱你寫了別人的著作……」勞德抓住椅把的手還是沒放開，但一句話都沒說。「請離開吧，勞德先生。」艾瑪說，「期待明天早上十點在華爾街四十九號大廳見到你。別遲到，除非你想馬上見到埃德斯先生。」

勞德搖搖晃晃站起來，緩緩穿過餐廳，讓幾個客人以為他是喝醉了。有位服務生替他開門，然後快步走到艾瑪桌旁。看見沒吃的牛排和一整杯沒喝的紅酒，他憂心忡忡問：「情況還好吧，巴靈頓小姐？」

「再好不過了，吉米。」她說，又給自己斟了一杯酒。

19

艾瑪回到飯店房間之後，查看寫在菜單背面的問題，很開心確認自己差不多每個問題都應付得很好。她覺得應該在華爾街四十九號的大廳交筆記本，是因為這樣會讓勞德印象深刻，以為傑克斯先生是她的律師。傑克斯這號人物，就算是無辜的人，也肯定會奉之如神明那樣敬畏有加。雖然她還是不明白勞德為什麼會脫口說出：「所以幕後黑手是傑克斯。這樣一切就說得通了。」她熄燈，安穩睡下。這是打從離開英國之後，睡得最好的一夜。

艾瑪一早的作息和前幾天沒什麼兩樣。從容不迫吃完早餐，看完《紐約時報》，她就離開飯店，搭計程車到華爾街。她計畫要提前幾分鐘抵達，計程車在九點五十一分讓她在那棟大樓門口下車。付了兩毛五分錢給司機之後，她很慶幸自己的紐約之行就要接近尾聲了。這趟旅程比她預想的要來得昂貴。而在巴賽麗餐廳吃兩頓飯，開一瓶五塊錢的紅酒，外加小費，更是雪上加霜。

然而，她非常確定，這趟旅程很值得。《堪薩斯之星號》船上那幾張照片證實她的想法，證明哈利還活著，只不過為了某些原因，冒用了湯瑪．布拉德蕭的身分。等她拿到那本缺漏的筆記，其餘的謎團就可以解開，她當然也就可以讓柯洛斯基警探相信，哈利應該被釋放。她可不願丟下哈利，一個人回英國。

艾瑪和一大群慌忙的上班族一起走進大樓，他們全往最近的電梯走去，但艾瑪沒跟去。她刻意在接待櫃檯和一長排十二部電梯之間走來走去，讓她可以一覽無遺每個走進華爾街四十九號的人。

她看看手錶：九點五十四分。勞德連個影子都沒有。她不停看錶：九點五十七分，九點五十八分，九點五十九分，十點鐘。他一定是碰上塞車了。十點零二分。她眼睛盯著每個踏進大樓的人看。十點零四分，難道她是看漏了？十點零六分，她瞄了一眼接待櫃檯：還是沒看到人影。十點零八分。她拚命想把負面的想法趕出腦海。十點十一分，他看穿她只是在虛張聲勢嗎？十點十四分，她應該去找布瑞特．埃德斯先生嗎？十點十七分。她要在這裡再等多久？十點二十一分，她背後有人喊她：「早安，巴靈頓小姐。」

艾瑪轉身，和山謬．安斯寇特面對面。他客氣地說：「傑克斯先生想請問你是不是可以到他的辦公室一趟。」

安斯寇特沒再多說一句，就轉身走向等候的電梯。艾瑪加緊腳步，才趕在門關上之前跑進電梯。

擁擠的電梯一路沒停，緩緩爬升到二十二樓，在這樣的情況下，當然不可能交談。到二十二樓，安斯寇特走出電梯，帶艾瑪穿過鑲橡木貼板、鋪厚地毯的長走廊，牆上掛著一張張資深合夥人與董事會成員的肖像，個個讓人覺得誠正高貴，體面合宜。

艾瑪很想在第一次和傑克斯會面之前，問安斯寇特幾個問題，但他一直走在她前面幾步。到了走廊盡頭的最後一扇門門口，安斯寇特敲門，沒等回答就打開門。他站開來，讓艾瑪進門，然後關上門，離開辦公室。

坐在窗邊舒服的扶手椅裡的，是麥克斯．勞德。他正在抽雪茄，對艾瑪露出他們在道布戴爾書店第一次見面時的那種微笑。

她的視線轉到一名打扮優雅的高個子男人身上。這人緩緩從辦公桌後面站起來。沒有一絲微笑，也沒有準備握手的打算。他背後是一堵玻璃牆，可以望見高聳入雲的一幢幢摩天大樓，暗示著他所握有的權勢。

「謝謝你來，巴靈頓小姐。」他說，「請坐。」

艾瑪坐進皮椅裡，椅子很深，讓她整個人陷進去，好像要不見似的。她注意到這位資深合夥人桌上有一疊筆記本。

「我是賽芬頓·傑克斯，」他說，「我很榮幸代表這位備受讚譽的傑出作家，麥克斯·勞德先生。我這位客戶今天一早來訪，告訴我說有位自稱是倫敦文學經紀的人找上他，提出毀謗名譽的指控，說他不是《受刑人日記》的作者，嚴重損傷他的聲譽。你可能會樂意知道，巴靈頓小姐，」傑克斯說，「我有原始的手稿，每一個字都是勞德先生親自寫的。」他的拳頭重重壓在那疊筆記本上，勉強擠出一絲微笑。

「我可以看一下嗎？」艾瑪問。

「當然可以，」傑克斯回答說。他拿起最上面一本，交給她。

艾瑪翻開筆記本，開始讀。她首先注意到的是，這不是哈利的筆跡，但確實是哈利的語氣。她把這本筆記交還給傑克斯先生，他擺回整疊筆記的頂端。「我可以看一下其他本嗎？」她問。

「不行，我們已經證實我們的論點了，巴靈頓小姐。」傑克斯說，「要是你蠢到竟敢繼續中傷我的委託人，他會行使法律賦予他的一切權利，向你求償。」艾瑪盯著那疊筆記看，但傑克斯還是滔滔不絕。「我覺得我也應該通知埃德斯先生，說你可能會去找他，讓他知道，如果他同意見你，等事情鬧上法庭的時候，他就會被傳喚為證人。埃德斯先生衡量後覺得，他最好的作法就是避免和你接觸。很有腦筋的人。」

艾瑪還是看著那疊筆記本。

「巴靈頓小姐，我們沒花什麼功夫就發現，你是哈維爵爺和華特・巴靈頓爵士的孫女，這可能會讓你在和美國人打交道的時候過度自信。請容我多言，如果你打算繼續假扮文學經紀人，或許我可以給你一個免費的忠告，這其實也是公開的紀錄，一九三九年，厄尼斯・海明威從美國逃到古巴——」

「您真是太慷慨了，傑克斯先生，」艾瑪沒等他講完就打岔，「也請容我給您一個免費的忠告作為回報，我清清楚楚知道，是哈利・柯里夫頓——」傑克斯瞇起眼睛，「而不是你的委託人，寫了這本《受刑人日記》。要是你蠢到對我提出毀謗告訴，傑克斯先生，你或許會發現自己必須在法庭上解釋，你為什麼會替一個被控謀殺的人辯護，而你明明知道他並不是湯姆・布拉德蕭。」

傑克斯瘋狂似的按辦公桌底下的按鈕。艾瑪站起來，對他倆露出甜美的笑容，沒再多說一句話，就走出辦公室。她快步穿過走廊，走向電梯，安斯寇特先生和一名保全經過她身邊，奔向傑克斯辦公室。她至少讓自己免去被保全押著攆走的羞辱。

她走進電梯，電梯服務員問：「請問到幾樓，小姐？」

「地面樓，麻煩。」

電梯服務員發出輕笑，「你一定是英國人。」

「你為什麼這麼說？」

「在美國，我們是叫一樓。」

「當然啦。」艾瑪說，走出電梯時，給了他一個微笑。她走過大廳，穿過旋轉門，跑下台階，站在人行道上，很清楚知道自己下一步要做什麼。她只剩下一個人可以找了。畢竟，不管是哈維爵爺的姐姐妹妹，都嫁入令人敬畏的豪門世家。但也說不定菲黎斯姑婆就是賽芬頓・傑克斯的好友，如果是這樣，那艾瑪只好搭下一班船回英國了。

她招了部計程車，但跳上車時，幾乎要用吼的才能壓過收音機的聲音。

「六十四街與公園大道路口。」她說，思索著該怎麼向姑婆解釋，為何沒早點來看她。她傾身向前，正要開口叫司機把聲音轉小一點，卻聽見收音機裡的聲音說：「羅斯福總統將在今天東岸時間中午十二點三十分，對全國發表演說。」

吉爾斯・巴靈頓 1941–1942

20

吉爾斯首先看見的是他的右腿，打了石膏，被吊起來。

他隱隱約約記得有一段漫長的路途，痛得幾乎無法忍受，以為自己會在被送達醫院之前就死掉。他永遠不會忘記開刀的過程，但又能怎麼樣呢，醫生劃下第一刀前不久，麻醉劑就用完了。

他的頭緩緩轉向左邊，看見一扇窗戶，上面三條鐵桿。他又轉向右邊，就在這時，看見了他。

「不，不是你，」吉爾斯說，「我還以為我已經解脫，進了天堂呢。」

「還早得很呢，」貝茲說，「首先，你必須先在煉獄受苦。」

「要多久？」

「至少等你的腿痊癒，可能還要更久。」

「我們回到英國了嗎？」吉爾斯滿懷希望問。

「我也希望啊。」貝茲說，「沒，我們在德國，威恩斯伯格的戰俘營。我們被俘虜之後，就關到這裡來了。」

吉爾斯想坐起來，但只能把頭抬離枕頭。不過，這樣已經讓他可以看見牆上有張裱框的照片，阿道夫．希特勒對他行納粹敬禮。

「我們有多少人活下來？」

「只有幾個。那些小伙子全牢記上校的話。『我們願意犧牲所有人的性命，確保隆美爾不入住豪華飯店的套房。』」

「我們排上還有其他人活著嗎？」

「你，我，還有——」

「可別告訴我說是費雪。」

「不是。要是他被送到威恩斯伯格，那我就要請求轉送到科爾狄茨了。」

吉爾斯靜靜躺著，瞪著天花板。「我們要怎麼逃出去？」

「我還在想，你要撐多久才問這個問題。」

「那答案是什麼？」

「只要你腿上的石膏還沒拆就不可能，就算拆了以後，也還是很困難，可是我已經有計畫了。」

「你肯定是有的。」

「計畫不是問題，」貝茲說，「問題在逃脫委員會。他們控制了等候的名單。但老兄你可是排在隊伍的末端啊。」

「我要怎樣才能擠到前面去？」

「和在英國排隊的時候一樣啊，你得等到你的時機到來……除非——」

「除非什麼？」

「除非高階的軍官，騰布爾准將，認為有理由把你調到前面來。」

「譬如什麼理由？」

「如果你會講流利的德語，那就大大加分。」

「我在軍官培訓學校學過一點，真希望當時更認真些。」

「這個嘛，他們一天上兩次課，像你這麼聰明的人應該不會有問題才對。不幸的是，這名單實在太長了。」

「要快點上逃亡名單，還有什麼別的辦法？」

「給你自己找個好工作。這也是我過去一個月在名單上連跳三級的原因。」

「你怎麼辦到的？」

「德國佬一發現我以前是賣肉的，就要我替軍官工作。我叫他們去死，請原諒我講髒話，但准將堅持要我接下這個工作。」

「他為什麼要你去替德國人工作？」

「因為我偶爾可以從廚房裡偷到一點肉，但更重要的是，我可以東一點西一點蒐集到對逃脫委員會有用的情報。所以我排在隊伍很前面，而你還在尾巴。如果你還是想比我更快衝進盥洗室，那你得先讓自己的雙腳可以踏地才行。」

「你知道我還要多久才能下床嗎？」

「據醫生說，要拆掉石膏至少還要一個月，甚至六個星期。」

吉爾斯躺回枕頭上。「就算我可以下床了，又要怎麼做才能到軍官餐廳工作？我不像你，有合格的工作條件。」

「你有啊，」貝茲說，「事實上，你比我的條件更好，可以到指揮官用餐室工作，因為我知道他們在找管酒的服務生。」

「你怎麼會以為我夠格當管酒的服務生啊？」吉爾斯問，沒掩飾語氣裡的挖苦意味。

「要是我沒記錯的話，」貝茲說，「你們家以前有個管家，叫簡勤斯的，在莊園宅邸工作。」

「現在還是啊，但這樣也不會讓我有資格——」

「還有你外公，哈維爵爺，他是做葡萄酒生意的。老實說，你遠遠超過他們所需要的資格了。」

「所以你有什麼建議？」

「你離開這裡之後，他們會要你填一份勞動力表格，列出你以前做過的工作。我已經告訴他們，你以前在布里斯托的華麗飯店當管酒的服務生。」

「謝謝你，但是他們馬上就會發現——」

「相信我，他們一點線索都沒有。你要做的就是讓德語快點進步，努力回想簡勤斯是怎麼做的。然後我們就可以擬出一個像樣的計畫給逃脫委員會，即刻排到等候名單的最前面。不瞞你說，這還有個難題。」

「肯定有，只要有你在就會有。」

「可是我想到解套的辦法。」

「難題是什麼？」

「如果你去上德文課，那就沒辦法替德國佬工作，他們又沒那麼蠢。他們把所有去上課的人都列進名單裡，因為不希望私下談話的時候有人偷聽。」

「你說你找到解套的方法了？」

「你呢，就做所有豪門公子都做的事，請家教上課。我甚至連老師都幫你找好了：有個在索利赫爾學校教過德文的傢伙。只是他的英文很難懂。」吉爾斯笑起來，「既然你要在這裡再關六個星期，又沒有別的事可做，你馬上就可以開始上課了。你會在枕頭下找到一本德英辭典。」

「我欠你一份大人情，泰瑞。」吉爾斯抓住朋友的手說。

「不，是我欠你，不是嗎？因為你救了我一命。」

21

五個星期之後，吉爾斯離開病房時，已經學會一千個德文字彙，但發音還是不行。

他躺在病床上的時候，也花了無數個鐘頭，回想簡勤斯工作時的情景。他練習恭敬點頭說：「早安，長官。」，以及問：「您想先試一下酒嗎，上校？」之後，把罐子裡的水倒進檢驗樣品瓶裡。

「要隨時保持恭敬的態度，不要打斷他們講話，除非有人跟你講話，否則不要開口。」貝茲提醒他，「事實上，行事作風和你過去顛倒就對了。」

吉爾斯很想揍他，但知道他說得沒錯。

儘管貝茲一個星期只能來看吉爾斯兩次，每次三十分鐘，但他不浪費任何一分鐘，詳盡報告指揮官私人用餐室裡的每日工作細節。他告訴吉爾斯每一位軍官的姓名和階級，各自的好惡，還警告他，負責戰俘營安全的納粹親衛軍少校穆勒不是個正人君子，不易討好，格外老派。

另一個來看他的是騰布爾准將，他興味盎然地聽吉爾斯講話，也關注他什麼時候可以離開病房，回到營區裡。騰布爾滿意地離開，幾天之後回來，把自己的想法告訴他。

「逃脫委員會非常肯定，如果德國佬知道你是軍官，說什麼也不會讓你到指揮官用餐室工作的。」他告訴吉爾斯，「你的計畫如果想要成功，那你就得要假扮成士兵。因為只有貝茲一個人受你指揮過，所以只要他閉嘴就行了。」

「他會照我的話做。」吉爾斯說。

「再過沒多久，他就不必聽你的指揮了。」准將說。

□

吉爾斯終於離開病房，住到營區裡時，很詫異地發現這裡的生活竟然這麼有紀律，特別是普通士兵的生活。

這讓他回想起在達特摩訓練營的日子——每天早上六點雙腳著地，有個絕對不會把他當軍官看待的士官長。

貝茲每天早上衝進盥洗室和吃早餐的速度還是比他快。七點鐘，對准將敬禮之後，全體在廣場集合列隊。等士官長大聲說：「隊伍解散！」所有的人就匆匆忙忙展開一天的工作。

吉爾斯永遠也不會懷念繞著營區周圍跑二十五圈的五哩長跑，或是每天坐在廁所裡一個鐘頭，和私人家教練習德語會話。

他不久就發現，威恩斯伯格戰俘營和伊普爾斯訓練營還有很多相似之處：冷風刺骨，地勢荒涼，幾十座小屋，各配置木板床、馬毛床墊，除了太陽之外沒有暖氣。但太陽，就像紅十字會一樣，出現在威恩斯伯格的頻率少之又少。而且同樣有個把吉爾斯當成無用小混蛋，整天罵個沒完沒了的上士。

這裡和達特摩一樣，有高高的鐵絲圍牆環繞營區，只有一個出入口。問題是這裡沒有週末出營許可證，而抱著步槍的警衛，也不會在你開著黃色MG轎車出營的時候對你立正敬禮。

吉爾斯填營區勞動表的時候，在「名字」項下填了：「吉爾斯·巴靈頓士兵」，在「前一個工作」項下填了：「侍酒師」。

「你寫的這究竟是什麼玩意兒？」貝茲問。

「就是管葡萄酒的服務生啊。」吉爾斯以高他一等的口氣說。

「那你幹嘛不直說就好？」貝茲撕掉那張表格說，「當然，除非你是打算在麗池飯店申請工作啦。再填一張。」他用強調語氣說。

吉爾斯交出第二張表，很不耐地等著指揮官辦公室有人來找他去面談。他用這無盡等待的時間鍛鍊自己的心理和身體。「Mens sana in corpore sano」（身體健康，心靈也會健康）是他離開學校之後唯一還記得的一句拉丁文。

貝茲隨時讓他知道圍牆另一邊的風吹草動，甚至想辦法走私些剩下的馬鈴薯或麵包皮，有一回甚至還帶了半顆柳橙來。

「我不能做得太過分，」他解釋說，「我可不願意丟掉工作喔。」

□

大約一個月之後，他倆一起被邀請去面見逃脫委員會，陳述貝茲／巴靈頓計畫。這個計畫沒多久就被稱為「B&B計畫」——在威恩斯伯格上床（Bed），在蘇黎士吃早餐（Breakfast）。

他們的秘密報告進行得很順利，委員會同意把他們的排隊順序往前稍做調整，但並沒指示他們要開始行動。事實上，准將還很明白地告訴他們，除非巴靈頓在指揮官用餐室找到工作，否則別再來煩委員會。

「為什麼拖這麼久啊，泰瑞？」離開委員會之後，吉爾斯問。

貝茲下士咧嘴笑，「你叫我泰瑞，我太開心了。」他說，「這樣吧，我們兩個在一起的時候沒關係，但當著別人的面，千萬別這樣叫我，明白嗎？」他刻意模仿費雪的語氣說。

吉爾斯捶了他手臂一記。

「這可是要上軍事法庭的喔，」貝茲提醒他，「小阿兵哥竟然攻擊士官。」

吉爾斯又敲他一記。「快回答我的問題。」他追問。

「這個地方什麼事情都慢。你要有耐心啊，吉爾斯。」

「你不能叫我吉爾斯，除非我們抵達蘇黎士吃早餐。」

「只要你請客，我就奉陪。」

這天戰俘營指揮官要舉行午宴，宴請前來訪視的紅十字會官員，需要多一位服務生。於是一切都改變了。

□

「別忘了，你只是普通士兵。」貝茲陪他走到圍籬另一頭，接受穆勒少校面試的時候說，

「你得習慣用士兵的角度思考，而不是高高在上，等著要人服侍。要是穆勒起了疑心，就算只是一眨眼的時間，你就會和牛鬼蛇神為伍，永世不得超生。而我也可以向你保證，准將永遠也不會再給我們任何機會。所以，要表現得像士兵一樣，千萬別洩露出你懂德文。明白了嗎？」

「是的，長官。」吉爾斯說。

一個鐘頭之後，吉爾斯回來了，咧開大大的笑容。

「你拿到工作了？」貝茲問。

「我運氣很好，」吉爾斯說，「指揮官親自接見我，不是穆勒。我明天就開始上工。」

「他沒懷疑你是個軍官，也是個世家子弟？」

「我跟他說我是你的朋友，所以他一點都不懷疑。」

□

在宴請紅十字會官員的午宴開始之前，吉爾斯開了六瓶梅洛紅酒讓他們試聞。客人就座之後，他給指揮官的杯子倒了半英寸的酒，等待他的認可。指揮官點頭之後，他給客人斟酒，都從右手邊靠近桌邊倒。接著給軍官倒酒，按軍階高低，最後才給主人，也就是指揮官倒酒。

在整頓飯裡，他沒讓任何人的酒杯是空的，但有人交談的時候，他也不上前斟酒打斷。就像簡勤斯一樣，席間很少人看見他的存在，也沒聽見他的聲音。一切按計畫進行，雖然吉爾斯不時感覺到穆勒用懷疑的眼神盯著他看，就算他想辦法融入背景時，穆勒也還是看著他。

那天接近傍晚，吉爾斯和貝茲一起回營區時，貝茲說：「指揮官對你印象很好。」

「你為什麼這樣說？」吉爾斯試探地問。

「他告訴主廚說，你以前肯定是在大宅邸工作過，因為你雖然出身底層，但顯然受過技藝精湛的專業人士指導。」

「謝謝你，貝茲。」吉爾斯說。

「『技藝精湛』究竟什麼意思啊？」貝茲問。

〇

吉爾斯對新工作越來越上手，指揮官就算獨自用餐，也指定要他服侍。這讓吉爾斯有機會觀察他的習性、他音調的變化、他的笑聲，甚至他微微的口吃。

不到幾個星期，巴靈頓士兵就掌管了酒窖的鑰匙，負責選擇晚餐用酒。幾個月之後，貝茲聽說指揮官告訴主廚，巴靈頓是「erstklassing」（絕佳人才）。

指揮官舉行晚宴時，吉爾斯就迅速評估，有哪些人通常幾杯酒下肚之後就會漏口風，也知道要怎麼樣在這些人開始多話時，讓自己隱而不見。他會趁五哩長跑的時候，把在前一晚蒐集到的有用情報，全部轉達給准將的勤務兵。這些情報包括指揮官的出身，他在三十二歲就選上市議員，一九三八年被擢升為市長。他不會開車，但戰爭開始之前，他曾去過英國兩三次，也會講流利的英文。而吉爾斯得到的回報就是，在逃脫委員會的排隊梯次上又往前晉升了幾級。

吉爾斯白天主要的工作是和家教老師聊大一個鐘頭。他們一句英語都不說，而這位來自索利赫爾的老師甚至告訴准將，巴靈頓士兵講的德文和指揮官越來越像。

□

一九四一年十二月三日，貝茲下士和巴靈頓士兵在逃脫委員會做了他們最後一次的報告。准將和他的團隊很有興趣地聽他們這個「B&B計畫」，也認為比起他們所聽過的那些不夠成熟的方案，這計畫成功的機會要大得多。

「你們認為，什麼時候是執行這個計畫的最好時機？」准將問。

「除夕，長官。」吉爾斯說，一點都不遲疑。「所有的軍官都會參加指揮官的晚宴，一起迎接新年到來。」

「而且有巴靈頓士兵幫他們倒酒，」貝茲說，「到了午夜時分，應該沒有幾個人是清醒的。」

「除了穆勒之外。」准將提醒貝茲，「他不喝酒的。」

「是沒錯，但為祖國、元首和第三共和舉杯致敬，他是從來不會錯過的。更何況那天還要加上為慶賀新年、祝福主人而舉杯。我有預感，他那天晚上回家的時候肯定昏昏欲睡。」

「在指揮官的晚宴結束之後，他們通常是什麼時候把你們送回營區的？」有個剛加入委員會不久的年輕少尉問。

「十一點左右。」貝茲說，「但那天是除夕，應該在午夜之前不會結束。」

「別忘了，各位，」吉爾斯打岔說，「我有酒窖的鑰匙，所以各位請放心，那天晚上也會有很多瓶酒送到警衛室。我們不會讓他們錯過慶祝新年的機會。」

「非常好，」一位很少開口的皇家空軍少校說，「可是你們打算怎麼通過警衛室？」

「就開著指揮官的車從大門口出去啊。」吉爾斯說，「他一向待客熱誠，會等最後一位客人離開才走，所以給我們至少兩個鐘頭的時間動手。」

「就算你能偷到他的車子，」准將說，「警衛喝得再醉，也還是分得出來侍酒服務生和指揮官的差別吧？」

「要是我穿上他的大衣，戴上他的帽子、圍巾和手套，拿著他的手杖，他們就認不出來了。」吉爾斯說。

那位年輕的少尉顯然不太相信。「在你的計畫裡，指揮官會把他的衣服乖乖交給你嗎，巴靈頓士兵？」

「不是的，長官，」吉爾斯說，雖然他的階級比這個少尉高。「指揮官向來把他的外套、帽子和手套留在衣帽間。」

「那貝茲要怎麼辦？」那名少尉說，「他們在一哩外就認得他。」

「我躲在後行李廂裡，他們就看不見我。」貝茲說。

「那麼指揮官的駕駛呢？我們應該假設他很清醒吧？」准將說。

「這個問題我們會處理。」吉爾斯說。

「如果你們克服了駕駛的問題，也順利通過警衛室，要開多遠才能到瑞士邊界？」還是那個年輕少尉。

「一百七十三公里。」貝茲說，「時速一百公里，我們應該可以在兩個鐘頭之內開到邊界。」

「這是假設路上沒有任何耽擱。」

「沒有任何的逃脫計畫是萬無一失的。」准將說，「到頭來，都得看你們如何臨機應變，解決沒有預見的問題。」

吉爾斯和貝茲點頭同意。

「謝謝二位，」准將說，「委員會會考慮你們的計畫，明天早上就會讓你們知道我們的決定。」

「那個新來的小伙子幹嘛一直找碴？」一離開委員會，貝茲就問。

「沒事，」吉爾斯說，「他不是反對我們的計畫，我猜，他是想和我們一起逃。」

□

十二月六日，准將的勤務兵在五哩長跑時告訴吉爾斯，他們的計畫通過了，委員會祝他們一路順風。吉爾斯即刻追上貝茲下士，告訴他這個消息。

巴靈頓和貝茲一再反覆演練他們的B&B計畫，就像參加奧運的選手那樣，次數多到他們已經厭煩長時間的準備，渴望聽到起跑的鳴槍。

一九四一年十二月三十一日六點鐘，泰瑞．貝茲下士和吉爾斯．巴靈頓士兵到指揮官營區報到，知道他們的計畫如果失敗，最好的狀況是再等一年，但如果被逮個正著……

22

「你－六－點－半－回－來！」泰瑞拉開嗓門，對帶他們到指揮官營區的德國下士說，簡直是用吼的。

下士一臉茫然，讓吉爾斯不禁懷疑他八成永遠當不成中士。

「你－六－點－半－回－來！」泰瑞又說一遍，一個字一個字慢慢說。他抓起德國下士的手腕，指著他錶上的六點位置。吉爾斯真希望自己可以用德文對這名下士說：「如果你可以在六點半回來，下士，我們會準備好一箱啤酒給你和警衛室的朋友。」但他知道，要是這麼說，他就會立即被逮捕，獨自一人被關在禁閉室度過除夕。

泰瑞再次指著下士的手錶，做出喝酒的動作。這次下士露出微笑，也做了相同的動作。

「我想他終於搞懂了。」吉爾斯說，和泰瑞一起走進指揮官營區。

「我們還得確定他會在第一名軍官抵達之前，來把啤酒帶走。我們最好開始行動吧。」

「好的，長官。」泰瑞一面往廚房走，想也沒想地說。

吉爾斯走進衣帽間，從吊桿拿下服務生的制服，換上白襯衫、黑領結、黑長褲與白色亞麻外套。他看見長凳上有雙黑色皮手套，想必是某個軍官之前留在這裡的。他把手套塞進口袋裡，想著之後或許派得上用場。他關上衣帽間的門，往用餐室走。從鎮上找來的女服務生已經在忙著擺放十六人份的餐具了。今天找來了三名女孩，其中包括葛麗塔。她是他唯一曾經動念想和她調情的女孩。但他知道簡勤斯絕對不會贊成這種舉動的。

他看看手錶：六點十二分。他走出用餐室，步下樓梯到酒窖。這裡只有一個燈泡，照亮原本裝滿檔案的檔案櫃。自從吉爾斯來了之後，這些櫃子全部變成酒架。

吉爾斯算過，今天晚上的晚宴，他至少需要三箱葡萄酒，同時還要有一箱啤酒給下士和他警衛室的朋友解渴。他仔細查看一個個架子，挑選了兩瓶雪利酒，十二瓶義大利灰皮諾白葡萄酒，兩箱法國勃艮地紅酒，以及一箱德國啤酒。正要離開的時候，他瞥見三瓶蘇格蘭紅牌約翰走路威士忌、兩瓶俄羅斯伏特加、六瓶法國人頭馬白蘭地，還有一大瓶有年份的葡萄牙波特酒。吉爾斯想，要是有訪客走進酒窖，搞不清楚現在是誰和誰在作戰，倒也是情有可原。

接下來十五分鐘，他把這幾箱葡萄酒和啤酒扛上樓梯，不時停下來看手錶。六點二十九分，他打開後門，看見那個德國下士不停上下跳動，雙手拍著身體兩側，好保持溫暖。吉爾斯舉起雙手，掌心朝外，要他再等一會兒。接著迅速轉身回走廊——簡勤斯無論再怎麼急都不跑步——拿起那箱啤酒，交給他。

葛麗塔看見他把酒交給下士，咧嘴一笑，吉爾斯在她走進用餐室之前，也回她一個微笑。

「警衛室，」吉爾斯用堅定的語氣說，指著外圍。下士點點頭，往正確的方向走去。泰瑞之前問過，他是不是也要從廚房裡弄點東西來給下士和他警衛室的朋友。

「當然不要，」吉爾斯篤定地回答，「我們要讓他們一整個晚上空著肚子灌酒。」

吉爾斯關上門，回到用餐室，女服務生擺放餐具的工作已經差不多完成了。

他打開十二瓶梅洛紅酒，但只把四瓶擺在邊櫃上，其餘八瓶藏在下面。他不想讓穆勒搞清楚他想做什麼。至於邊櫃檯面兩側，他擺了一瓶威士忌和兩瓶雪利酒，然後像士兵列隊一般，把十二個平底玻璃杯和六個雪利酒杯整整齊齊排成一列。一切都就緒了。

薛貝克上校走進來的時候，吉爾斯正在擦亮一只平底玻璃杯。指揮官查看餐桌，調整了一兩個座位安排，然後視線轉向邊櫃上的那一排酒。吉爾斯心想他會不會有什麼評論，但他只微笑說：「我請客人在七點半抵達，也告訴主廚，我們八點開席。」

吉爾斯只希望在幾個鐘頭裡，他的德文可以變得像薛貝克上校的英文這麼流利。

下一個走進用餐室的是個最近才剛開始在軍官餐廳用餐的年輕少尉，今天頭一次受邀參加指揮官的晚宴。吉爾斯注意到他的目光飄向威士忌，就上前伺候他，為他倒了半杯酒。然後幫指揮官倒了他慣喝的雪利酒。

第二名出現的軍官是漢克爾上尉，戰俘營的副官，吉爾斯送上他慣喝的伏特加。接下來三十分鐘，吉爾斯忙著伺候每一位進門的客人，一一送上他們最愛的酒。

等客人坐定準備用餐的時候，已經喝光好幾瓶酒了，吉爾斯換上之前偷偷藏在櫃下的酒。頃刻之後，女服務生端上羅宋湯，而指揮官先試喝葡萄酒。

「義大利酒。」吉爾斯給他看標籤。

「非常好。」他喃喃說。

吉爾斯幫每個客人斟酒，但不包括穆勒少校。他繼續喝他的水。

有幾位客人酒喝得比其他人快，讓吉爾斯忙得團團轉，不停斟酒，確保沒有人的杯子是空的。湯碗撤走之後，吉爾斯就退開，讓自己融入背景裡。因為貝茲警告過他，接下來會是什麼場景。雙扉門誇張地敞開，主廚端著一個大銀盤走進來，上面是一顆大大的豬頭。跟在他後面進來的女服務生端來一盤盤蔬菜和馬鈴薯，還有裝著濃稠醬汁的醬料罐，擺在餐桌中央。

主廚開始切肉的時候，薛貝克上校試了勃艮地紅酒，臉上再度綻開微笑。吉爾斯又開始忙著為半空的酒杯斟酒，只除了一位之外。他注意到那位年輕的少尉好一會兒沒開口了，所以他跳過少尉的杯子。也有其他一兩個軍官開始口齒不清地談起他們的工作，他需要他們保持清醒，至少要撐到午夜才行。

過一段時間之後，主廚又進來第二輪服務，薛貝克上校要求吉爾斯把每個人的酒杯都重新斟滿，吉爾斯遵命照辦。這時泰瑞第一次現身，撤走豬頭剩餘的部分。穆勒少校是唯一還保持清醒的軍官。

幾分鐘之後，主廚第三度現身，這一次端來了黑森林蛋糕，放在指揮官面前。主人切了幾刀，把蛋糕分成好幾份，再由女服務生一塊塊送到客人面前。吉爾斯繼續為他們斟酒，直到最後一瓶酒的最後一滴都倒完。

女服務生撤走甜點盤，吉爾斯也撤掉餐桌上的酒杯，換上喝白蘭地的球形杯與波特酒杯。

「各位，」時間剛過十一點，薛貝克上校說，「請各位換酒杯，因為我想敬酒。」他站起來，酒杯高舉及耳，說：「敬我們的祖國！」

十五名軍官速度快慢不一地站起來，跟著他說：「敬我們的祖國！」穆勒瞥了吉爾斯一眼，敲敲杯子，表示他也要加一點酒，才能敬酒。

「不要葡萄酒，你這個白癡！」穆勒說，「我要白蘭地！」吉爾斯微笑著，給他的杯子倒了勃艮地紅酒。

穆勒沒能讓他上當。

軍官們快活地大聲談笑，吉爾斯拿著雪茄盒，繞著餐桌逐位奉上，要每位客人各挑一根雪茄。那名年輕的少尉頭靠在餐桌上，吉爾斯覺得他聽見打呼聲了。

指揮官第二次站起來，敬祝元首身體健康，吉爾斯又給穆勒倒了點紅酒。他舉起酒杯，雙腳用力一碰，做個納粹的敬禮動作。接著是敬偉大的第三共和，這一次，吉爾斯在穆勒還沒站起來之前，就已經又為他的酒杯斟滿酒了。

十一點五十五分，吉爾斯仔細檢查，確認每一個人的酒杯都是滿的。牆上的鐘開始敲響報時，十五位軍官齊聲大喊：十，九，八，七，六，五，四，三，二，一，然後大聲說：「Deutschland, Deutschland über alles[7]。」（德意志，德意志高於世間的一切。）一面拍著彼此的背，互祝新年快樂。

眾人花了好一會兒時間才坐下。但指揮官站著，用湯匙敲敲酒杯。所有的人都安靜下來，等待他一年一度的新年感言。

他首先感謝同袍在這艱困的一年裡忠貞奉獻。接著談到祖國的命運。吉爾斯記得薛貝克在接掌戰俘營指揮官職務之前，原本是一名市長。最後，他希望明年此時，正義的一方已贏得戰爭的勝利。吉爾斯實在很想喊著說：這裡，正義的一方在這裡！不管用哪種語言喊都好。但穆勒馬上轉頭，想知道吉爾斯對上校所說的話有沒有任何反應。吉爾斯茫然瞪著前方，彷彿一個字也聽不懂。他又一次通過穆勒的考驗。

[7] 納粹德國時期的德國國歌第一句歌詞。

23

過了凌晨一點鐘，終於有第一位客人起身告辭。「我明天早上六點要值班，上校。」他說。上校假裝讚許，這名軍官低下頭，沒再多說一句話就離開了。

接下來一個鐘頭，好幾位客人相繼告辭，但吉爾斯知道，只要穆勒還沒走，他就無法執行他那演練多次的逃脫計畫。女服務生撤掉咖啡杯時，他開始有點焦慮，因為這表示這個夜晚就要畫下句點，指揮官很可能會命令他先回營。吉爾斯讓自己不停忙碌，繼續伺候那些似乎不急著離去的軍官。

最後一位女服務生離開用餐室時，穆勒終於起身，又一次用力靠攏腳跟，對指揮官敬個納粹式的敬禮，然後才和同袍道晚安。吉爾斯和泰瑞都認為，要等穆勒離開至少十五分鐘，並查看過他的車確實沒停在通常停放的位置之後，才能展開他們的行動。

吉爾斯又為仍圍坐餐桌的六名軍官斟酒。他們都是指揮官的好友。其中兩個是他的同學，另外三個以前則同為市議員，只有營區的副官是他們的新識。這都是吉爾斯在最近幾個月陸陸續續蒐集到的情報。

差不多兩點二十分的時候，指揮官招手叫吉爾斯過來。「今天很漫長，」他用英語說，「和你的朋友一起到廚房去吧，帶一瓶葡萄酒去。」

「謝謝您，長官。」吉爾斯把一瓶白蘭地和裝著波特酒的分酒器擺在餐桌中央。

他離開之前聽到的最後一句話，是指揮官對坐在他右手邊的副官說：「等我們贏了這場戰爭，法蘭茲，我想給這個傢伙一份工作。納粹旗幟在白金漢宮飄揚，我無法想像他回到那時的英國會有什麼下場。」

吉爾斯拿走還在邊櫃上的最後一瓶酒，離開用餐室，悄悄關上門。他感覺到全身腎上腺素加速分泌，也很清楚，接下來的這十五分鐘將決定他們的命運。他走後梯到廚房，看見泰瑞和主廚在聊天，身邊一瓶只剩一半的烹調用雪利酒。

「新年快樂，主廚！」泰瑞站起來說，然後對吉爾斯說：「快點，要不然我就來不及到蘇黎士吃早餐了。」

主廚揚起手對吉爾斯隨意打個招呼，吉爾斯還是裝出面無表情的撲克臉。

他們跑上樓梯，整棟房子裡就只有他們兩個是清醒的。吉爾斯把葡萄酒遞給泰瑞說：「兩分鐘，頂多。」

泰瑞穿過走廊，溜出後門。有個軍官走出用餐室去上廁所，吉爾斯忙躲進樓梯的陰影裡。一會兒之後，後門再次打開，一個頭探進來。吉爾斯急著對泰瑞揮手，指著廁所。泰瑞跑過來，和他一起躲在陰影裡，才剛躲好，那名軍官就搖搖晃晃出廁所，走回用餐室了。等用餐室的門一關上，吉爾斯就問：「我們那位德國乖寶寶還好吧，下士？」

「半睡半醒。我把那瓶酒給他，告訴他說至少還要再等一個鐘頭。」

「你覺得他聽懂了嗎？」

「我覺得他一點都不在乎。」

「太好了。輪到你把風了。」吉爾斯說，隨即踏進走廊。他握緊拳頭，好讓雙手不發抖。正要打開衣帽間的門時，他覺得好像聽到裡面傳出講話的聲音。他整個人僵住了，耳朵貼在門上聽。他馬上就知道裡面的人是誰。他第一次打破簡勤斯的黃金守則，往回跑，穿過走廊，和泰瑞一起躲進樓梯的陰影裡。

「怎麼回事？」

吉爾斯豎起一根手指貼在唇上，看見衣帽間的門打開，穆勒走出來，一面扣著褲襠的鈕釦。他穿上外套，左右張望走廊兩側，確定沒有人看見他，才悄悄穿過前門，踏進夜色裡。

「哪個女孩？」吉爾斯問。

「很可能是葛麗塔。我撞見她幾次，不過都不是在衣帽間。」

「這樣不是違反規定嗎？」吉爾斯問。

「你是軍官就沒問題啦。」泰瑞說。

他們沒等太久，因為門很快又開了，葛麗塔出現，臉有點紅，悄悄走出前門，並沒多張望查看一下是不是有人看見她。

「再試一次。」吉爾斯說，快步穿過走廊，打開衣帽間的門，才進去，就又有一名軍官走出用餐室。

別右轉，別右轉啊，泰瑞默默禱告。那名軍官左轉，走向廁所。泰瑞禱告，希望這人會撒一泡這輩子最長的尿。他開始數秒，衣帽間的門開了，走出和指揮官本人看來一模一樣的人，除了名字不同之外。快回去，泰瑞猛揮手，吉爾斯躲回衣帽間，把門關上。

副官走出廁所時，泰瑞很擔心他會走向衣帽間拿帽子和外套，然後發現吉爾斯穿著指揮官的衣服。倘若如此，他們的這場戲還沒開始就告結束了。泰瑞眼睛緊盯著他的每一步，擔心最壞的情況發生，但副官停在用餐室門口，再次開門而入。等用餐室的門關上，泰瑞就衝過走廊，打開衣帽間的門，看見吉爾斯穿著指揮官的外套，戴上圍巾、手套、尖帽，拿著手杖，額頭一顆顆汗珠。

「我們快走吧，免得心臟病發作。」泰瑞說。

泰瑞迅速離開屋子，速度甚至比穆勒或葛麗塔快得多。

「放輕鬆，」一走到戶外，吉爾斯就說。「別忘了，這裡只有我們兩個人是清醒的。」他拉緊脖子上的圍巾，遮住下巴，壓低帽子，抓住手杖，身體微微前傾，因為他比指揮官高上幾吋。

駕駛聽到吉爾斯走近的聲音，就跳下車，為他打開後車門。吉爾斯已經練習過很多遍他聽指揮官對駕駛說的一句話，坐進後座之後，他把帽子拉得更低，含含糊糊說：「載我回家，漢斯。」

漢斯回到駕駛座，但聽到砰一聲，很像是後行李廂關上的聲音。他狐疑地轉頭看，卻只看見指揮官用手杖敲著玻璃窗。

「幹嘛不快點，漢斯？」吉爾斯問，微微有點口齒不清。

漢斯發動引擎，上檔，緩緩開向警衛室。有個中士聽見汽車駛近，從崗哨跑出來，想一面敬禮，一面打開圍籬門。吉爾斯舉起手杖致意，看見哨兵外套最上面的兩顆釦子沒扣，差點就笑出來。薛貝克上校絕對不會沒痛罵他一頓就放過的，即使是新年也不例外。

逃脫委員會情報官佛斯迪克少校告訴過吉爾斯，指揮官的家離營區差不多有兩哩，最後兩百碼是狹小沒有燈光的窄巷。吉爾斯一路上都攤在後座的角落裡，讓駕駛不能從後照鏡看見他，但車子一轉進窄巷，他就坐直起來，用手杖敲敲駕駛的肩膀，命令他停車。

「我等不及了。」他說，然後跳下車，假裝解開褲襠的鈕釦。

漢斯看著指揮官消失在樹叢裡，非常不解：因為離他家大門才一百公尺而已。他也下車，等在後門旁邊。就在以為聽到老闆回來的聲音時，他一轉身，就看見一個握緊的拳頭揮來，馬上打斷了他的鼻子。他倒在地上。

吉爾斯跑回車子後面，打開行李廂。泰瑞跳出來，跨過漢斯臥倒的身體，開始解開這駕駛兵的制服，並脫下自己的衣服。貝茲穿上新制服，看來明顯比漢斯矮且胖。

「沒關係啦，」吉爾斯看透他的想法，說，「你坐在駕駛座開車，沒有人會多看你一眼的。」

他們把漢斯拖到車子後面，塞進行李廂。

「我很懷疑，在我們到蘇黎士吃早餐之前，他是不是醒得過來。」泰瑞用手帕綁住漢斯的嘴巴。

指揮官的新駕駛就位，兩人一語未發地把車掉頭，開回大馬路。他們不需要停下來查看任何路標，因為過去一個月來，他每天都仔細研讀從這裡到邊界的路線。

「保持開在馬路右線。」吉爾斯畫蛇添足地說，「別開太快，我們最不需要的就是因為超速被攔下來。」

「我想我們已經辦到了。」經過往沙夫豪森的路標時，泰瑞說。

「我可不敢這樣想，除非到了皇家飯店，有人幫我們帶位，遞給我們早餐菜單。」

「我不需要菜單，」泰瑞說，「蛋、培根、豆泥、香腸和蕃茄，再加上一品脫啤酒。我以前在肉品市場每天早上都是這樣吃的。你呢？」

「略煮過的煙燻鯡魚，一片塗奶油的吐司，一匙牛津果醬，一壺伯爵茶。」

「你很快就會從管家變回公子哥兒了。」

吉爾斯微笑。他看看手錶。新年的清晨，路上的車很少，所以他們的車程很順暢，直到泰瑞看見他們前面的車隊。

「我該怎麼做？」他問。

「超車，我們不能浪費任何時間。他們沒有理由起疑心——你載著高階軍官，他們不該耽誤我們的。」

泰瑞一接近車隊最後一輛車，就換到中間車道，開始超過這一長排武裝卡車和摩托車。一如吉爾斯所料，沒有人在意這輛顯然要趕赴重要公務的賓士車。超過整個車隊之後，泰瑞大喘一口氣，但也還是提心吊膽，直到轉過一個彎，從後照鏡再也看不見任何車燈，才放鬆下來。

吉爾斯隔個幾分鐘就看一次錶。下一個路標證實他們沒耽擱任何時間，但吉爾斯知道，他們沒辦法控制的是，指揮官的最後一位客人什麼時間離去，也不知道薛貝克上校什麼時候會開始找他的座車和駕駛。

又過了四十分鐘，他們終於抵達沙夫豪森郊區。兩人都很緊張，幾乎一句話都沒說。吉爾斯光是坐在後座無所事事，都覺得筋疲力盡，但他知道，在跨過瑞士邊界之前，絕對不能放鬆。

開進市區時，市民才剛剛甦醒。偶爾經過的電車，零星幾輛汽車，幾部腳踏車，載著新年假期還要工作的人去上班。泰瑞不需要看路標也知道瑞士邊界到了，因為瑞士阿爾卑斯山已近在眼前。自由彷彿觸手可及。

「他媽的見鬼了！」泰瑞猛踩煞車，罵道。

「出了什麼事？」吉爾斯傾前問。

「看有多少車在排隊！」

吉爾斯探頭到車窗外面，看見大約有四十輛汽車，保險桿挨著保險桿，排成一列等待通過邊界。他仔細察看隊伍裡有沒有公務車，確定沒有之後，就對泰瑞說：「往前開到隊伍前面。他們一定認為我們會這樣做，要是我們乖乖排隊，他們反而會格外留神。」

泰瑞慢慢往前開，開到柵欄前面才停車。

「下車，幫我開門，但一句話也別說。」

泰瑞熄掉引擎，下車，打開後座車門。吉爾斯走到邊界警衛室。

一名年輕的軍官看見上校走進警衛室來，連忙從辦公桌後面跳起來。吉爾斯把兩份文件交給他。戰俘營的文件偽造師替他們做了這兩份證件，還保證任何把守德國邊界的人都看不出破綻。吉爾斯馬上就要驗證他到底是不是言過其實。那名軍官翻看文件，吉爾斯用手杖敲著腿側，不停瞄著手錶。

「我要趕到蘇黎士參加一場重要的會議。」他催促那個軍官說，「我已經來不及了。」

「對不起，上校，我會讓您儘快啟程。只要一下子就好了。」

軍官查看吉爾斯證件上的照片，臉上浮現困惑的神情。吉爾斯心想，這人該不會要求他取下圍巾吧，因為倘若如此，這個軍官就會馬上發現吉爾斯太過年輕，根本不可能是上校。

吉爾斯用嚴厲的眼神瞪著這年輕軍官，這人八成在心裡衡量著，要是拿不必要的問題質問高階軍官，耽誤了他的行程，會惹來什麼樣的後果。情勢對吉爾斯有利。這軍官點點頭，在文件上蓋章，說：「希望您還趕得及開會，長官。」

「謝謝。」吉爾斯說。他把文件收回大衣內側口袋，朝門口走去，但年輕軍官擋住他的去路。

「希特勒萬歲！」他舉手敬禮說。

吉爾斯遲疑了一下，緩緩轉身說：「希特勒萬歲！」做了個完美的納粹式敬禮。走出警衛室的時候，吉爾斯看見泰瑞一手拉開後座車門，一手緊貼著褲腿，費了很大的勁才忍住不笑。

「謝謝你，漢斯。」吉爾斯坐進後座說。

這時他們聽見行李廂裡傳來砰砰的聲響。

「我的天啊，」泰瑞說，「是漢斯。」

他們想起准將的話：沒有任何的逃脫計畫是萬無一失的，到頭來，都得看你們如何臨機應變，解決沒有預見的問題。

泰瑞關上車門，用最快的速度回到駕駛座，但很怕邊界警衛會聽見行李廂裡的聲響。他想辦法保持鎮靜，一吋吋開近邊界柵欄，但後行李廂的砰砰聲也越來越大。

「開慢一點，」吉爾斯說，「別讓他們有起疑心的理由。」

泰瑞換到一檔，慢慢開向柵欄。經過警衛室的時候，吉爾斯望向窗外，看見那名年輕的軍官在講電話，目光也望著窗外，盯著吉爾斯，立即從辦公桌後跳起來，衝到馬路上。

吉爾斯估計，瑞士邊界崗哨離這裡只有一兩百碼的距離。他轉頭看後車窗，看見那名年輕軍官拚命揮手，帶著步槍的衛兵馬上從警衛室裡湧出來。

「改變計畫，」吉爾斯說，「馬上加速。」他大聲咆叫，第一顆子彈擊中車子後側。

泰瑞換檔，但輪胎卻爆裂了。他拚命想讓車子繼續開在馬路上，可是車身不停歪來歪去，撞上路邊護欄，停在兩國邊界關卡中間。又一波子彈飛快襲來。

「這次我會比你快衝到盥洗室。」吉爾斯說。

「才怪。」泰瑞說。他兩腳已經著地，比從後座下車的吉爾斯更快。

他們一起跑向瑞士邊界。如果他倆有可能以十秒的速度破百米短跑紀錄，那肯定就是今天了。只是他們必須不停變換方向，躲避飛來的子彈。吉爾斯非常有自信，他可以領先衝到終點線。瑞士邊界衛兵替他們加油。吉爾斯傾身碰到邊界線，得意地舉起雙手。他終於擊敗他最偉大的對手了。

他示威似的轉身，卻看見泰瑞躺在大約三十碼外的馬路上，一顆子彈擊中他的後腦勺，鮮血從他嘴巴汩汩流出。

吉爾斯跪下來，開始爬向他的朋友。更多子彈飛來，兩名瑞士邊界衛兵抓住他的腳踝，把他拉回安全的處所。

他很想告訴他們，他不想要獨自一人吃早餐。

雨果．巴靈頓

1939–1942

24

雨果．巴靈頓在《布里斯托晚報》上讀到，哈利．柯里夫頓在宣戰後不到幾個鐘頭就葬身大海，臉上的微笑怎麼也抹不去。

德國人總算幹了件有點價值的事。德國潛艇指揮官輕而易舉就解決了他的心頭大患。雨果開始相信，假以時日，他或許可以回到布里斯托，再次擔任巴靈頓船運公司的副董事長。他開始在母親身上下功夫，不時打電話回巴靈頓大宅問安，但當然都挑在父親出門上班之後。這天晚上，他出門慶祝，醉醺醺的回家。

在女兒婚禮告吹之後，巴靈頓移居倫敦，他用一週一鎊的租金，在卡多根花園租了一間地下室公寓。這個三房公寓唯一的優點就是地址，這個高級地段，可以讓人認為他是個有錢人。

雖然他銀行裡還是有些錢，但他光有大把時間，卻沒有收入，所以撐不了多久就快用光了。很快地，他就得放棄他的布加迪跑車，這樣可以讓他再多撐幾個星期，撐到支票跳票為止。他不能找父親求援，因為父親已經和他斷絕關係。老實說，華特爵士寧可對梅西．柯里夫頓伸出援手，也不願伸出一根手指幫助自己的兒子。

在倫敦無所事事過了幾個月之後，雨果開始想要找工作。但這並不容易，任何有可能僱用他的老闆只要認識他父親，就連面試的機會都不肯給他。而他去面試的幾個工作，老闆要求的工作時間長得完全出乎他的想像，而薪水又少得連付他在俱樂部的酒水帳單都不夠。

他開始把僅餘的錢投入股票交易。他聽了很多老同學的話，做了一些據說是絕對不會虧錢的買賣，他甚至也因此扯上一兩家惡名昭彰的企業，進而和媒體會形容為衣冠楚楚遊手好閒、而他父親肯定會認定是騙子的人往來。

不到一年，雨果就必須向朋友，甚至是朋友的朋友借貸度日。可是，一旦沒有收入，無法償還債務，你就會從最受歡迎的晚宴客人，淪落到再也沒人邀你參加週末鄉間狩獵派對的悲慘地步。

雨果只要一陷入絕望，就打電話給母親，但一定會挑父親已經出門去上班的時間。媽媽總是會給他十鎊，就像他念書的時候給他十先令零用那樣。

有個老同學亞契．芬威克對他很好，偶爾請他到俱樂部吃頓午飯，或邀他去切爾西參加時髦的雞尾酒會。雨果就是這樣才認識奧嘉的。首先吸引他的，並不是她的臉蛋或身材，而是她脖子上的那三串珍珠項鍊。雨果逼問亞契，問那是不是真的珍珠。

「絕對是真的。」他說，「但得提醒你，你不是唯一一個想把手掌伸進這個蜂蜜罐的人。」

亞契告訴他，奧嘉．皮歐特羅夫斯卡因為德國入侵波蘭，近日剛來倫敦。她父母被蓋世太保抓走，沒別的理由，只因為他們是猶太人。雨果蹙起眉頭。亞契對她所知不多，但知道她住在朗茲廣場一幢豪華的連棟樓房裡，還擁有很多藝術收藏。雨果向來對藝術興趣不高，但畢卡索和馬諦斯這些畫家的名字倒還是聽過的。

雨果穿過房間，把自己介紹給皮歐特羅夫斯卡小姐認識。奧嘉告訴他說為什麼非離開德國不可時，他表現出義憤填膺的樣子，說他的家族一百多年來都是猶太人的生意夥伴，也以此為榮。

畢竟，他父親華特爵士是羅斯柴爾德和漢布羅家族的好友。宴會還沒結束，他就已經邀請奧嘉隔天一起在麗池飯店吃午飯，但因為他已經無法再賒帳，所以必須再次向亞契借五鎊。

午餐吃得很愉快，接下來幾個星期，雨果竭盡自己能運用的資源，拚命對奧嘉獻殷勤。他告訴奧嘉，因為妻子坦承和他最好的朋友搞外遇，所以他離開妻子，並請律師開始辦離婚手續。而事實是，伊麗莎白已經和他離婚，而且法官把莊園宅邸與雨果匆匆離去時未能帶走的一切，全都判給她了。

奧嘉非常能理解，雨果向她保證，一旦恢復自由身，就會向她求婚。他不停告訴她說，她有多美，和伊麗莎白的索然無味比起來，她在床笫之間的表現有多麼激情。他也一再提醒她，等父親過世，她就會成為巴靈頓爵士夫人，繼承了巴靈頓的財產之後，他目前暫時的財務困境也會得到解決。他或許讓她以為他父親年事已高，健康堪慮，儘管事實上並非如此。「行將就木」是他用的形容詞。

□

幾個星期之後，雨果搬進朗茲廣場，接下來幾個月，他又回復他認為自己應該要過的生活型態。幾個老朋友說他運氣很好，能有這麼美麗動人的女朋友，但也有幾個忍不住要補上一句：「而且她也不缺這一兩塊錢。」

雨果原本幾乎已經忘了一天吃三餐、身穿新衣衫、有司機駕車代步是什麼滋味了。如今，他還清大部分的債務，沒過多久，之前把他拒之於外的大門又再度敞開。然而，他也開始尋思，這樣的日子可以持續多久，因為他根本不打算娶個從華沙流亡到倫敦的猶太女人。

□

德瑞克．米契爾登上從寺院草原站到帕丁頓站的特快火車。這位私家偵探又回來替老僱主全職工作，薪水同樣在每月一日支付，而其他開支則在提出報告的時候給付。雨果希望米契爾監視巴靈頓家的一舉一動，每個月來向他報告一次。他格外注意他父親、前妻、吉爾斯、艾瑪，甚至葛芮絲的動態，但他對梅西．柯里夫頓也還有莫名的執著，希望米契爾能向他報告她所做的一切，沒錯，一切。

米契爾都是搭火車到倫敦，兩人在帕丁頓車站第七號月台對面的候車室碰面。一個鐘頭之後，米契爾又搭火車回寺院草原站。

也就因為這樣，雨果才會知道伊麗莎白仍然住在莊園宅邸；葛芮絲拿獎學金去念劍橋，很少回家；艾瑪生了個兒子，名叫塞巴斯汀．亞瑟．柯里夫頓；吉爾斯加入韋塞克斯軍團當兵，完成十二週的基礎訓練之後，被派到蒙斯軍官訓練中心。

最後這個消息讓雨果很意外，因為他知道戰爭剛爆發時，吉爾斯沒通過皇家格勞斯特郡步兵團的體格檢查，因為他就和父親與祖父一樣，是色盲。一九一五年，雨果也以此為藉口，逃過入伍的命運。

□

隨著時間一個月一個月過去，奧嘉越來越常問雨果的離婚手續什麼時候才會辦完。他總是講得一副隨時會完成的樣子，一直到她暗示他應該偶爾回他在卡多根花園的公寓去住時，他才說他準備採取司法行動，相關文件已經送到法院。又等了一個星期，他告訴她說他的律師已經開始進行訴訟程序了。

接下來幾個月相安無事。他沒告訴奧嘉的是，在搬到朗茲廣場和她同居的那天，他就已經根據租約，給卡多根花園那戶公寓的房東退租通知了。要是她把他趕出去，他就無家可歸了。

□

大約一個月之後，米契爾打電話給雨果，說有緊急狀況要碰面，這是很不尋常的要求。他們約好隔天下午四點在平常碰頭的地點見面。

米契爾走進火車站的候車室時，雨果已經坐在長椅上，躲在一份倫敦《晚報》後面。他正在看隆美爾攻打托布魯克的新聞，儘管他根本不知道托布魯克在地圖的哪一個位置上。米契爾在他後面坐下，他還是看著報紙。這位私家偵探小聲說話，目光從未飄向雨果的方向。

「我想你應該會想要知道，您大女兒跑到華麗飯店去當女服務生，用狄更斯小姐當假名。」

「梅西．柯里夫頓不是在那裡工作嗎？」

「是啊，她是餐廳經理，也是您女兒的上司。」

雨果想不出來艾瑪為什麼要去當服務生，根本就不可能嘛。「她媽媽知道嗎？」

「她一定知道，因為每天早上五點四十五分，亨德森就開車載她到飯店附近，在一百碼之外放她下車。但這不是我必須見您的原因。」

雨果翻過一頁報紙，看見奧金萊特將軍站在沙漠帳篷外面對軍隊訓話的照片。

「您女兒昨天早上搭計程車到碼頭。她帶著行李箱，登上一艘叫《堪薩斯之星號》的郵輪，找了份接待員的工作。她告訴媽媽說，她要去紐約探望菲黎斯姑婆，我想那是哈維爵爺的姐姐。」

雨果覺得很不可思議，米契爾是怎麼蒐集到這些情報的，但他最想搞清楚的，還是艾瑪為什麼要到這艘船上找工作。哈利．柯里夫頓就死在《堪薩斯之星號》上。這一切都說不通。他指示米契爾再深入探查，一旦得知艾瑪的進一步消息，就馬上通知他。

米契爾趕搭火車回寺院草原站之前告訴雨果，德軍轟炸百老匯街，把整個街廓夷為平地。雨果覺得奇怪，米契爾怎麼會認為他對這個消息感興趣，後來米契爾提醒他，提莉茶館以前就在這條街上。他覺得巴靈頓先生應該會想知道，有些開發商對柯里夫頓太太那個舊店址有興趣。雨果感謝米契爾提供的消息，但沒表露出絲毫興趣。

雨果一回到朗茲廣場，就打電話給國民地區銀行的普林德格斯特先生。

「我想您打電話來是為了百老匯街的事吧？」銀行經理劈頭就說。

「是的，我聽說提莉茶館的舊址要賣？」

「轟炸之後，整條街都要賣，」普林德格斯特說，「大部分店東都失去生計，因為這是戰爭造成的，所以也拿不到保險金。」

「所以我可以用很合理的價錢拿到提莉那塊地？」

「老實說，您幾乎可以不花什麼錢就買下一整條街。事實上，如果您有閒錢，巴靈頓先生，我會建議您，這是划算的投資。」

「假設我們會打贏戰爭的話。」雨果提醒他。

「我承認這是場賭博，但也可能有豐厚的回報。」

「價格是多少呢？」

「柯里夫頓太太那塊地，我可以勸她接受兩百鎊的出價。事實上，那條街上有一半的店家都和我們銀行有往來。我想，您花個三千鎊左右，應該可以把一條街整批買下。這簡直是像用灌鉛的骰子玩大富翁。」

「我會想想看。」雨果說完就掛掉電話。他無法告訴普林德格斯特的是，他連買大富翁的錢都沒有。

他努力構思可以籌足款項的方法，但有往來的朋友如今連五鎊都不願意借他了。他不能再開口向奧嘉要更多錢，除非他願意挽著她走上紅毯，但這是想都不必想的事。

若非在亞契的另一場派對上碰見托比．唐斯塔博，他可能就把這件事拋在腦後了。

托比和雨果是伊頓的同學。雨果不太記得他的事，只記得他常不請自來地吃掉低年級孩子的零食。後來，他從某個男生的鎖櫃裡拿走一張十先令紙鈔，所有的人都以為他會被退學。他原本可能也會被退學，如果他不是唐斯塔博伯爵次子的話。

雨果問托比現在在做什麼，托比很含糊地說他涉足房地產。雨果告訴他百老匯街的投資機會，但他好像沒什麼興趣。事實上，雨果發現，托比的目光始終流連在奧嘉頸間的那條鑽石項鍊上。

托比給雨果一張名片，說：「要是你急需現金，應該不難解決的，你懂我的意思，老兄。」雨果是懂他的意思，但沒把他的暗示當真。直到有天吃早餐的時候，奧嘉問他，離婚判決何時生效，他回答說很快就要生效了。

他出門到他的俱樂部去，找出托比的名片，打電話過去。他們約好在富爾翰的一家酒館碰面，兩人避開其他客人，坐在牆角的位置，喝著琴酒，聊著他們的老朋友在中東發展的近況，等到確定沒有人能聽見他們談話時，才進入主題。

「我需要的就只是進屋的鑰匙，」托比說，「以及珠寶確切的收藏位置。」

「這應該不難。」雨果要他放心。

「你唯一要做的，老兄，就是安排好時間，你們兩個出門的時間要夠長，長到我們可以辦完事情。」

奧嘉早餐時提起，她想去薩德勒威爾斯劇院看歌劇《弄臣》，雨果馬上說他去訂兩張票。他通常都會找藉口不去的，但這一次，他滿口答應，還說看完之後，應該到薩伏伊飯店慶祝一下。

「慶祝什麼？」她問。

「我的離婚判決已經下來了，」他隨口胡謅。她馬上張開手臂，緊緊摟住他。「只要再六個月，親愛的，你就會成為巴靈頓夫人了。」

雨果從外套口袋裡掏出一個真皮盒子，送給她一枚訂婚戒指。這是他前一天在伯靈頓購物中心買的可退貨珠寶。她欣然接受。他打算在六個月之內就把戒指拿回店裡退貨。

歌劇非常冗長，雖然節目單上說是三個小時，但感覺卻像是三個月似的。然而雨果沒有怨言，因為他知道托比會好好利用時間。

在河廳用晚餐的時候，雨果和奧嘉討論，既然無法出國，那應該去哪裡度蜜月。奧嘉想去巴斯，那裡離布里斯托太近，並不是雨果想去的地方。但反正到時候也不會有蜜月可度，所以雨果欣然附和她的提議。

搭計程車回朗茲廣場的途中，雨果忖思，奧嘉要過多久才會發現自己的鑽石不見了。結果比他原本預期的更早，因為他們一進門就發現整個地方被洗劫一空，連掛在牆上的畫作也都不見了，只留下清楚的畫框痕跡，標示著原本掛在那裡的畫作大小。

奧嘉歇斯底里崩潰，雨果拿起電話報案。警方花了好幾個鐘頭才記錄完所有的遺失物品，因為奧嘉沒辦法保持冷靜，每次回答完幾個問題就開始失控。負責本案的督察長向他們保證，失物清單在四十八小時之內就會發送給倫敦所有的鑽石商與畫商。

雨果隔天下午在富爾翰和托比．唐斯塔博碰面時，簡直氣瘋了。但他這位老同學像重量級拳擊手一樣，冷靜以待。雨果發飆完之後，托比把一個鞋盒推過桌面給雨果。

「我又不需要新鞋。」雨果罵他。

「你或許是不需要，但是這裡面的東西夠你買下一間鞋店。」他敲敲鞋盒說。

雨果打開盒蓋，看著盒裡。裡面放的不是鞋子，而是一捆捆五鎊鈔票。

「你不必數。」托比說，「這裡總共是一萬鎊。」

雨果露出微笑，突然鎮靜下來。「你真是個好傢伙。」他蓋上盒蓋，又點了兩杯琴酒加通寧水。

過了幾個星期，警方還是沒找到任何嫌犯，雨果知道督察長懷疑是內賊幹的，因為他們每次碰面，督察長都一再強調。然而，托比要他放心，警方絕對不會想要逮捕巴靈頓爵士的兒子，除非他們對他的罪行有鐵一般的證據，可以拿出比合理懷疑更具體的事證來說服陪審團。

奧嘉問雨果哪來的新西裝，以及他怎麼買得起布加迪。他給她看汽車行照，證明他早在他們認識之前就有這輛車了。他沒告訴她的是，他運氣不錯，當初買下他這輛車的車商，還沒把這輛車轉售他人。

在離婚判決生效期限就快到時，雨果開始籌劃軍方所謂的「撤離策略」。就在這時，奧嘉說她有個天大的好消息要告訴他。

打贏滑鐵盧戰役的威靈頓曾經告訴一位低階軍官說，人生能做的就是等待時機。雨果並不同意他的話，況且，這位偉人的話要到什麼時候才應驗在雨果身上呢？

他一面吃早餐，一面看《泰晤士報》，翻到訃聞版時，突然看見父親的照片瞪著他。他讀著訃聞，不想讓奧嘉知道他們兩人的人生就要發生重大改變了。

在雨果看來，這家權威報紙給他父親很好的評價，但最吸引他的是最後一段：「華特・巴靈頓爵士的爵銜將由他唯一在世的兒子雨果繼承。」

《泰晤士報》沒寫的是「以及隨之而來的一切」。

梅西・柯里夫頓

1939–1942

25

梅西還清清楚楚記得丈夫值完晚班沒回家那天，她所感受到的痛苦。她當時就知道亞瑟死了，儘管要過很多年之後，哥哥史丹才願意告訴她事實：她丈夫那天下午死在船塢。但是比起知道唯一的兒子葬身大海的心痛，當時的痛苦還算不上什麼。英國宣戰之後不到幾個鐘頭，哈利所在的《得文郡號》就被德軍水雷擊沉，哈利也因此喪生。

梅西記得自己最後一次見到哈利的情景。那個星期四上午，他到華麗飯店來看她。餐廳客滿，很多客人排隊候位。他站在隊伍裡，但看見媽媽在廚房穿進穿出，一刻不得閒，他就悄悄溜走，以為她沒注意到他。他向來是個體貼的孩子，他知道她不喜歡工作的時候被打擾，而且老實說，他也知道她不會想要聽見他離開牛津去從軍的消息。

華特．巴靈頓爵士隔天來訪，讓梅西知道哈利在早上漲潮時已登上《得文郡號》當四副，幾個月後就會回來，準備加入皇家海軍《決心號》當水手，到大西洋去搜尋德國潛艇。但他不明白的是，德國潛艇竟然先找上他。

梅西打算等哈利回來時請一天假，但如今已無必要。知道有很多其他母親也因為戰爭的野蠻殘酷而失去兒子，並不能減輕她的傷痛。

那個十月的傍晚，她回到靜宅巷時，看見《堪薩斯之星號》上的資深醫官華歷斯醫師站在家門口等她。他不必告訴她說他為什麼來。他臉上的表情已經寫得清清楚楚的了。

坐在廚房裡，華歷斯醫師告訴她，《得文郡號》沉船之後，溺水被救起的船員都由他負責照料。他向她保證，他已經竭盡自己所有的能力想挽救哈利的生命，但很不幸的，哈利始終未能恢復意識。事實上，他那天晚上救治的九名船員，只有一個活了下來，是《得文郡號》的三副，叫湯姆．布拉德蕭的。他也是哈利的好友，寫了一封慰問信，華歷斯醫師允諾，《堪薩斯之星號》返抵布里斯托時，就親自送來給柯里夫頓太太。華歷斯醫師言出必行。醫生回船上時，梅西覺得很歉疚，竟然連杯茶都沒請他喝。

她把湯姆．布拉德蕭的信擺在壁爐架上，就在哈利為學校合唱團獨唱的那張照片旁邊。那是她最愛的一張照片。

她隔天回到飯店工作時，同事都對她很好。飯店經理赫斯特先生甚至還建議她休幾天假。但她告訴他，她最不需要的就是休假。她反而讓自己拚命加班，越忙越好，希望這樣可以減輕她的痛苦。

但並沒有。

□

很多在飯店工作的年輕男子都入伍從軍，他們的工作就由女性取代。在這個年代，社會已經不再認為年輕女性外出工作是一種恥辱，而梅西也發現，隨著男員工人數越來越少，她自己所負擔的責任也越來越大。

餐廳經理預定在六十歲生日過後退休，但梅西認為，赫斯特先生會請他繼續留下來工作，等待戰爭結束。因此，赫斯特先生把她叫到辦公室，說要把這個職位給她時，她著實大吃一驚。

「這是你努力掙來的，梅西，」他說，「總管理處也同意我的看法。」

「我需要幾天想想看。」她說，然後離開赫斯特的辦公室。

接下來一整個星期，赫斯特先生沒再提起這件事。等他再次提起時，梅西建議先試用她一個月，赫斯特哈哈大笑。

「在通常的情況下，」他提醒她，「提出試用要求的都是僱主，而不是員工。」

不到一個星期，他們兩個就都忘了試用期的事，因為雖然工時很長，責任很重，但梅西卻覺得很充實。她知道等戰爭結束，男人從前線歸來，她就會再回去當女服務生。她甚至願意回去賣笑，只要哈利能和其他士兵一起回來。

□

梅西不需要看報紙就知道，日本空軍炸毀了停泊在珍珠港的美國船艦。美國人民起而與盟軍團結一致，對抗共同的敵人。因為這些天來，每個人談論的都是這件事。

沒過多久，梅西就見到此生的第一個美國人。

接下來幾年，數以萬計的美國人來到英國西部，很多紮營在布里斯托外圍的軍事營區。有些軍官開始在飯店餐廳用餐，但就像很快成為常客一樣，其中有些人也很快消失無蹤，再也沒人見過。梅西不時痛苦地想起，他們有些人的年紀並不比哈利大。

但有位軍官再次回到布里斯托，讓一切有了改變。這人推著自己的輪椅進到餐廳，要求坐他慣坐的座位時，梅西一時沒認出他來。她向來覺得自己很擅長記名字，認人更是厲害——不算真的會認字寫字的人，一定要有這樣的本領才行。她一聽到他那拖長尾音的南方腔，就馬上想起來了。「您是穆賀蘭少尉，對吧？」

「不，柯里夫頓太太，我現在是穆賀蘭少校了。我被送回來這裡休養，等他們把我送回北卡羅萊納州。」

梅西綻開微笑，領他到他慣坐的位子，但他不肯讓她幫忙推輪椅。他堅持要梅西叫他「邁可」，很快就成為常客，一個星期來兩次，甚至三次。

赫斯特低聲對梅西說：「你知道他喜歡你吧。」梅西不禁笑起來。

「我想你會發現，我早就過了有人追求的年齡了。」她回答說。

「別小看你自己，」他反駁說，「你芳華正盛，梅西。我可以告訴你，穆賀蘭少校不是第一個問我你有沒有對象的人。」

「可別忘了，赫斯特先生，我都當祖母了。」

「如果我是你，一定不會告訴他。」這位經理說。

梅西又一次沒認出少校，因為有天晚上他拄著楊杖進來，顯然已經用不著輪椅了。再過一個月，楊杖換成了手杖，要不了多久，這些輔具都會成為過去的灰燼。

有天傍晚，穆賀蘭少校打電話來訂了八個人的位子。有事要慶祝，他告訴梅西。她想一定是他要回北卡羅萊納了，這也是她頭一次發現自己會很想他。

她並不認為邁可是個英俊的人，但他有最溫暖的微笑，以及英國紳士的氣質，或者就像他自己曾經說過的，是個南方紳士。自從美國人駐紮在英國之後，英國人就很流行取笑他們，不斷嘲笑他們過度耽溺性愛，拿太高的薪水，就連在布里斯托，很多根本沒見過美國人的人也都常拿這個來當笑話講。梅西的哥哥史丹就是，不管她怎麼說，都改變不了他的想法。

少校的慶祝餐會接近尾聲時，餐廳幾乎已經沒有其他客人了。十點鐘，一名軍官站起來，為邁可的康復乾杯，恭喜他。

他們就要離開飯店，趕在宵禁之前回到營區時，梅西代表全體員工告訴邁可，大家都很高興他終於康復，可以回家了。

「我不會回家，梅西，」他笑著說，「我們慶祝的是我晉升為基地副指揮官。恐怕在戰爭結束之前，你都甩不掉我了。」聽到這個消息，梅西很開心，但很意外聽到他補上一句：「下個星期六軍團舞會，我在想，我有沒有榮幸邀請你當我的客人。」

梅西說不出話來。她想不起來上次有人開口邀她出去，是多久以前的事了。她不知道他站在那裡多久，等待她的回答，但她還沒開口之前，他就說：「這是好幾年來，我頭一次跳舞。」

「我也是。」梅西坦承。

26

梅西總是在星期五下午把薪水和小費存進銀行。她從不帶錢回家，因為不想讓史丹發現她賺的錢比他多。梅西的兩個帳戶都有存款，每回現金帳戶的存款超過十鎊，她就轉五鎊到儲蓄帳戶裡。這是她巢裡的蛋，她總是這麼說，隨時準備著，以防萬一有最壞的情況發生。自從和雨果．巴靈頓的財務糾紛之後，她就一直認為凡事總有出差錯的時候。

這個星期五，她在櫃檯前掏空錢包，櫃員開始把零錢按幣值分成整整齊齊的一堆堆，就像他每個星期都做的那樣。

「總共四先令九便士，柯里夫頓太太。」他說，幫她把金額填進存摺裡。

「謝謝你，」梅西說，櫃員把存摺從窗柵下面遞出來。她把存摺收進皮包時，他說：「普林德格斯特先生想知道他可不可以和你說句話。」

梅西的心往下沉。她認為銀行經理和收租人都是同一種人，只會帶來壞消息。而且就普林德格斯特先生的情況來說，她更有理由這麼認為。因為上次普林德格斯特找她談話時，是通知她，她的銀行帳戶存款不足，無法支付哈利在布里斯托文法學校最後一個學期的學費。她很不情願地走向這位銀行經理的辦公室。

「午安，柯里夫頓太太。」梅西走進普林德格斯特先生的辦公室，他從辦公桌後面站起來說。指著椅子請她坐。「我想和你談一點私人的事情。」

梅西更加擔心了。她拚命回想，過去幾個星期，她有沒有開過什麼支票，可能讓帳戶透支。她買了一件漂亮的洋裝，因為邁可．穆賀蘭邀她去美軍基地參加舞會，但那是二手衣，完全沒有超出她的預算。

「銀行有位重要客戶，」普林德格斯特先生說，「問起你在百老匯街的那塊地，也就是提莉茶館的舊址。」

「可是那棟房子遭到轟炸之後，已經什麼都不剩了。」

「不是什麼都不剩，」普林德格斯特說，「那塊地還是在你的名下。」

「但那塊地怎麼可能有價值，」梅西說，「德軍幾乎將整條街都炸成平地了。我上回走到教堂街的時候，那裡簡直就只有炸彈坑。」

「或許是這樣沒錯，」普林德格斯特先生回答說，「但我的客戶願意付兩百鎊，買下那塊地產。」

「兩百鎊？」梅西說，彷彿在賭場贏了錢似的。

「這是他願意付的價錢。」普林德格斯特再次確認。

「你覺得那塊地值多少錢？」梅西問，讓銀行經理大感意外。

「我不知道，夫人，」他回答說，「我是銀行行員，不是地產估價師。」

梅西沉默一晌，「請告訴你的客戶，我需要幾天考慮一下。」

「是啊，當然。」普林德格斯特說，「可是你要知道，我的客戶給我的指令是，這個價錢的有效時間只有一個星期。」

「那我下個星期五就得做出決定，是吧？」梅西有點挑釁的說。

「沒問題，沒問題，夫人。」梅西起身離去時，普林德格斯特說，「下個星期五再見。」

梅西離開銀行時，不由自主地想，這銀行經理以前從來沒叫過她「夫人」。步行回家途中，經過一棟棟掛上黑窗簾的房子——她只有下雨的時候才花錢搭公車——她心裡想著，要是有兩百鎊，她要拿來做什麼，但馬上就改變念頭，思索著有誰能來給她提供意見，看這價錢合不合理。

雖然普林德格斯特先生講得一副這價錢很合理的樣子，但他是站在哪一邊？或許她該找赫斯特先生問一下，但還沒走到靜宅巷，她就又覺得拿私事去煩上司，是很不敬業的行為。邁可・穆賀蘭看起來很聰穎能幹，但他會知道布里斯托的土地行情嗎？至於哥哥史丹，更是沒有道理問他意見，因為他肯定會說：「快拿錢跑，小妞。」再想想，她最不想透露有可能拿到這筆意外之財的人，就是史丹了。

梅西轉進梅里塢巷時，天色已變暗，居民都準備好迎接燈火管制了。她還是一籌莫展。這時正好經過哈利以前念的小學，快樂的回憶湧上心頭，她在心中默默感謝霍康畢老師在兒子成長過程為他所做的一切。她驀然停下腳步。霍康畢老師是個聰明的人，畢竟他念過布里斯托大學，還拿到學位。他一定可以提供她建議吧？

梅西轉身，穿過學校大門，但是走到操場，卻半個人影都沒有。她看看錶，五點剛過。所有的學生一定回家好一會兒了，所以霍康畢應該也下班了。

她穿過操場，打開學校建築的門，走進熟悉的走廊。時光彷彿在這裡靜止了：同樣的紅磚牆，只是多刻上了幾個名字縮寫；同樣釘在牆上的畫作，只是出於不同的學生之手；同樣的足球獎盃，只是由不同的隊員贏得的。但是，掛制服帽子的地方，如今掛的是防毒面具。她還記得第一次來找霍康畢老師，是因為她在哈利洗澡的時候，在他背上發現紅色的傷痕。她大發雷霆的時候，他還是冷靜以對，一個鐘頭之後離去時，梅西心無懸念，很清楚誰才是該受責罰的人。

梅西發現霍康畢老師教室的門裡透出燈光。她遲疑了一下，深吸一口氣，輕輕敲了強化玻璃。

「請進。」是她熟悉的那個愉快的聲音。

她進到教室裡，看見霍康畢老師坐在一大疊書後面，拿著筆在紙上寫字。她才要開口說她是誰，他就跳起來，說：「真是個驚喜，柯里夫頓太太，如果你是專程來找我，那更是太好了。」

「我是啊。」梅西回答說，有點不太好意思。「抱歉打擾你了，霍康畢老師，但我需要一些建議，不知道還能去找誰。」

「我受寵若驚，」這位學校老師拉來一把小椅子給她。這應該是八歲小孩坐的椅子吧。「我可以幫什麼忙呢？」

梅西告訴他，稍早和普林德格斯特先生見面，有人開價兩百鎊要買下她在百老匯街那塊地的事。「你覺得這個價格合理嗎？」她問。

「我一點概念都沒有，」霍康畢老師搖搖頭，「我對這種事情沒有經驗，很怕會給你錯誤的建議。事實上，我還以為你來找我，是為了另一件事。」

「另一件事？」梅西說。

「是的，我以為你是看見學校外面告示牌上的通告，來申請了。」

「申請什麼？」她問。

「政府的夜校新計畫。是專門為像你這樣的人而設計的。天資聰穎，但沒有機會繼續接受教育的人。」

梅西不想承認，就算她看見那個通知，能不能看得懂也是個大問題。「我現在有很多事情要忙，」她說，「飯店啦……還有……嗯……」

「很遺憾，」霍康畢老師說，「因為我覺得你是最理想的人選。大部分的課都由我自己來教，如果能教到哈利．柯里夫頓的母親，我會格外開心。」

「只是——」

「課程一個星期只有兩堂，一堂一個鐘頭。」他繼續說，還是不肯死心。「晚上上課，如果你上了覺得不合適，隨時可以退出。」

「你能想到我，真是太好了，霍康畢老師。也許等我工作稍微輕鬆一點的時候再說吧。」她站起來，和他握手。

「真對不起，你的問題我幫不上忙，柯里夫頓太太。」他送她到門口，「不過，有這樣的問題可以煩惱也真不錯。」

「謝謝你撥出時間來，霍康畢老師。」她告辭前說。梅西沿著走廊往回走，穿過操場，走出學校大門。她站在人行道上，盯著告示板。她多麼希望自己識字啊。

27

梅西這輩子沒搭過幾次計程車：一次是去牛津參加哈利的婚禮，從車站搭到會場；第二次，就是不久之前，參加父親葬禮的時候。所以，這輛美國軍官座車停在靜宅巷二十七號門口時，她覺得有些難為情，希望鄰居都拉下窗簾沒看見。

她穿著有墊肩、繫皮帶的紅色新洋裝下樓時，瞥見媽媽和史丹在窗口看她。

駕駛下車，敲敲大門，一副不確定找對地址的模樣。但梅西一開門，他馬上就明白，為什麼少校要邀這位佳人去參加軍團舞會。他對梅西敬禮，打開後座車門。

「謝謝你，」梅西說，「但我比較想坐前座。」

駕駛把車開回到大馬路之後，梅西問他替穆賀蘭少校開車工作多久了。

「一輩子，夫人，從小到大。」

「我不太理解。」梅西說。

「我們都是從北卡羅萊納的羅里來的。戰爭結束之後，我就會回家，繼續在少校的工廠工作。」

「我不知道少校有工廠。」

「好幾家呢，夫人。在羅里，大家都稱他為『玉米棒之王』。」

「玉米棒？」梅西問。

「布里斯托沒有這種東西，夫人。要真的品嘗玉米棒的滋味，得在水煮玉米上塗融化的奶油，一叉起來就馬上吃。北卡羅萊納人喜歡這麼吃。」

「那麼，『玉米棒之王』遠離家鄉來和德國作戰的時候，誰管理工廠呢？」

「小喬伊，他的二兒子，他妹妹珊蒂也幫點小忙，我猜。」

「他在老家有兒子和女兒？」

「他有兩個兒子和一個女兒，夫人，遺憾的是，邁可二世在菲律賓陣亡了。」

梅西想問這位下士邁可．穆賀蘭夫人的事，但怕提起這個話題，會讓這年輕人尷尬，所以轉而談較安全的問題，問起他們的家鄉。「北卡羅萊納是美國四十八州裡最棒的地方，」他回答說，滔滔不絕談著北卡羅萊納的種種，直到抵達營區大門。

衛兵看見車子駛近，就馬上拉起柵欄，在車子駛進營區時，對梅西敬禮。「少校要我直接載您到他的營舍，夫人，這樣您們去跳舞之前，可以先喝杯酒。」

車子停在一幢小小的活動板屋前，她看見邁可站在門階上等著迎接她。駕駛還來不及替她開門，她就自己下了車，快步走上前去。他俯身親吻她的臉頰，說：「來吧，親愛的，我想讓你見見我幾位同袍。」他接過她的外套，又說：「你看起來好美。」

「和你的玉米棒一樣？」

「更像我們北卡羅萊納的水蜜桃。」他說，領著她走向喧譁的房間，到處都是笑聲和歡快的交談聲。「我們來讓每個人都嫉妒吧，因為他們會發現，陪在我身邊的是今天舞會最漂亮的美女。」

梅西踏進擠滿軍官與他們女伴的房間，受到熱烈的歡迎。她不禁忖思，如果某位英國少校邀她到幾哩之外韋塞克斯軍團總部參加舞會，那裡的軍官也會用這樣一視同仁的態度接待她嗎？

邁可帶著她在屋裡走來走去，把她介紹給同僚，包括營區指揮官。而且指揮官顯然也不以為意。從這組客人走到那組客人的途中，她不由自主地留意陳設在桌上、書架和壁爐架上的幾張照片。影中人顯然是邁可和妻子兒女。

九點一過，客人開始往體育館走，那裡是舞會舉行的地方。但離開屋子之前，盡責的主人一一為女士們取出外套。這給了梅西機會，可以更仔細看看照片裡那位漂亮的年輕女子。

「這是我的妻子艾碧蓋兒，」走回房間裡的邁可說，「大美女，和你一樣。我到現在還很想她。她因為癌症過世，已經快五年了。癌症真的是我們大家都要對抗的大敵。」

「對不起，」梅西說，「我不是有意……」

「不，現在你知道我們之間有多少共同點了。我完全懂你心裡的感覺，失去丈夫與兒子的痛苦。但是，該死，我們今天晚上是要慶祝，不是要為自己悲哀，所以來吧，親愛的，你已經讓所有的軍官都嫉妒了，我們快點去讓所有的官兵都吃醋吧。」

梅西挽著他的手臂，笑了起來。他們走出屋子，和其他喧鬧的年輕人朝同樣的方向走去。

一踏進舞池，這些活力充沛、朝氣蓬勃的美國人就讓梅西覺得自己彷彿認識他們一輩子了。一整個晚上，有好幾位軍官過來請她跳舞，但是邁可很少讓她離開他的視線。樂隊奏出最後一首華爾滋的時候，她簡直不敢相信這個晚上就這樣飛快流逝了。

掌聲漸漸稀落停止之後，每個人都還是留在舞池裡。樂隊演奏了幾首梅西並不熟悉的曲子，但顯然讓屋裡的其他人都想起國家正在戰火之中。許多年輕人立正站好，手貼胸口，聲音嘹亮地高唱起美國國歌。他們之中有很多人無法活到慶祝下個生日，就像哈利一樣。這真是無謂的浪費生命，梅西想。

離開舞池時，邁可建議回他的營舍，喝一杯南方安逸香甜酒，再讓下士送她回家。這是梅西頭一次喝波本酒，一杯下肚，就讓她話多了起來。

「邁可，我有個問題。」她窩進椅子裡，酒杯又斟滿酒。「而且只有一個星期的時間就必須解決。是不是可以借點你的南方常識來用用呢？」

「就問吧，親愛的，」邁可說，「可是我得警告你，對於英國人呢，我向來是搞不懂的。老實說，你是第一個可以讓我輕鬆以對的英國人。你確定你不是美國人？」

梅西笑起來。「你嘴巴太甜了，邁可。」她又喝了一口波本酒，這一次，她決定不只告訴他目前亟待解決的問題，而且要對他透露更多內情。「很多年以前，我剛開始創業，在百老匯街有家店，叫提莉茶館。現在被炸得什麼都不剩了，但是有人出兩百鎊要買那塊地。」

「那麼問題是什麼呢？」邁可問。

「我不知道那塊地真正值多少錢。」

「這個嘛，可以肯定的是，只要德國人還有再來轟炸的可能性，就沒有人會在那塊地上蓋任何東西，最起碼在戰爭結束之前不會。」

「普林德格斯特先生說他的客戶是地產投資商。」

「我倒覺得是想牟取暴利的奸商。」邁可說，「用低價買進荒廢的土地，等戰爭結束，就可以大發利市。老實說，像這種奸商為了錢，什麼事情都幹得出來，應該要被絞死。」

「但有沒有可能，合理的價格就是兩百鎊呢？」

「那就要看你的結合價值❽了。」

梅西登時直起身子，不確定自己是不是聽錯了。「我不懂你的意思。」

「你說整條百老匯街都被炸毀了，沒半棟房子倖存？」

「是啊，但這怎麼會讓我那一小塊地變得更有價值呢？」

「如果這條街其他的部分已經全部落入這個投機客手裡，那你就有很好的談判優勢。事實上，你應該要求更多紅利，因為你那一小塊地，很可能會阻礙他重建整條街的計畫，雖然他並不想讓你發現這個事實。」

「所以我要怎麼知道我的地有沒有結合價值？」

「告訴銀行經理，說你不接受低於四百鎊的價格，這樣你很快就會知道答案。」

「謝謝你，邁可，」梅西說，「你的建議真好。」她綻開微笑，又喝了一大口南方安逸，醉臥在他懷裡。

---

❽ Marriage Value。不動產用語，指因為鄰近地點、機構或其他價值相結合，而使某一地產增加的價值。但「結合」（Marriage）即「婚姻」之意。

28

梅西隔天早上下樓吃早餐的時候，想不起來是誰載她回家，或她是怎麼上樓回房間的。

「是我扶你上床的，」她媽媽倒給她一杯茶說，「有個年輕的下士載你回來。他人很好，甚至還幫我扶你上樓。」

梅西坐進椅子裡，緩緩告訴媽媽前一天晚上的經過，讓媽媽更加確信，她很樂於與邁可為伴。

「你確定他沒結婚？」她媽媽問。

「別那麼急，媽媽，我們才第一次約會耶。」

「他對你是認真的嗎？」

「我記得他邀我下個星期去看戲，但我不確定是哪一天或哪家劇院。」她這樣說的時候，哥哥史丹正好走進房裡。

史丹砰一聲坐在餐桌另一頭，等待有人替他送上一碗粥到面前，然後就唏哩呼嚕喝起來，活像大熱天拚命喝水的豬。喝完之後，打開一瓶巴斯啤酒，一口灌乾。「我要再來一瓶，」他說，「今天是星期天。」他打個響嗝。

史丹吃早飯的時候，梅西從來不說話，總是趕在他有機會說出心裡那些亂七八糟的想法之前，就溜出門去上班。她站起來，正準備出門去聖瑪麗教堂做禮拜，就聽見史丹大聲咆哮：「坐下，臭女人！你上教堂之前，我有話要對你說！」

梅西很想就這樣走掉，不理他，但史丹要是心情不對，肯定會把她拖回來，給她個黑眼圈。她坐下。

「你就快要有兩百鎊入袋了，你想怎麼用？」

「你怎麼知道的？」

「媽昨天晚上全告訴我了，就在你進城和你那個美國花花公子你儂我儂的時候。」

梅西蹙起眉頭看了媽媽一眼，媽媽一臉尷尬，但什麼都沒說。「告訴你，史丹，穆賀蘭少校是個正人君子，我空閒的時候做什麼都不干你的事。」

「他是個美國人，你這個臭婆娘，我警告你，他們才不會對你客氣。他們覺得自己做什麼都是理所當然的。」

「你和以往一樣，什麼事情都知道，萬事通。」梅西想辦法保持冷靜。

「美國佬都是一個樣，」史丹說，「他們只想要一個東西，一旦到手，就滾回家，讓我們自己收拾善後，就像第一次世界大戰一樣。」

梅西知道沒必要再和他談下去，所以她就只坐在那裡，希望這場風暴快快平息。

「你還沒告訴我，你要拿那兩百鎊怎麼辦？」史丹說。

「我還沒決定，」梅西說，「話說回來，我的錢要怎麼用，也和你一點關係都沒有。」

「和我關係可大嘍，」史丹說，「因為有一半是我的。」

「這筆帳是怎麼算的？」梅西問。

「你住在我家，所以我有權利分一半的錢。而且我警告你，臭女人，你要是想瞞著我，不把我該得的錢分給我，我會揍得你鼻青臉腫，連美國黑人都懶得看你一眼。」

「你讓我覺得想吐，史丹。」梅西說。

「要是被我逮到，你肯定要吐得更厲害了，因為那時候我——」

梅西站起來，大步走出廚房，跑到玄關，抓起外套，衝出門去，不想聽完史丹的長篇大論。

□

這個星期天，梅西查看午餐訂位紀錄的時候，發現她必須把兩位常客的位子安排得離彼此越遠越好。她讓穆賀蘭少校坐他慣坐的位子，把派崔克．凱塞伊安排在餐廳的另一頭，免得他們兩個碰在一起。

她已經快三年沒見到派崔克．凱塞伊了，很想知道他有沒有任何改變。他是不是還像他們剛認識那樣，英俊得讓人難以抗拒，散發迷人的愛爾蘭魅力？

他一走進餐廳，她的一個問題就得到解答了。

「隔這麼久的時間再見到你，真是太開心了，凱塞伊先生。」她帶他到他的座位。穿過餐廳的時候，有好幾位中年女士轉頭看這位英俊的愛爾蘭人。「你這一次會待很久嗎，凱塞伊先生？」她把菜單交給凱塞伊，問。

「那就要看你了。」派崔克說。他打開菜單，但沒看內容。

梅西希望沒人看見她臉紅。她轉身，看見穆賀蘭少校站在接待櫃檯旁邊。他向來如此，只肯讓梅西領他入座。她急忙回到櫃檯，輕聲說：「邁可，我幫你保留了你的老位子。要我帶你過去嗎？」

「當然要。」

邁可一把注意力轉到菜單上——雖然他每個星期天都點同樣的兩道菜，也就是本日特湯和煮牛肉，以及約克夏布丁——她就又走到餐廳另一頭，幫派崔克點菜。

接下來兩個鐘頭，梅西一直很注意這兩個男人，同時又要留意整個餐廳將近一百名的其他客人。餐廳的時鐘敲響三下時，偌大的空間只剩下兩個人：約翰．韋恩和賈利．庫柏，梅西想，他們在等著看誰先在OK牧場拔槍[9]。她折起邁可的帳單，擺在盤子上，送給他。他看也沒看就付了錢。

「又是非常之好的一餐。」他說，接著又低聲說：「我們星期二晚上還是在劇院見？」

「當然啦，親愛的。」梅西用略帶揶揄的口氣說。

「那我們八點鐘在老維克劇院見嘍。」一名女服務生經過桌子旁邊的時候，他說。

「我很期待呢，先生，而且我保證會把您的讚美轉告給主廚。」

邁可忍住笑，離開餐桌，走出餐廳。臨去之前，回頭對梅西露出微笑。

他一走出視線之外，梅西就馬上送帳單去給派崔克。他仔細核對，給了一筆豐厚的小費。

「你明天晚上有事嗎？」他問，給了梅西一個始終在她腦海裡揮之不去的微笑。

「有耶，我要去上夜校。」

「你開玩笑的吧？」派崔克說。

「沒有，我明天不能遲到，因為課程總共十二個星期，明天是第一堂課。」她沒告訴他的是，她還沒決定是不是要把十二堂課全部上完。

「那就改星期二吧。」派崔克說。

「我星期二已經有約了。」

「你是真的有約，還是只想打發我？」

「我沒騙你，我要去看戲。」

「那就星期三，還是你那天要上代數方程式？」

「不，我要上作文和朗讀。」

「星期四？」派崔克說，想辦法不流露出氣惱的口氣。

「嗯，我星期四有空。」梅西說，又有名女服務生經過桌子旁邊。

「還好，」派崔克說，「我已經開始以為必須提前一週預訂，才能和你約到時間呢。」

梅西笑起來。「那你打算做什麼？」

「我想我們應該先去——」

「柯里夫頓太太，」梅西轉頭，看見飯店經理赫斯特先生站在她背後。「招呼完這位客人之

---

⑨ OK Corral，位於美國亞歷桑納州墓碑鎮，一八八一年，執法者和亡命之徒發生槍戰，揭開美國在西部荒野力行執法的新時代，此一故事流傳甚廣，一九五七年改編為電影《龍爭虎鬥》。

後，」他說，「可以麻煩你來趟我的辦公室嗎？」

梅西以為自己向來謹言慎行，但如今卻擔心被開除，因為她違反了飯店員工不得與顧客交往的規定。她上一個工作就是這樣丟掉的，而當時，和她交往的顧客就是派崔克．凱塞伊。

她很慶幸派崔克沒再說什麼，就悄悄離開餐廳。她再次核對了收銀機裡的現金，然後到赫斯特先生辦公室。

「請坐，柯里夫頓太太。我有件很嚴肅的事情要和你討論。」梅西坐下，雙手抓住椅子扶手，讓自己不致發抖。「我看得出來你今天很忙。」

「總共有一百四十二位客人。」梅西說，「幾乎破紀錄了。」

「我不知道要怎麼找人來取代你，」他說，然後：「但是做決定的是管理高層，不是我，你要明白。這不是我能控制的。」

「可是我喜歡這個工作。」梅西說。

「我想也是。但我必須告訴你，在這件事情上，我贊成高層的決定。」梅西往後靠在椅背上，準備接受自己的命運。「他們說得很清楚，」赫斯特先生繼續說，「他們不希望你繼續在餐廳工作，要我儘快找人取代你。」

「原因呢？」

「因為他們希望晉升你為管理階層。老實說，梅西，如果你是男的，你老早就可以管理我們的一家飯店了。恭喜！」

「謝謝您。」梅西說，心裡已經開始思索這事背後的意義。

「我們趕快完成手續，好嗎？」赫斯特先生拉開辦公桌抽屜，拿出一封信。「你要仔細讀一下，」他說，「這裡面詳細列出你新工作的聘僱條件。你讀過之後就簽名，再交還給我，然後我就寄回公司總部。」

就在這時，她做了決定。

29

梅西很怕她是在自欺欺人。

走到學校大門口，她差點轉身離去，若不是看見有個年紀比她大的婦人走進學校，她大概會真的掉頭就走。她跟著那名婦人穿過前門，踏過走廊，停在教室門口。她偷偷瞄了一眼，希望教室裡坐滿人，這樣就不會有人注意到她。但教室裡只坐了七個人：兩個男的，五個女的。她溜進教室後面，坐在兩個男的後面，希望沒人看見她。但是梅西馬上就後悔自己做了這個決定，因為如果她坐在門邊，要溜走就比較容易。

教室門打開，霍康畢老師走了進來。她低下頭來。霍康畢老師站在黑板前的講桌後面，拉拉黑色長袍的領子，看著他的學生們。一看見坐在後面的柯里夫頓太太，他就微微一笑。

「我要從二十六個字母開始，按照順序一一寫出來。」他說，「我寫一個字母，你們就大聲唸出來。」他拿起一支粉筆，背對學生，在黑板上寫出「A」，有好幾個不同的聲音參差不齊唸出這個字母來。寫出「B」的時候，眾人齊聲唸。到「C」，每個人都唸出來，除了梅西之外。霍康畢老師寫到「Z」的時候，梅西默默做出嘴型，但沒唸出聲來

「我現在要不按順序的指，看看你們是不是認得。」第二回合，梅西差不多可以唸出一半的字母。到了第三回合，她已經可以帶頭唸出來了。一個鐘頭的課結束時，只有霍康畢老師知道這是她二十年來上的第一堂課，而梅西並不急著回家。

「等星期三上課的時候，」霍康畢老師說，「你們必須寫得出這二十六個字母，而且要按正確的順序。」

梅西希望在星期二就能順利掌握所有的字母，這樣才能保證不會犯任何錯誤。

「不能和我一起去酒館喝一杯的同學，我們就星期三見嘍。」

梅西以為要得到邀請才能和霍康畢老師一起去喝酒，所以悄悄站起來，往門口走。而其他的同學卻圍在老師旁邊，拚命問問題。

「你要一起去酒館嗎，柯里夫頓太太？」梅西走到門口時，突然聽到老師問。

「謝謝您，霍康畢老師，我很樂意。」她聽見自己這麼說，於是和其他人一起離開教室，越過馬路，到小船客棧。

其他學生一個接一個先走了，最後只剩下梅西和霍康畢老師坐在吧檯前面。

「你知道你自己有多聰明嗎？」霍康畢老師又請她喝了一杯柳橙汁之後問。

「但是我十二歲就離開學校了，到現在還不會讀，不會寫。」

「你或許太早輟學，但你從未停止學習。你是哈利．柯里夫頓的媽媽，到最後你很可能和他一樣，可以教我很多東西。」

「哈利教你？」

「每天都教，只是他自己不知道而已。但從很久以前，我就知道他比我還聰明。我當時只希望，在我把他弄進布里斯托文法學校之前，他別發現這個事實。」

「你辦到了嗎？」梅西微笑問。

「就只差一點點。」霍康畢老師承認。

「最後點單！」酒保大聲嚷著。

梅西看看吧檯後面的時鐘，不敢相信已經九點半了，燈火管制就要開始了。

霍康畢老師自然是要送她回家的，畢竟，他們已經認識這麼多年了。穿過沒燈的漆黑馬路，他告訴她很多哈利的故事，讓她既開心，又哀傷。霍康畢老師顯然也很想念哈利，她覺得很愧疚，多年前竟沒有好好感謝他。

走到靜宅巷她家大門口時，梅西說：「我只知道您的姓，不知道名字。」

「我叫亞諾德。」他有點羞怯地說。

「很適合你。」她說，「我可以叫你亞諾德嗎？」

「當然可以。」

「那你也要叫我梅西。」她掏出鑰匙，插進大門的鎖孔。「晚安，亞諾德。星期三見。」

□

劇院的夜晚帶給梅西很多快樂的回憶。以前派崔克．凱塞伊每次到布里斯托，都會帶她到老維克劇院看戲。但是她對派崔克的記憶才剛淡去，開始和另一個或許有未來的男人約會時，這個該死的愛爾蘭人就又跳回她的生活裡。他已經告訴她，他來見她是有理由的，而理由是什麼，她也沒有太多的懷疑。她不需要他再一次給她的生活掀起驚滔駭浪。她想起邁可，他是她碰過最親切、也最高尚的人，而他也從不掩飾自己對梅西的感情。

在派崔克灌輸給她的諸多道理裡，有一條就是看戲絕對不能遲到。他覺得在舞台布幕拉起之後，摸黑踩到別人的腳趾，走到自己位於排椅中央的位子，是天底下最難堪的事。

梅西在開演前十分鐘走進劇院大廳時，邁可已經拿著節目單，站在那裡等她了。她一看見他就綻開微笑，不由自主地想，只要見到他，她心情就很好。他也對她微笑，輕輕親吻她的臉頰。

「我對諾爾．寇威爾[10]所知不多，」他把節目單交給她說，「但我剛才看了一下劇情概要，講的是一男一女，沒辦法決定該和誰結婚。」

梅西默不作聲，和他一起走進場內。她開始倒著數字母，一直走到H排。他們找到位於正中央的座位時，梅西不禁納罕，一票難求的這場戲，他怎麼有辦法拿到最好的位子。

燈光漸漸暗去，布幕拉起時，他拉起她的手，直到歐文．納爾斯走上舞台，全場開始鼓掌的時候，他才放開她的手。梅西整個被故事迷住了，雖然這座位離舞台近得到讓人有點不適。但戲劇的魔咒終究被打破了，因為警報厲聲響起，蓋過了納爾斯先生的台詞。觀眾席也開始喧譁起來，演員匆匆下了舞台，劇院經理很有效率地執行了軍團上士絕對會肯定有加的撤離計畫。布里斯托民眾早就習慣了德國軍機不時來訪。這些德國佬才不在乎他們買了戲票沒。

邁可和梅西離開劇院，走下台階，到陰冷但熟悉的防空洞裡，這裡對常上劇院的人來說，已

[10] Noël Coward, 1899-1973，英國演員、劇作家、作曲家。作品膾炙人口，多部劇作至今仍演出不輟，一九四三年因電影《與祖國同在》（In Which We Serve）獲奧斯卡特別獎。

經變得像另一個家了。觀眾找到任何可以棲身的空間，等候這場他們沒買票就自動上演的戲碼。就像克萊曼．艾德禮⓫說的，躲防空洞的人生是最好的社交等化器（Equalizer）。

「這可不是我想像中第一次約會的情景。」邁可把外套鋪在石塊地板上，說。

「我年輕的時候，」梅西坐在他的外套上說，「很多小伙子想帶我下來這裡，但你是第一個成功的。」梅西笑起來，一面在節目單封面上寫了幾個字。

「我受寵若驚，」他說。接連不斷的爆炸聲越來越近，連地面都為之震動。邁可伸出手臂，攬著她的肩膀。「你沒去過美國，對吧，梅西？」他說，想讓她不再一心想著空襲。

「我連倫敦都沒去過，」梅西坦承，「事實上，我最遠只去過濱海威斯頓和牛津，而且那兩次的旅程，最後都成了夢魘。我想我寧可待在家裡，哪裡也不去。」

邁可笑起來。「我很想帶你去看看美國，」他說，「特別是美國南方。」

「我想，我們在考慮這麼做之前，得先請德國人休息幾天才行。」梅西才說著，就聽見解除空襲警報的信號聲。

防空洞裡響起一波掌聲，每個人都結束這個未列入節目表的中場休息，回到劇院。

他們才回到座位，劇場經理走上舞台。「節目將繼續，中場不休息。」他宣布，「但如果德國人決定再次到訪，節目就將取消。很抱歉，我們屆時也不退票。這是德國的規矩。」好些人笑了起來。

不一會兒，布幕再度拉起，梅西又一次沉浸在故事裡，最後演員謝幕時，全體觀眾起立致意，不只為節目鼓掌，同時也像邁可說的，是為他們自己戰勝德國空軍的小小勝利而喝采。

「去哈維，還是潘特利？」邁可拿起節目單說。節目單上的劇名已經被劃掉，每個字母都在下面重新按二十六個字母的排序寫了一遍：AEEIILPRSTVV⑫。

「潘特利。」梅西說，不想承認她以前曾經和派崔克一起去過哈維餐廳，結果一整個晚上都東張西望，擔心哈維爵爺的女兒伊麗莎白很可能會和雨果・巴靈頓在那裡用餐。

邁可花了很長的時間研究菜單，這讓梅西很詫異，因為可以選擇的菜並不多。他通常都會滔滔不絕聊著營區——在他口中稱之為「堡寨」——發生的事情，但今晚卻沒有。他甚至也沒像以前一樣抱怨英國佬不懂棒球。她開始擔心他是不是身體不舒服。

「你還好吧，邁可？」她問。

他抬起頭。「他們要調我回美國。」他說。女服務生出現在他們桌旁，問他們是不是準備要點菜了。服務生還真會挑時間，梅西想，但這至少給了她一點思考的時間。當然，她要思考的不是今晚想吃什麼。點完菜，服務生離開之後，邁可再次開口：

「我被派到華盛頓擔任內勤工作。」

梅西越過桌子，握住他的手。

「我要他們讓我在這裡多待半年……那我就可以和你在一起。但這個申請被駁回了。」

---

⑪ Clement Attlee, 1883-1967，英國政治領袖，一九四五年帶領工黨，意外擊敗贏得二次世界大戰勝利的邱吉爾，成為英國首相。

⑫ 這齣戲的戲名應該是《Private Lives》。

「我很遺憾聽到這個消息。」梅西說，「但是——」

「什麼都別說，拜託，梅西，因為我今天已經夠難受了。雖然天曉得，我已經想過很多遍了。」接著是漫長的沉默。「我知道我們認識的時間不長，但從第一次見到你，我的心意就沒改變過。」梅西微笑。「我在想，」他接著說，「我希望，我祈求，你願意考慮和我一起回美國……成為我的妻子。」

梅西說不出話來。「我受寵若驚。」她想辦法擠出這句話，但再也想不出其他的話來。

「當然，我知道你需要時間考慮，很對不起，這殘酷的戰爭讓我無法用更長的時間、更體貼的方式追求你。」

「你什麼時候回美國？」

「這個月底。所以如果你同意，我們就可以在基地結婚，以夫妻的身分一起飛回美國。」他傾身，拉起她的手。「這是我這輩子覺得最篤定的事。」他說，服務生正好再次出現在他們桌邊。

「請問雞肝醬是哪位的？」

□

梅西一夜無眠，隔天早上下樓吃早餐時，告訴媽媽說邁可向她求婚了。

「快接受。」坦寇克太太馬上回答說，「這是你展開新生活最好的機會。而且，老實說，」她哀傷地瞥了一眼壁爐架上的哈利照片，「你再也沒有理由非留在這裡不可了。」

梅西正要表達異議，史丹就衝了進來。她從餐桌旁站起來，「我最好快走，免得遲到了。」

「你別以為我會忘了你欠我的一百鎊！」他對著她的背影吼道。

□

晚上七點，霍康畢老師走進教室，梅西在前排正襟危坐。

接下來的一個鐘頭裡，她舉了好幾次手，像個知道每個問題的答案、希望贏得老師注意的好學生。但老師就算注意到了，也沒表露出來。

「你以後可以改星期二和星期四來上課嗎，梅西？」他們和其他同學過街到小酒館時，霍康畢老師問她。

「為什麼？我進度不夠？」

「應該要說：『我跟不上進度嗎？』」老師想也沒想就糾正她。「恰恰相反，」他說，「我決定讓你上中級班，免得他們，」他指著不遠處的那群同學，「覺得很挫折。」

「可是這樣不是超出我的程度嗎，亞諾德？」

「我想是，但是，毫無疑問的，你只要到月底就能追上進度，到那時，我就必須讓你去上高級班了。」

梅西沒回答，但她知道再過不了多久，她就必須告訴亞諾德，她到月底就另有計畫了。

像前天一樣，最後只剩他們兩個坐在吧檯前，然後他再度送她回靜宅巷。只是這一次，梅西掏出大門鑰匙的時候，覺得他好像要鼓起勇氣吻她。結果當然沒有。她自己的問題難道還不夠多嗎？

「我在想，」他說，「你應該要先讀哪一本書。」

「我首先要讀的不是書，」梅西把鑰匙插進鎖孔，「是一封信。」

30

派崔克．凱塞伊星期一、星期二、星期三的早餐、午餐和晚餐都是在飯店餐廳解決的。

梅西認為他應該會帶她吃水線餐廳，希望能喚起她對往日的回憶。事實上，自從派崔克回到愛爾蘭之後，她就再也沒到那家餐廳去過了。她猜對了，他確實帶她去那裡。

梅西下定決心，絕對不再受派崔克的英俊外表與魅力所惑，並且要把她和邁可對未來的計畫告訴他。只是隨著時間分分秒秒過去，她覺得越來越難提起這個話題。

「那麼從我上次離開布里斯托之後，你情況如何呢？」在大廳酒吧喝餐前酒的時候，派崔克問她，「你平常要管理城裡頂尖飯店的餐廳，晚上還要擠出時間去上夜校。」

「是啊，我也會很懷念這段時間，等我……」她開始有點感傷。

「等你怎麼樣？」派崔克問。

「這只是十二個星期的課程。」梅西想掩飾過去。

「只要十二個星期，」派崔克說，「我敢說你一定就夠格教課了。」

「你呢？你這幾年怎麼樣？」她問。這時領班過來告訴他們說座位準備好了。

直到坐進靠角落的安靜位子，派崔克才回答這個問題。

「你應該還記得，我差不多三年前升職，當上我們公司的副理。我也就是因為這樣才不得不回都柏林。」

「我絕對不會忘記你為什麼要回都柏林的。」梅西有點不太高興。

「我好幾次想回來布里斯托，但是戰爭爆發之後，根本就不可能。我甚至沒辦法寫信給你。」

「嗯，這個問題應該很快就會解決了。」

「到時候你就可以在床上唸書給我聽了。」

「時局這麼艱難，你們公司還好吧？」梅西問，想把話題轉回較安全的領域。

「其實呢，很多愛爾蘭公司反而因為戰爭而大發利市。因為愛爾蘭是中立國，所以我們和兩方都可以做生意。」

「你們和德國人做生意？」梅西難以置信。

「不，我們公司向來說得很清楚，我們是誰的忠實朋友。但你也不要訝異，我們有很多同胞樂於和德國人做生意。因為這樣，我們有幾年不太好過，但是美國一宣戰，就連愛爾蘭都開始相信同盟國終究會贏得戰爭。」

這是個向派崔克提起某個美國人的好時機，但她沒掌握住。「那你為什麼到布里斯托來？」她問。

「答案很簡單，就是因為你。」

「我？」梅西馬上就苦苦思索，要怎麼把話題再轉到不那麼私密的問題上。

「是的。我們公司的總經理今年年底就要退休了，董事長要我接替他的位子。」

「恭喜。」梅西說，鬆了一口氣，終於又轉到比較安全的話題了。「所以你想找我當你的副總經理？」她想把氣氛弄得更輕鬆一點。

「不，我想要你當我的妻子。」

梅西的語氣不變。「難道你就沒想過，派崔克，在這三年裡，你就沒有一時片刻想到過，可能已經有其他人踏進我的生命裡了？」

「我每天都想，」派崔克說，「所以我才會來到這裡，想知道究竟有沒有這樣的人存在。」

梅西遲疑了一下。「有，確實有。」

「他向你求婚了？」

「是的。」她輕聲說。

「你接受他的求婚了？」

「沒有，但我答應在他月底回美國之前給他答覆。」她的語氣更加堅定了。

「這是不是表示我還有機會？」

「老實說，派崔克，你沒有機會。你已經快三年沒和我聯絡，然後突然冒出來，表現得像一切都沒變似的。」

派崔克並沒有為自己辯護。服務生正好送上他們的主菜。「我希望一切就這麼簡單。」他說。

「派崔克，事情原本很簡單。要是你三年前向我求婚，我就會開心地跳上第一艘船到愛爾蘭去。」

「我當時不能向你求婚。」

梅西一口菜都沒吃，就放下刀叉。「我向來都懷疑你是不是已經結婚。」

「你當時為什麼都沒提？」

「我那時愛你愛得好深，派崔克，我甚至願意承受這樣的羞辱。」

「我當時只能回愛爾蘭，因為我不能請你嫁給我。」

「現在情況變了？」

「是的，布萊妮一年多之前離開我了。她認識了比我對她更有興趣的人。但我想，要找到那樣的人應該也不難。」

「噢，天哪，」梅西說，「我的人生為什麼總是這麼複雜？」

派崔克微笑。「對不起，我再次騷擾了你的生活，但我這次不會輕易放棄，只要我相信還有一絲一毫的機會，我就不會放棄。」他越過桌子，握住她的手。一會兒之後，服務生再次出現在他們的餐桌旁，看見兩盤動也沒動、眼看就要變冷的菜餚，臉上浮現擔憂的神色。

「一切都好吧，先生？」他問。

「不，」梅西說，「不好。」

□

梅西徹夜未眠，想著她生命裡的這兩個男人。邁可這麼可靠，這麼親切，她知道他一輩子都會忠實不渝。而派崔克這麼活力充沛，充滿意趣，和他在一起，一刻也不無聊。一整夜，她翻來覆去改變了好幾次心意，偏偏她又要在這麼短的時間裡做決定。

隔天早上下樓吃早餐的時候，梅西問媽媽說如果是她，會嫁哪個男人。坦寇克太太還是堅持原本的看法。

「邁可，」她毫不遲疑地說，「長期來看，他可靠得多。而婚姻是長期的事。反正啊，」她說，「我這輩子就是不相信愛爾蘭人。」

梅西思索媽媽的話，正要提出另一個問題的時候，史丹乒乒乓乓走了進來。他唏哩呼嚕喝完粥，就打斷她的思緒。

「你今天不是要去見銀行經理嗎？」

梅西沒回答。

「我想是的。你最好帶著我的一百鎊回來。要是沒有，小妞，我不會放過你的。」

□

「很高興再見到您，夫人。」普林德格斯特先生請梅西坐下。這時是下午四點多。他等梅西坐定才開口問：「對我那位客戶慷慨的出價，您有什麼想法呢？」

梅西微笑。才一句話，普林德格斯特先生就洩露了他究竟是為哪一方爭取利益。

「應該有吧，」梅西回答說，「我必須請您轉告您的客戶，低於四百鎊的出價我是不會接受的。」

普林德格斯特先生嘴巴張得開開的。

「而且，我有可能在月底離開布里斯托，所以麻煩轉告您的客戶，我這大方的提議只有一個星期的效期。」

普林德格斯特先生閉上嘴巴。

「我下個星期同樣的時間再過來，普林德格斯特先生，到時候請讓我知道您那位客戶的決定。」梅西起身，給經理一個甜美的微笑，又補上一句：「希望您有個愉快的週末，普林德格斯特先生。」

□

梅西發現很難專心聽霍康畢老師講的話，而且並不只是因為中級班比初級班難得多。她一直後悔離開初級班。如今她舉手的時候，多半都是有問題要問，而不是搶著回答問題。亞諾德對夜間課程的熱忱具有感染力，而且他有與生俱來的能力，可以讓每個人都覺得自己和別人能力相當，覺得再小的成就都無比重要。

經過二十分鐘反覆練習他所謂的基本功課之後，他請全班翻到《小婦人》的第七十二頁。對梅西來說，數字並不是問題，她很快就翻到正確的那一頁。他請坐在第三排的一名女同學站起來，唸第一段，其餘的同學一字一句地跟著唸。梅西的手指貼在那一頁上方，拚命想跟上大家唸的速度，但很快就完全搞不清楚唸到哪裡了。

老師請坐在第一排一位年紀比較大的男同學再唸一遍同一段。這一次，梅西可以認出幾個字了，但心裡一直禱告，希望亞諾德下一個不會點到她。他叫到另一個同學時，梅西如釋重負地嘆口氣。等這位同學唸完第三遍坐下時，梅西低下頭，但卻沒因此逃過一劫。

「最後，我要請柯里夫頓太太起立，再為我們唸同一段。」

梅西不太有把握地站起來，想要集中注意力。她幾乎是逐字背出一整段，一次也沒看書上的字。因為她已經花了好多年的工夫練習，背住餐廳裡那些又長又複雜的點單。

她坐下時，霍康畢老師給她一個溫暖的微笑。「你記性太好了，柯里夫頓太太。」其他人似乎都沒聽懂他真正的意思，「我現在要開始和大家討論這段文字裡幾個字彙的意思。例如，在第二行，你們會看到有個字：『betrothal』。這是個老派的用法。有誰可以想出一個同樣意思，但比較現在的詞彙呢？」

好幾個人舉手，梅西本來也要舉手的，但卻聽見了熟悉的沉重腳步聲朝教室走來。

「威爾森小姐。」老師說。

「婚約。」威爾森小姐說。這時門突然敞開，梅西的哥哥闖了進來。他停在黑板前面，目光掃過一個個人。

「有什麼需要幫忙嗎？」霍康畢老師客氣地問。

「沒有。我是來拿我應得的東西，你別多話，給我閉嘴，為你自己好，最好別管我的事。」他的目光落在梅西身上。

梅西原本打算吃早餐的時候告訴他，要再等一個星期，才知道普林德格斯特先生那位尊貴的客戶會不會接受她的開價。但史丹衝著她走過來，她知道自己無法讓他相信，她今天沒拿到錢。

「我的錢呢？」他還沒走到她的課桌前就嚷著。

「我還沒拿到。」梅西說，「你得再等一個星期。」

「鬼才相信！」史丹說。他抓著她的頭髮，開始把驚聲慘叫的她拖出課桌，往教室門去。全班的學生都嚇得呆坐在椅子上，只有一個人擋住他的去路。

「滾開，你這個教書匠！」

「我建議你放開你妹妹，坦寇克先生，如果你不想再惹上更多麻煩的話。我想你麻煩已經夠多了。」

「就憑你？」史丹哈哈大笑，「要是你不滾開，老兄，我會一腳把你的牙齒踢進你喉嚨裡，而且我向你保證，那場面肯定很難看。」

史丹沒看見第一拳揮來，拳頭落在他的心口上，他彎下腰，所以第二拳打中他的下巴時，他根本沒機會反擊。第三拳打得他趴在地上，活像棵伐倒的橡木。

史丹躺在地上，摀著肚子，以為會有穿靴子的腳踢過來。霍康畢老師站在他身邊俯望他，等他恢復過來。史丹搖搖晃晃站起來，眼睛直盯著老師，慢慢走向門口。等走到自以為安全的距離之後，他回頭看著梅西。梅西還躺在地上，蜷起身子，靜靜哭泣。

「拿到我應得的錢之前，你最好別回家，小妞，」他咆哮，「你給我搞清楚！」他沒再說什麼，踏進走廊離開了。

儘管聽到教室門砰一聲甩上，梅西還是嚇得不敢動。教室裡的其他人收拾課本，悄悄離去。今晚沒人想去酒館。

霍康畢老師靜靜走過來，跪在她身邊，把她顫抖的身體摟入懷裡。過了好久，他才說：「你今天晚上最好來我家，梅西。你可以住在客房。想住多久都沒問題。」

艾瑪．巴靈頓

1941–1942

31

「六十四街和公園大道交叉口。」艾瑪在華爾街的賽芬頓．傑克斯辦公室外面搭上計程車，對司機說。

她坐在計程車後座，拚命思考，想知道待會兒踏進菲黎斯姑婆家大門（如果真能踏進門的話）時，應該要怎麼對姑婆解釋。但她怎麼也無法專心，因為車上的收音機開得好大聲。她想過要叫司機把音量轉小一點，但她早就知道了，紐約的計程車司機會選擇性的耳聾，雖然他們既不啞，也很少閉嘴不說話。

艾瑪一面聽著收音機播報員用激動的聲音描述在某個叫「珍珠港」的地方所發生的事，一面設想姑婆的第一個問題必定是：「什麼風把你吹到紐約來啊，小姐？」接著就是：「你準備在紐約待多久？」然後會問：「你為什麼到紐約這麼多天，才來看我？」對這些問題，她都沒有聽來可信的答案，但她願意告訴菲黎斯姑婆所有的事情——有些事情她想迴避，因為她也沒有告訴自己的媽媽所有的事情。

菲黎斯姑婆說不定根本不知道有她這個姪孫女存在，艾瑪想。而且，說不定家族裡有些恩怨情仇是她不知道的？姑婆也有可能孤僻隱居、離婚、再婚，甚至精神失常，不是嗎？

艾瑪只記得曾經見到一張聖誕卡，署名的是菲黎斯、戈登和埃里斯泰爾。一個是她先生，一個是她兒子嗎？雪上加霜的是，艾瑪沒有任何證據可以證明她就是菲黎斯姑婆的姪孫女。

計程車停在大門口，艾瑪又付了兩毛五車資時，心情比之前更加不篤定。她下了計程車，抬頭望著這幢威風凜凜的四層樓褐石大宅，翻來覆去好幾次，拿不定主意該不該去敲門。她最後決定繞著街區走一圈，希望走回來的時候能多些信心。艾瑪沿著六十四街往下走，發現來來往往的紐約人腳步異常匆促，臉上都帶著驚駭與憂懼的神情。他們該不會以為日本軍機接下來就會轟炸曼哈頓吧？

站在公園大道路口的報僮一再高喊著頭條新聞標題：「美國宣戰！最新消息！」回到褐石大宅門口時，艾瑪想，她挑錯日子來看菲黎斯姑婆了。比較明智的作法應該是回飯店，明天再來。但明天會有不同嗎？她的錢差不多用完了，要是美國捲入戰爭，她要怎麼回英國？更重要的是，薩巴斯汀怎麼辦？她原本只想離開他一兩個星期的。

等回過神來，她已經爬上五層台階，面對一道烏黑晶亮的黑門，有個擦得亮閃閃的黃銅門環。說不定菲黎斯姑婆不在家。說不定她搬走了。艾瑪正要敲門的時候，發現牆上有個門鈴，下方有兩個字：「送貨」。她按下電鈴，後退一步，很慶幸要面對的是應付僕役工匠的人。

一會兒之後，有個身材頗高的男子打開門。他打扮高雅：黑外套，條紋長褲，白襯衫，銀色領帶。

「有什麼事嗎，小姐？」他問，很顯然斷定艾瑪並非僕役。

「我是艾瑪．巴靈頓。」她告訴他，「不知道菲黎斯姑婆在不在家？」

「她是在家，巴靈頓小姐。星期一下午是她的橋牌日。是不是請您進來，我好報告史都華夫人說您來了。」

「如果不方便，我可以明天再來。」艾瑪結結巴巴說，但他已經讓她進屋，關上門，走向走廊了。

艾瑪站在玄關等候，環顧四周，不難發現史都華家是從哪個國家來的：交叉的雙劍上一幅英俊王子查理[13]的肖像，玄關另一端的牆上掛的是史都華家族的盾牌。艾瑪緩步走來走去，欣賞皮普勞、佛格森、麥塔格特和雷本的畫作。她記得外公哈維爵爺有一張羅倫斯的作品，掛在穆爾吉瑞城堡的會客室。她不知道姑婆的先生是做哪一行的，但顯然很富有。

幾分鐘之後，管家回來，臉上還是一點表情都沒有。也許他還沒聽說珍珠港的消息。

「夫人要在會客室見您。」他說。

他和簡勤斯真是像：不說一句多餘的廢話，步伐平穩速率不變，態度恭謹卻又不顯得唯命是從。艾瑪想問他是從英國哪裡來的，但知道他會認為這是唐突的問題，所以她跟著他穿過走廊，沒再說一句話。

她正準備要爬上樓梯，卻見管家停下腳步，拉開電梯的柵門，站到一旁，讓她走進電梯。私人住宅裡有電梯？艾瑪不禁懷疑菲黎斯姑婆是否不良於行。電梯抵達三樓的時候，震了一下，她走出電梯，踏進布置得精美絕倫的會客室。如果不是外面馬路的車聲、喇叭和警笛聲，真會讓人誤以為置身愛丁堡。

「請在這裡等一下，小姐。」

艾瑪在門邊等候，管家穿過房間，走到四名老太太旁邊。她們圍坐在燒著柴火的火爐旁，喝茶吃煎餅，專注聽著音量不大的收音機。

管家宣達：「巴靈頓小姐到了。」四位老太太全轉頭望向艾瑪的方向。不等姑婆站起來迎接她，她一眼就認出哪一位是哈維爵爺的姐姐了：那頭火紅的頭髮、調皮的微笑，以及那一看就知道出身豪門世家的氣勢。

「這不可能是小艾瑪吧，」她說。她站起來，離開其他人，迎向姪孫女，嗓音還微帶蘇格蘭高地的腔調。「我上次見到你的時候，親愛的孩子，你還穿學生制服，白短襪，帆布鞋，拿著一根曲棍球棍。我當時真替另一隊的那些小男生擔心呢。」艾瑪微笑，姑婆和她外公一樣風趣。「看看你，你長得這麼大，這麼漂亮。」艾瑪臉紅起來。「是什麼風把你吹到紐約來了，親愛的？」

「真對不起，我就這樣闖進來，姑婆。」艾瑪說，緊張地瞄著其他老太太。

「別理她們，」她輕聲說，「在總統宣布參戰之後，她們心裡要擔心的事可多了。咦，你的行李呢？」

「我的行李在五月花飯店。」艾瑪說。

「帕克，」她轉頭對管家說，「派人去五月花飯店拿艾瑪小姐的行李，然後把最大的那間客房準備好，因為聽過今天的新聞之後，我有預感，我這位姪孫女要和我們待上好一段時間。」管家轉身離去。

⓭ Bonnie Prince Charlie, 1720-1788，英格蘭國王詹姆斯二世之孫，詹姆斯二世在光榮革命被罷黜流亡歐陸，但思復辟，查理王子在其後的軍事與外交行動中均扮演要角，但未成功。

「可是，姑婆——」

「沒有可是，」她揚起手說，「而且我要告訴你，絕對不要再喊我姑婆了，這讓我聽起來活像個老潑婦。雖然我很可能已經是老潑婦了，但我可不希望有人不時提醒我，所以，拜託，叫我菲黎斯。」

「謝謝您，菲黎斯姑婆。」艾瑪說。

菲黎斯笑起來。「我太愛英國人了。」她說，「過來，和我的朋友打招呼。她們一定很想見這位獨立自主的年輕小姐。太摩登了。」

結果「好一段時間」竟然長到超過一年。日子一天天過去，艾瑪心急如焚，好想和塞巴斯汀團聚，但卻只能透過媽媽的來信或葛芮絲偶爾寄來的隻字片語，得知兒子的成長。艾瑪知悉爺爺過世的消息，難過得哭了，因為她向來以為他會長生不老。她勉強自己不去想誰會接掌公司，以為父親不會有膽子在布里斯托露面。

菲黎斯雖然不是艾瑪的媽媽，卻竭盡可能讓她覺得像在家裡一樣。艾瑪不久就發現，姑婆是典型的哈維家人，寬宏大量，而且打從小時候字典裡就沒有「不可能」、「不可理解」、「不切實際」這些詞彙。菲黎斯口中的大客房是有好幾個房間組成的套房，可以俯瞰中央公園，比起艾瑪在五月花飯店那間窄仄的房間，這真是個愉悅的驚喜。

艾瑪的第二個驚喜是，第一天晚上下樓吃晚餐時，發現姑婆身穿火紅禮服，喝著威士忌，用長菸斗抽菸。想到自己竟被這樣的老太太稱為「摩登」，她不禁露出微笑。

「我兒子埃里斯泰爾會和我們一起吃飯。」帕克還來不及給艾瑪斟杯哈維布里斯托甜酒，她就說，「他是律師，還單身。」她又說，「兩大缺點集於一身。他雖然有點枯燥乏味，但有時候也挺有幽默感的。」

埃里斯泰爾幾分鐘之後進來，換上晚宴服陪媽媽吃飯，具體顯現「海外英國人」的風範。艾瑪猜他差不多五十歲，身材雖然稍胖，但剪裁合宜的訂製西服掩飾了他身材的缺點。他的幽默感或許有點枯燥乏味，但他無疑非常聰明出色、有趣，而且消息靈通。他稍稍提起目前手邊正在進行的案件。他自豪的母親在用餐時告訴艾瑪，埃里斯泰爾在父親過世之後，成為律師事務所最年輕的合夥人，艾瑪一點都不意外。艾瑪猜想，菲黎斯應該知道他為什麼沒結婚。

她無法確定是因為晚餐太美味、酒太香醇，或者只因為美國的待客之道太熱忱，讓她最後談起了自從菲黎斯姑婆在瑞梅德女校曲棍球場看到她之後，她所遭遇的一切。

艾瑪解釋她為什麼不顧危險，橫渡大西洋到紐約來之後，他們母子倆瞪大眼睛盯著她看，彷彿她剛從另一個星球降落地球。

埃里斯泰爾吃完最後一口水果塔，把注意力轉向一大瓶白蘭地。接下來的三十分鐘，他盤問這位意外的訪客，彷彿他是辯方律師，而她是個代表控方的證人。

「嗯，我必須說，媽媽，」他折起餐巾說，「這個案子看來比聯合電纜公司控告紐約電力公司的案子有希望多了。我等不及要和賽芬頓．傑克斯唇槍舌戰。」

「幹嘛在傑克斯身上浪費時間，」艾瑪說，「找出哈利的下落，洗刷他的罪名比較重要吧？」

「我非常同意，」埃里斯泰爾說，「但是我有預感，這案子是環環相扣。」他拿起艾瑪那本《受刑人日記》，但沒翻開，只看看書脊。

「哪家出版社？」菲黎斯問。

「維京出版社。」埃里斯泰爾拿下眼鏡說。

「那就是哈洛德．吉茲柏格了。」

「你覺得他可能和麥克斯．羅德聯手製造這個騙局嗎？」他轉頭問媽媽。

「絕對不會，」她回答說，「你父親有一次告訴我，他在法庭對上吉茲柏格。他形容那人是可怕的對手，但絕對不會曲解法律，更不要說違法了。」

「那我們就有機會了，」埃里斯泰爾說，「因為在這樣的情況下，他發現自己名譽受損，肯定會很不高興。無論如何，我得先讀一下這本書，才能安排和出版社見面。」埃里斯泰爾隔著餐桌對艾瑪微笑。「我很想知道吉茲柏格先生會怎麼看待你，小姐。」

「而我呢，」菲黎斯說，「也同樣很想知道艾瑪會怎麼看待哈洛德．吉茲柏格。」

「對極了，媽媽。」埃里斯泰爾說。

帕克給埃里斯泰爾斟了第二杯白蘭地，又點了一根菸之後，艾瑪試探地問，她獲准到拉文翰探望哈利的機會有多大。

「我明天就替你提出申請。」他抽著菸說，「看我能不能比你那位樂於幫忙的警探更有用一些。」

「我那位樂於幫忙的警探？」艾瑪問。

「他肯這麼做很不容易呢，」埃里斯泰爾說，「等他發現這件事和傑克斯有關，我想他連你也不願意見了。」

「他這麼樂於幫忙，我可一點都不意外喔。」菲黎斯說，對艾瑪眨眨眼。

32

「你說是你先生寫了這本書？」

「不是的，吉茲柏格先生，」艾瑪說，「哈利．柯里夫頓和我並沒有結婚，但我是他兒子的母親。不過沒錯，《受刑人日記》是哈利在拉文翰服刑的時候寫的。」

哈洛德．吉茲柏格從鼻梁上摘下半月形的眼鏡，更仔細看著坐在他辦公桌對面的這個年輕女子。「對於你的說法，我有個小問題，」他說，「而且我應該指出來，這日記的每一字每一句都是勞德先生親自手寫的。」

「他逐字抄寫哈利的手稿。」

「這個說法要成立，勞德先生就必須和湯姆．布拉德蕭住在同一個牢房才行。這一點並不難查證。」

「或者他們一起在圖書室工作。」埃里斯泰爾說。

「如果你能證明這一點，」吉茲柏格說，「那麼我的公司，也就是我，就陷入了很為難的情況，必須儘量保持沉默，而且我最好找律師提供法律意見。」

「我們希望先把話講清楚，」坐在艾瑪右手邊的埃里斯泰爾打岔說，「我們是帶著善意來拜訪的，因為我們認為您會想知道我這位表姪女的說法。」

「我之所以答應見你們，」吉茲柏格說，「唯一的理由是因為我很敬佩令尊。」

「我不知道您認識他。」

「我不認識，」吉茲柏格說，「有一次我的公司捲入官司，他代表對方出庭。離開法院的時候，我真希望他是代表我方的律師。然而，就算我接受令姪女的說法，」他接著說，「也請容我先請教巴靈頓小姐幾個問題。」

「我很樂意回答您的任何問題，吉茲柏格先生。」艾瑪說，「但我可以先請教一下，您有沒有看過哈利的書？」

「我要強調，我們出版的每一本書，我都讀過，巴靈頓小姐。我不會假裝每一本書都很好看，有些書我甚至還讀不下去。但是這本《受刑人日記》，才讀完第一章，我就知道這會是暢銷書。我也在第二十七頁寫上眉批。」吉茲柏格拿起書，翻到那一頁，開始唸：「我一直想當作家，目前正在擬一本推理小說的大綱，這是以布里斯托為背景的系列小說第一本。」

「布里斯托，」艾瑪打斷老先生說，「麥克斯．勞德怎麼可能瞭解布里斯托？」

「勞德先生的家鄉在伊利諾州，那裡也有個地方叫布里斯托，巴靈頓小姐，」吉茲柏格說，「勞德先生是這麼說的，因為我告訴他說，我有興趣讀看看這個系列的第一本。」

「您永遠讀不到。」艾瑪向他保證。

「他已經提出《錯認身分》的開頭幾章書稿。」吉茲柏格說，「我不得不說，寫得非常好。」

「小說書稿的行文風格和那本日記一樣？」

「是的。我知道你接下來要問什麼，巴靈頓小姐，書稿的筆跡也相同，除非你認為這本小說也是抄寫來的。」

「他既然做過一次，怎麼不會做第二次呢？」

「但是你有真憑實據，證明《受刑人日記》不是勞德先生寫的嗎？」吉茲柏格好像有點生氣了。

「有，我當然有，先生。我就是書裡的『艾瑪』啊。」

「如果是這樣，巴靈頓小姐，我很認同作者對你的描述，你真的非常漂亮，而且你也確實證明了他在書裡說的，你既活力蓬勃，又鬥志旺盛。」

艾瑪微笑，「您真是太會稱讚人了，吉茲柏格先生。」

「他在書裡就是這麼寫的，既活力蓬勃，又鬥志旺盛。」吉茲柏格說，把半圓形眼鏡又戴回鼻梁上。「然而，我懷疑你的論點在法庭上可以站得住腳。賽芬頓．傑克斯會找來六七個艾瑪，站上證人席，閉著眼睛發誓她們認識勞德一輩子了。我需要更具體的證據。」

「您不覺得有點太巧了嗎，吉茲柏格先生？日記開始的那天，正好是湯瑪斯．布拉德蕭到拉文翰報到的那天。」

「據勞德先生的解釋，他並不是一入獄就開始寫，而是當監獄圖書室管理員之後，比較有空閒，才開始動筆的。」

「那您又怎麼解釋，他完全沒提到出獄的前一天晚上，或獲釋那天早上的事？他就只是在食堂吃早餐，然後到圖書室報到，又展開另一天的工作。」

「那你有什麼想法？」吉茲柏格透過眼鏡上方看著她，問。

「寫這本日記的人一定還在拉文翰，很可能還在繼續寫日記。」

「你應該不難證實這個論點才是。」吉茲柏格挑起一邊眉毛說。

「我同意，」埃里斯泰爾說，「我已經提出申請，讓巴靈頓小姐基於人道原因去探視布拉德蕭先生，我們正在等拉文翰監獄的典獄長批准。」

「當然可以。」艾瑪說。

「您是否容我請教幾個問題，巴靈頓小姐，解除我心中的一些疑惑？」吉茲柏格問。

這老人微微一笑，把背心拉直，推好眼鏡，看看他面前那疊便條紙上寫著的一串問題。「傑克．塔蘭特，也稱為老傑克的這人是誰？」

「是我爺爺的老朋友。他們以前在波爾戰爭的時候是戰友。」

「你的爺爺？」

「華特．巴靈頓爵士。」

出版社老闆點點頭。「你覺得塔蘭特先生是個誠實正直的人嗎？」

「他像凱撒的妻子一樣，無懈可擊。他很可能是對哈利一生影響最深的人。」

「但是，破壞你和哈利婚禮的，不就是他嗎？」

「這和目前的問題沒關係吧？」埃里斯泰爾打岔說。

「我們待會兒就會知道有沒有關係。」吉茲柏格還是盯著艾瑪看。

「傑克認為他有責任提醒牧師，說我父親雨果．巴靈頓，也有可能是哈利．柯里夫頓的父親。」艾瑪哽咽著說。

「有這個必要嗎，吉茲柏格先生？」埃里斯泰爾大聲說。

「噢，是有必要。」吉茲柏格從桌上拿起《受刑人日記》，「我現在可以確定，寫這本書的是哈利·柯里夫頓，不是麥克斯·勞德。」

艾瑪綻開笑容。「謝謝您，」她說，「雖然我不知道再來能怎麼辦。」

「我很清楚我再來要怎麼做，」吉茲柏格說，「首先，我要儘快印行修訂版，只要印刷廠趕印好，我們就立刻出版。新書有兩個重大修正：封面上用哈利·柯里夫頓的名字取代麥克斯·勞德的名字；封底印上哈利·柯里夫頓的照片，如果你手邊有的話，巴靈頓小姐。」

「我有好幾張，」艾瑪說，「包括《堪薩斯之星號》駛進紐約港時，他站在甲板上的照片。」

「啊哈，這也可以解釋——」吉茲柏格說。

「可是如果您這麼做，」埃里斯泰爾打岔說，「情況馬上就天翻地覆了。傑克斯會代表他的客戶提出毀謗告訴，要求名譽賠償。」

「最好是這樣，」吉茲柏格說，「因為如果他這麼做，這本書絕對馬上回到暢銷榜上，而且會持續好幾個月不退燒。不過，如果傑克斯什麼也不做——我猜他應該會這樣才對——那就表示，哈利·柯里夫頓寫他淪落到拉文翰入獄經過的那本筆記，只有傑克斯看過。」

「我就知道還有另一本。」艾瑪說。

「肯定有。」吉茲柏格說，「你提到《堪薩斯之星號》讓我明白，勞德先生給我看的那部小說《錯認身分》開頭幾章，就是哈利·柯里夫頓描述他因為自己沒犯的罪入獄之前所發生的事。」

「我可以看一下嗎？」艾瑪問。

□

艾瑪一踏進埃里斯泰爾的辦公室，就知道事情不妙了。他沒有平日的親切招呼與笑容。只蹙著眉頭。

「他們不讓我去見哈利，對不對？」

「是的，」埃里斯泰爾說，「你的申請被駁回了。」

「為什麼？你說我有權利的啊。」

「今天早上我打電話給典獄長，就問了他這個問題。」

「那他怎麼說？」

「你可以自己聽聽看，」埃里斯泰爾說，「因為我把我們的對話錄了下來。仔細聽，因為這給了我們三條重要的線索。」他沒再多說，俯身壓下根德錄音機的播放鍵。兩個轉輪開始轉動。

「拉文翰矯正所。」

「我找典獄長。」

「請問您是？」

「我是埃里斯泰爾．史都華，紐約的律師。」

沉默，接著響起另一個鈴聲。又一陣靜默，然後：「我幫您轉接。」

艾瑪聽到典獄長接起電話，不禁傾身往前。

「早安，史都華先生。我是史旺森典獄長，請問您有什麼事嗎？」

「早安，史旺森先生。我十天前代替我的客戶艾瑪．巴靈頓小姐提出申請，以人道考量為由，希望能在可能的範圍裡，儘快探望一位受刑人，湯瑪斯．布拉德蕭。今天早上我收到您辦公室的回信，說申請被駁回。我找不出任何法律上的理由——」

「史都華先生，您的申請按正常程序處理，但我沒辦法同意您的申請，因為布拉德蕭先生已經不在我們這個監獄了。」

又一陣冗長的靜默，雖然艾瑪看見錄音帶還在轉動。最後埃里斯泰爾說：「他轉到哪個監獄了？」

「我無權透露任何消息，史都華先生。」

「但是依據法律，我的客戶有權——」

「這位受刑人已經簽署文件，放棄他的權利。我很樂於寄一份影本給您。」

「但他為什麼要這樣做？」埃里斯泰爾想套他話。

「我無權透露這個消息。」典獄長還是那句話，並沒有上當。

「你究竟有權透露什麼任何湯瑪斯．布拉德蕭的消息？」埃里斯泰爾說，儘量不露出激憤的語氣。

又一段冗長的靜默，雖然錄音帶還在轉動。艾瑪心想，該不會是典獄長掛掉電話了吧。埃里斯泰爾手指貼在唇上，暗示艾瑪注意聽。典獄長的聲音回到線上。

「哈利・柯里夫頓已經出獄了，但要繼續服完他的刑期。」又一段靜默。「我們監獄也失去了有史以來最好的圖書管理員。」

電話斷了。

埃里斯泰爾按下停止鍵，然後說：「典獄長已經竭盡所能幫助我們了。」

「因為提到哈利的名字？」艾瑪說。

「是的，而且也讓我們知道，在不久之前，他都還在監獄圖書室工作。這解釋了勞德是怎麼拿到日記的。」

艾瑪點點頭。「可是你剛才說有三條重要的線索，」她提醒他，「第三條是什麼？」

「哈利是離開拉文翰了，但還是繼續服刑。」

「那他一定是在其他監獄。」艾瑪說。

「我不認為，」埃里斯泰爾說，「既然我們已經參戰，我猜湯姆・布拉德蕭會在海軍服完他剩下的刑期。」

「你為什麼這樣想？」

「都寫在日記裡啊。」埃里斯泰爾說。他從辦公桌拿起《受刑人日記》，翻到夾著書籤的那一頁，唸出來：「等回到布里斯托，我要做的第一件事就是加入海軍，和德國人作戰。」

「但是還沒服完刑期之前，他們又不准他回英國。」

「我又沒說他加入的是英國海軍。」

「噢，天哪。」艾瑪說，她終於明白埃里斯泰爾話裡的意思了。

「最起碼我們知道哈利還活著。」埃里斯泰爾愉快地說。

「我真希望他還待在監獄裡。」

雨果·巴靈頓 1942–1943

33

華特爵士的葬禮在聖瑪麗雷克里夫舉行。已故的巴靈頓航運公司董事長看到滿座的悼客，聽見布里斯托大主教真情流露的悼詞，想必會很欣慰。

儀式結束之後，賓客排隊一一向雨果爵士表達慰問之意。雨果和媽媽一起站在教堂北門。有人問起，他就解釋說女兒艾瑪人在紐約，雖然他並不知道她為什麼要去。至於他非常引以為傲的兒子吉爾斯，被關在威恩斯伯格的德國戰俘營，這消息是他媽媽前一天晚上告訴他的。

葬禮上，哈維爵爺夫婦、雨果前妻伊麗莎白和女兒葛芮絲都坐在教堂的第一排，但和雨果隔著中央走道。他們全都向遺孀表達慰問之意，但也都把雨果當空氣，看都沒看一眼就離開了。

梅西．柯里夫頓坐在教堂後面，從頭到尾都低著頭，主教開始最後的禱告時，她就離開了。

巴靈頓公司總經理比爾．洛克伍德上前和新董事長握手，表達慰問，雨果只說：「明天早上九點到辦公室來見我。」

洛克伍德先生微微躬身點頭。

葬禮之後，在巴靈頓大宅有個茶會，雨果穿梭在悼客之間，他們裡面有幾個很快就會發現自己丟了在巴靈頓公司的工作了。最後一位客人離去之後，雨果上樓回臥室，換衣服準備用晚餐。

他挽著媽媽走進餐廳。她一坐下，他就坐了父親以前坐的餐桌首位。吃飯時，只要沒有僕人在場，他就告訴媽媽，儘管父親不放心，但他已經洗心革面了。

他一再向她保證，公司會一帆風順，他對未來有很好的計畫。

□

隔天早上九點二十三分，雨果開著他的布加迪跑車穿過巴靈頓船廠的大門。這是兩年來的第一次。他把車停在董事長的車位上，下車走進原本屬於父親的辦公室。

走出電梯到五樓時，他看見比爾・洛克伍德在他辦公室門口的走廊上踱來踱去，腋下夾著紅色的卷宗。雨果原本就打算讓他等。

「早安，雨果。」洛克伍德走上前說。

雨果闊步走過他身旁，一句話都沒說。「早安，波特斯小姐。」他對他以前的秘書說，彷彿他一天也沒離開公司似的。「我準備好要見洛克伍德先生的時候，會通知你。」然後就走進他的新辦公室。

他坐在父親的辦公桌後面——他還是覺得這是父親的桌子，很納悶這樣的感覺會持續多久——開始看《泰晤士報》。因為美國和蘇聯都參戰了，越來越多人相信盟軍會戰勝。他放下報紙。

「我現在要見洛克伍德先生，波特斯小姐。」

總經理踏進董事長辦公室，臉上掛著微笑。「歡迎回來，雨果。」

雨果狠狠瞪著他，說：「是董事長。」

「對不起，董事長。」這位從雨果還穿短褲的年代，就在巴靈頓公司董事會服務的總經理說。

「我要你向我報告公司目前的財務狀況。」

「沒問題，董事長。」洛克伍德打開夾在腋下的紅色卷宗。

因為董事長沒請他坐，所以他一直站著。「您父親，」他開始說，「謹慎領導公司安度這艱困時期，儘管有很多挫折，加上德軍在戰爭初期不斷對船塢進行夜間空襲，但我們靠著和政府的合約，想辦法撐過風暴，所以等可怕的戰爭結束時，我們公司的狀況應該會非常好。」

「廢話少說，」雨果說，「直接跳到結論吧。」

「去年，」總經理翻過一頁，繼續說，「我們公司的獲利是三萬七千四百鎊又十先令。」

「連先令也不放過啊，我們？」雨果說。

「這是您父親一貫的態度。」洛克伍德說，語氣不帶一絲諷刺。

「那今年呢？」

「根據上半年的財務報告，我們應該與去年同期相當，甚至稍微好一點。」洛克伍德又翻過一頁。

「現在董事會還有幾個空缺？」雨果問。

話題突然改變，讓洛克伍德很意外，他得翻過好幾頁，才有辦法回答。「三個，因為很不幸的，哈維爵爺、德瑞克．辛克萊爵士和赫文斯船長，在令尊過世之後都辭去董事職位。」

「我很高興聽到這個消息。」雨果說，「省得我還要趕走他們。」

「我想，董事長，您不會希望我把這些情緒性的話記錄在我們的會議紀錄上吧？」

「我才懶得管你寫不寫咧。」雨果說。

總經理垂下頭。

「你什麼時候退休？」這是雨果的下一個問題。

「我再過兩個月就滿六十歲了，但如果您，董事長，覺得在目前的情況下——」

「什麼情況？」

「您剛剛接任，如果您需要，我是可以再多留幾年。」

「你真是好心，」雨果說，總經理露出今天早上的第二個微笑。「但不要因為我而耽誤你。兩個月對我來說夠了。那麼，我們當前最大的挑戰是什麼？」

「我們目前正在申請一件重大的政府合約，把我們的商船租給海軍。」洛克伍德回過神來，繼續說，「我們不是條件最好的，但我想考察團今年稍早訪問公司的時候，令尊讓他們很有信心，所以我們應該也在海軍的考慮名單之列。」

「我們什麼時候才知道結果？」

「恐怕還要一段時間。公務員本來就不是快速船。」他說，為自己的笑話笑了起來。「董事長，我也準備了幾份討論綱要供您參考，這樣您在主持第一次董事會的時候，就能充分掌握情況。」

「我以後不會常召開董事會。」雨果說，「我向來相信應該站在第一線領導，在第一線做決定。不過，你可以把討論綱要留給我的秘書，我有空的時候會看看。」

「遵命，董事長。」

洛克伍德才剛離開董事長室，雨果就開始行動。「我要去銀行。」他經過波特斯小姐的辦公桌時說。

「我應該打電話給普林德格斯特先生，通知他說您要見他嗎？」波特斯小姐問，快步追著他到走廊。

「當然不要，」雨果說，「我要給他一個驚喜。」

「您回來之前，有什麼需要我做的嗎，雨果爵士？」他走進電梯時，波特斯小姐問。

「有的，在我回來之前，換掉我辦公室門上的名字。」

電梯門關上。

波特斯小姐轉身看辦公室門，上面一行燙金的字：「董事長，華特・巴靈頓爵士」。

雨果開車進布里斯托市區時，覺得自己當上董事長的這幾個小時實在太美妙了。這世界總算是恢復正常了。他把他的布加迪停在孔恩街的國民地區銀行外面，身體越過座位，從前座乘客席底下拿出一個小包裹。

他昂首闊步走進銀行，經過櫃檯，直接走向經理辦公室，敲了一下門，就逕自進去。普林德格斯特先生嚇了一跳，忙站起來。雨果把一個鞋盒放在他桌上，坐在他對面的椅子上。

「希望沒打擾你辦重要的事。」雨果說。

「當然沒有，雨果爵士。」普林德格斯特盯著鞋盒說，「我隨時聽候差遣。」

「這樣就好，普林德格斯特。你何不先匯報一下百老匯街的現況呢？」

銀行經理快步穿過辦公室，拉開檔案櫃的抽屜，抽出一個厚厚的卷宗，擺在辦公桌上。他翻找了一下，才開始說。

「呃，」最後他說，「現在的情況是這樣的。」

雨果不耐煩地敲著椅子扶手。

「自從空襲開始之後，百老匯街總共有二十二家店歇業，其中十七家已經接受您兩百鎊、甚至更低的價錢，願意轉讓所有權，包括開花店的羅蘭，開肉鋪的貝茲，還有——」

「柯里夫頓太太呢？她接受我的開價沒？」

「恐怕沒有，雨果爵士。柯里夫頓太太說她不會接受四百鎊以下的價格，而且要您在下週五之前答覆她的出價。」

「她真是該死。好，你可以告訴她，兩百鎊是我的最終開價。那個女人身無分文，所以我想我們不必等太久，她就會恢復理智。」

普林德格斯特輕輕咳了一聲，這是雨果很熟悉的動作。

「如果您成功買下整條百老匯街，只剩下柯里夫頓太太那一塊地，那麼四百鎊也是相當合理的。」

「她在虛張聲勢。我們要做的就只是等。」

「聽候您的指示。」

「這就是我的指示。反正，我知道該找誰去說服柯里夫頓那個女人，要是她夠聰明，就會收下這兩百鎊。」

普林德格斯特看來不是很相信，但只問：「還有什麼我可以效勞的嗎？」

「有，」雨果說，掀開鞋盒的蓋子。「把這些錢存進我的個人戶頭，再給我一本新的支票簿。」

「沒問題，雨果爵士。」普林德格斯特看著盒子說，「我會算一下，開給您收據，再給您一本支票簿。」

「但是我需要馬上提款，因為我想買輛拉岡達V12。」

「噢，利曼賽車的冠軍車。」普林德格斯特說，「您在這個領域永遠是個先鋒。」

雨果微笑起身。

「等柯里夫頓太太搞清楚狀況，知道她就只能拿到兩百鎊之後，給我個電話。」

□

「史丹・坦寇克還在我們公司工作嗎，波特斯小姐？」雨果走進辦公室時問。

「是的，雨果爵士，」秘書回答，跟著他走進他的辦公室。「他在倉儲碼頭當搬運工。」

「我要立刻見他。」董事長說，重重在辦公桌後面坐下。

波特斯小姐快步走出辦公室。

雨果瞪著桌上的一疊卷宗，這是他應該要在下次董事會召開之前讀完的資料。他打開最上面的一個：是工會上一次和管理階層會面，提出的要求清單。他才看到第四項——每年有兩個星期的有薪假——就聽到敲門聲。

「董事長，坦寇克來見您。」

「謝謝你，波特斯小姐。讓他進來。」

史丹．坦寇克走進辦公室，摘下帽子，站在董事長辦公桌前。

「您要見我，先生？」他說，看起來有點緊張。

雨果抬頭看看這個矮壯、一臉鬍碴的工人，圓圓的啤酒肚，讓人不難猜想他星期五晚上都把工資花到哪裡去了。

「我有個工作給你做，坦寇克。」

「好的，先生。」史丹臉上浮現希望。

「是你妹妹梅西．柯里夫頓的事。她在百老匯街有一小塊地，就是原本提莉茶館的那個地方。你知道情況嗎？」

「是的，先生，有人出價兩百鎊要向她買。」

「真的？」雨果抽出一張五鎊新鈔，放在桌子上。他還記得上一次拿錢收買史丹時，史丹也是這樣舔著嘴唇，瞪著一雙豬眼。「我要你搞定，坦寇克，要你妹妹接受這個出價，而且別讓人知道這事和我有關。」

他把五鎊鈔票推過桌子。

「沒問題，」史丹說，不再看著董事長，而是看著那張五鎊鈔票。

「以後還有，」雨果敲敲皮夾說，「在她簽下合約的那天。」

「我搞得定，先生。」

雨果隨口問：「很遺憾聽說你外甥的事。」

「我倒是不太意外，」史丹說，「我說啊，他這是小孩穿大鞋，自不量力。」

「海葬了，我聽說。」

「是啊，都兩年前的事了。」

「你們是怎麼知道的？」

「船醫來看我妹啊。」

「他證實小柯里夫頓已經死在海上了？」

「當然啦。還帶了一封信來，說是哈利死的時候，也在船上的一個傢伙寫的。」

「一封信？」雨果傾身，「信裡面說什麼？」

「不知道啊，先生。梅西沒打開。」

「她怎麼處理那封信？」

「還在壁爐架上，不是嗎？」

雨果又抽出一張五鎊鈔票。

「我要看那封信。」

34

雨果踩下他這輛新座車拉岡達的煞車，因為聽到街角的報僮高嚷著他的名字。

「雨果．巴靈頓爵士的公子在托布魯克英勇作戰，獲頒獎章。快來看新聞！」

雨果跳下車，給報僮半便士，看見頭版登上大大的照片，是他兒子念布里斯托文法學校時期的照片。他回到車上，發動引擎，看完整篇報導。

韋塞克斯軍團第一營的吉爾斯．巴靈頓中尉，也就是雨果．巴靈頓爵士的公子，在托布魯克行動之後，獲頒軍事十字獎章。巴靈頓中尉帶領一排弟兄穿越八十碼的空曠沙漠，擊斃一名德國軍官與五名士兵，抵達敵軍戰壕，擄獲六十三名隆美爾非洲兵團的德國步兵。韋塞克斯軍團的指揮官羅勃遜中校形容巴靈頓中尉在此一面對以寡擊眾的行動之中，展現卓越的領導力與無私的勇氣。

巴靈頓中尉的排指揮官亞歷斯．費雪也是布里斯托子弟，並參與本次行動。此外，同時獲得獎勵的泰瑞．貝茲下士，出身本市百老匯街的肉鋪。隆美爾攻克托布魯克之後，吉爾斯．巴靈頓中尉被俘。目前巴靈頓與貝茲均下落不明，因為兩人都是德軍的戰俘。費雪據報在行動中失蹤。詳盡報導請見第六與第七版。

雨果急忙回家，告訴母親這個消息。

「華特一定會覺得很驕傲。」她讀完報導就說，「我要馬上打電話給伊麗莎白，免得她還不知道這個消息。」

這是好長一段時間以來，第一次有人在他面前提起他前妻的名字。

□

「我想您或許有興趣知道，」米契爾說，「柯里夫頓太太已經戴上訂婚戒指。」

「想娶這個臭婆娘的是誰？」

「好像是個叫亞諾德·霍康畢的。」

「他是什麼人？」

「一個老師。教英文的，在梅里塢小學教書。事實上，在哈利·柯里夫頓去聖貝迪念書之前，他也教過哈利。」

「那已經是很多年前的事了。你以前怎麼沒提過他的名字？」

「他們最近才重逢，因為柯里夫頓太太開始上夜校。」

「夜校？」雨果問。

「是的，」米契爾說，「她去上課學讀書寫字。看來她和她家那個小子一樣。」

「什麼意思？」雨果不高興地問。

「那個班級的結業考試，她得了第一名。」

「是喔？」雨果說，「也許我該去看看這位霍康畢老師，讓他知道在他們沒聯絡的這幾年裡，他這個未婚妻都幹了什麼？」

「也許我可以提一下，霍康畢以前念布里斯托大學的時候是打拳擊的，連史丹．坦寇克也吃了苦頭。」

「我可以應付得來，」雨果說，「另外，我希望你可以替我監視另一個女人，她和梅西．柯里夫頓一樣，都可能是我未來的麻煩。」

米契爾從外套內側口袋掏出小筆記本和鉛筆。

「她名叫奧嘉．皮歐特羅夫斯卡，住在倫敦朗茲廣場四十二號。我需要知道和她接觸的每一個人，特別是如果有你以前的同行去看她的話。任何細節都不能放過，無論你認為有多瑣碎或不堪，都要告訴我。」

雨果話一說完，筆記本和鉛筆就收了起來。他交給米契爾一個信封，示意會面已經結束。米契爾把工資收進外套口袋，站起來，一跛一跛地離開。

□

雨果沒想到自己這麼快就厭倦當巴靈頓公司董事長的工作。開不完的會，讀不完的報告，有這麼多會議紀錄要傳閱，這麼多備忘錄要考慮，永遠有一大疊信等待回覆。更重要的是，每天傍晚下班前，波特斯小姐都會交給他一個公事包，裝滿他明天八點鐘來到辦公室之前必須讀完的更多報告。

雨果邀請三個老同學加入董事會，包括亞契．芬威克和托比．唐斯塔博，希望他們可以幫忙減輕他的工作負擔。他們很少來開會，但還是期待定時收到報酬。

時間一週一週過去，雨果來上班的時間越來越晚。比爾．洛克伍德提醒董事長說，他還有幾天就滿六十歲必須退休時，雨果不得不讓步，說他決定讓洛克伍德先生多留下來一兩年。

「謝謝您替我著想，董事長，」洛克伍德說，「但我覺得，我為公司服務快四十年，是應該把位子讓出來給年輕人。」

雨果憤而取消洛克伍德的歡送會。

所謂的年輕人是洛克伍德的副手，才剛進公司幾個月，連腳步都還沒站穩的雷伊．康普頓。他第一次在董事會報告巴靈頓公司年度財務報告的時候，雨果不得不承認，公司營收只是勉強打平而已，所以同意康普頓的看法，在公司負荷不了薪資壓力之前，開始解僱部分碼頭工人。

巴靈頓公司財務緊縮，但英國的未來卻看起來更有希望。

隨著德軍從史達林格勒撤軍，英國人頭一次開始相信盟軍將取得勝利。國民對未來更加有信心，全國各地的劇院、俱樂部和餐廳都生意興隆。

雨果渴望回到城裡，重新展開他的社交生活。但是米契爾的報告讓他清楚知道，他最好遠遠避開倫敦。

□

一九四三年一開年，巴靈頓似乎就諸事不順。有好幾家公司取消合約，因為巴靈頓董事長懶得回信，惹火了客戶。有好幾個債權人要求還款，甚至威脅要提出告訴。接著有天早上，出現了一道曙光，讓雨果相信可以立即解決他的現金流問題。

是普林德格斯特打來的電話讓雨果燃起希望。聯合地產公司剛和這位銀行經理聯絡，表示有興趣買下百老匯街的地產。

「我想，雨果先生，為謹慎起見，我們最好不要在電話上討論金額。」普林德格斯特有點誇張地用凝重的語氣說。

四十分鐘之後，雨果坐在普林德格斯特的辦公室，聽到對方願意出價多少的時候，不禁倒抽一口氣。

「兩萬四千鎊？」雨果說。

「是的，」普林德格斯特說，「而且我很有信心，這只是開價而已，我可以讓他們提高價錢到將近三萬鎊。還記得你當初整批買下來還不到三千鎊，我想我們可以認為這是很划算的投資。但這筆投資還有一個問題存在。」

「問題？」雨果憂心追問。

「就是柯里夫頓太太。」普林德格斯特說，「這筆交易的條件是你擁有整條街的產權，包括她那塊地。」

「給她八百鎊。」雨果嘶吼說。

普林德格斯特輕咳一聲，但並沒有提醒他這位客戶，要是當時聽他的建議，他們幾個月之前就已經用四百鎊搞定柯里夫頓太太這筆買賣了。如果她發現聯合地產公司現在的開價……

「等我得到她的回覆，會通知您。」普林德格斯特說。

「快去進行。」雨果說，「趁我還在這裡，我需要從我的個人戶頭提一些現金。」

「對不起，雨果爵士，但是那個戶頭已經透支了……」

□

雨果坐在他那輛晶亮皇家藍的拉岡達前座，看見霍康畢走出教室門，穿過操場。他停下來和一個工人講話。這工人正忙著給大門漆上淡紫和綠色的油漆，這是梅里塢學校的代表色。

「你表現得很好啊，阿爾夫。」

「謝謝，霍康畢老師。」雨果聽見那個工人說。

「但我還是希望你能多練習動詞，而且，下星期三別遲到。」

阿爾夫碰碰帽子致意。

霍康畢開始沿著人行道走，假裝沒看見雨果坐在車裡的駕駛座。雨果露出獰笑，誰不會多看他這輛拉岡達V12兩眼？在對面人行道上晃蕩的三個年輕人，過去半個鐘頭就一直盯著這輛車看。

雨果下車，站在人行道正中央，但霍康畢還是當沒看見他。只差一步的距離時，雨果說：「霍康畢老師，我可以和你說句話嗎？我是——」

「我知道你是誰。」霍康畢說，從他身邊走過。

雨果追上他。「我覺得你應該知道——」

「知道什麼？」霍康畢停下腳步，轉身面對他。

「你的未婚妻以前是幹什麼為生的。不算太久以前。」

「她被迫賣身，因為你不肯付她兒子——」他盯著雨果的眼睛，「你兒子的學費，他那時候還有兩年才能從布里斯托文法學校畢業。」

「沒有任何證據可以證明哈利．柯里夫頓是我兒子。」雨果不甘示弱地說。

「證據充分到牧師都不肯讓哈利娶你女兒。」

「你知道什麼？你根本不在場。」

「你又知道什麼？你溜走了。」

「那就讓我講點你肯定不知道的事給你聽聽吧，」雨果幾乎是嘶吼著說，「你打算要共度餘生的這位美德典範，騙了我在百老匯街的一塊地。」

「讓我告訴你一些你早就知道的事吧。」霍康畢說，「梅西已經付清了你的每一分錢貸款，包括利息，害她戶頭裡只剩下不到十鎊。」

「現在那塊地值四百鎊，」雨果話才出口就後悔了，「是屬於我的。」

「如果是屬於你的，」霍康畢說，「你就不會想用兩倍的價錢買下來。」

雨果勃然大怒，知道自己掀了底牌，讓霍康畢知道那塊地對他至關重要。但他並沒有就這樣算了。「所以你和梅西．柯里夫頓上床的時候，還得付她錢，對吧，老師？因為我可沒付錢喔。」

霍康畢掄起拳頭。

「來啊，打我啊，」雨果挑釁說，「我可不像史丹．坦寇克。我肯定會告你，告到你傾家蕩產。」

霍康畢放下拳頭，大步走開。他很氣自己竟然被雨果激怒。

雨果微笑。他覺得自己已經使出致命一擊了。

他轉身看見對街的年輕人吃吃笑。但接著，他看見了前所未見的拉岡達：淺紫和綠色油漆交織的拉岡達。

35

第一張支票跳票時，雨果就只是置之不理，過幾天之後，又開了一張支票。等這張支票再退回來，上面蓋著「提交開票人」的章時，他才面對這無可迴避的事實。

接下來幾個星期，雨果找了幾個不同的方法，解決迫切的現金問題。

他先是打開辦公室的保險箱。他父親總是在裡面擺一百鎊現金，以備不測風雲。但他現在面對的不只是風雲，而是雷電交加的豪雨，更何況他老爸從來也不需要動用這筆錢來支付秘書的薪水。等這筆錢用完之後，他很不情願地賣掉他的拉岡達。然而，車商很客氣地指出，淺紫和綠色並不是今年的流行色，而且既然雨果爵士需要現金，他只能支付購入價一半的金額，因為車體必須重新去色烤漆。

就這樣，雨果又撐了一個月。

沒有其他資產可以變賣之後，他開始偷媽媽的錢。一開始是丟在家裡各處的零錢，接著是她錢包裡的銅板，最後是皮包裡的紙鈔。

沒過多久，他偷走在餐桌正中央擺了好幾年的一隻銀製小稚雞，接著，又偷走了這隻小稚雞的雙親。這稚雞一家三口全飛到最近的當鋪裡了。

雨果接著把目標轉向媽媽的珠寶首飾。他從她不太注意的物件開始下手。一根帽針，一個維多利亞胸針，接著是她很少戴的琥珀項鍊，以及已在他家傳承百年、只有婚禮或正式慶典才佩戴的鑽石頭冠。他沒料到再過不久，他就會拿走更多東西。

他的下一個目標是父親的藝術收藏。先是拿下掛在牆上的一幅畫：是約翰．辛格．薩金特⑭年輕時為他祖父畫的一幅肖像。而在女管家和廚子因為三個月領不到薪水而遞出辭呈的一個月之前，簡勤斯就過世了。

他祖父收藏的康斯勃特⑮《唐寧水閘的磨坊》，曾祖父收藏的透納⑯《埃文河的天鵝》都在他家已經超過一個世紀了，也相繼被他賣掉。

雨果讓自己相信這並不是偷竊行為，因為他父親的遺囑寫得清清楚楚，「以及隨之而來的一切」都歸屬於他。

這些非常規的資金讓公司可以存活，甚至從這年的第一季財報看來只小有虧損，當然，這得歸功於三位高階主管辭職，以及多位資深員工直到月底都沒收到薪資支票。有人問起時，雨果總是歸咎於戰爭期間的暫時衰退。有位年長主管的臨別贈言是：「令尊從來不需要以此為藉口。」

沒多久，就連這些動產都越來越少了。

雨果知道，要是他公開出售巴靈頓大宅和附屬的七十二畝土地，不啻對全世界宣布，這家營運百餘年且頗賺錢的公司已經破產。

他媽媽還是聽信他的保證，以為問題只是暫時的，時間可以自然解決一切。過了一段時間之後，連他都相信自己的自吹自擂。支票又開始跳票時，普林德格斯特先生提醒他，有人願意出價三千五百鎊買下他在百老匯街的地產。普林德格斯特指出，這樣他還可以獲利六百鎊。

「那本來說好的三萬鎊呢？」雨果對著電話叫嚷。

「那個開價也還有效，雨果爵士，但你必須先買下柯里夫頓太太的那塊地才行。」

「給她一千鎊。」他吼著。

「遵辦，雨果爵士。」

雨果摔下電話，心想還有什麼事情可能出差錯。這時，電話響了。

雨果躲在鐵路客棧的角落裡。他不是這裡的常客，以後也不會再來。他每隔幾分鐘就緊張瞄著手錶，等米契爾來。

這位私家偵探十一點三十四分和他會面，離帕丁頓快車開進寺院草原站才幾分鐘的時間。米契爾坐進雨果對面的椅子裡。雨果是他唯一的客戶，雖然他也已經好幾個月沒收到工資了。

「什麼事這麼急，不能等？」半品脫啤酒才擺在私家偵探面前，雨果就問。

「很遺憾，爵士，我必須向您報告，」米契爾喝了一口酒之後說，「警方已經逮捕您的朋友托比．唐斯塔博。」雨果頓時覺得渾身打個哆嗦。「他們控告他偷竊皮歐特羅夫斯卡小姐的鑽

⓮ John Singer Sargent, 1856-1925，出生於美國，成名於歐洲的畫家，被稱為愛德華時代引領潮流的肖像畫家。

⓯ John Constable, 1776-1837，英國風景畫家。

⓰ J. M. W/Turner, 1775-1851，英國浪漫派畫家。

石首飾和幾幅畫作，包括一幅畢卡索、一幅莫內。他想把畫賣給梅菲爾專營藝術品買賣的艾格紐。」

「托比什麼都不會說的。」雨果說。

「恐怕不是這樣的，爵士。我有可靠的內線消息，說他願意提供證據，咬出共犯，以換取較輕的刑期。蘇格蘭場看來也比較想逮到幕後的罪犯。」

雨果灌下一大口啤酒，思索著米契爾這個消息的重要性。沉默許久之後，這私家偵探又說：「我想你應該也想知道，皮歐特羅夫斯卡小姐聘請皇家大律師法蘭西斯．梅修爵士擔任她的律師。」

「她為什麼不讓警察處理這個案子就好？」

「她找法蘭西斯爵士不是為了竊案，而是其他兩個問題。」

「其他兩個問題？」雨果說。

「是的，就我所知，一個案子是控告您背棄承諾，同時皮歐特羅夫斯卡小姐也提起親子血緣確認訴訟，指稱您是她女兒的父親。」

「她永遠也證明不了。」

「在提交給法院的證物裡，有一張在柏靈頓商場購買訂婚戒指的收據，她的女管家和貼身女僕都在證供上簽字，證明您在朗茲廣場四十二號住了一年多。」

十年來頭一次，雨果開口要米契爾提供建議。「你覺得我應該怎麼做？」他用幾近耳語的聲音說。

「如果我身處您現在的狀況，爵士，我會儘快出國。」

「你覺得我還有多少時間？」

「一個星期，頂多十天。」

一名服務生來到他們旁邊。「總共一先令九便士，先生。」

雨果動也不動，米契爾交給服務生一個兩先令的銀幣。「不必找了。」

私家偵探起身，準備回倫敦，雨果獨自坐了一會兒，思考自己的選項。服務生走過來，問他還要不要再來杯酒，但雨果連回答都懶。最後他終於從椅子上站起來，走出酒館。

雨果朝市中心走去，一步一步，越走越慢，終於想出來自己接下來該做什麼。幾分鐘之後，他闊步走進銀行。

「有事嗎，爵士？」櫃檯的一個年輕人問，但他還來不及打電話警告經理說雨果．巴靈頓爵士已經朝他的辦公室走去，雨果就已經穿過半條走廊了。

普林德格斯特一點都不意外，因為雨果爵士始終以為他隨時都可以得到別人的伺候，但讓他意外的是，巴靈頓公司董事長今天早上竟然連鬍子都沒刮。

「我有個問題必須立刻解決。」雨果坐進經理對面的椅子，說。

「好的，雨果爵士。我可以幫上什麼忙？」

「你想，我在百老匯街的那批地產，最多可以賣多少錢？」

「可是上個星期我才寫信通知您，柯里夫頓太太拒絕您的開價。」

「我知道，」雨果說，「我是說如果沒她那塊地的話？」

「三千五百鎊的開價目前還有效，但我有理由相信，只要您給柯里夫頓太太的價錢再稍微提高一點，她就會鬆手，那麼您就可以拿到三萬鎊。」

「我沒有時間了。」雨果沒多作解釋。

「如果是這樣，我想我可以說服我的客戶把價錢提高到四千鎊，這樣您的利潤還是很可觀。」

「如果我接受這個開價，我還需要你保證一件事。」普林德格斯特先生挑起眉毛。「你的客戶絕對不能，永遠不能和柯里夫頓太太接觸。」

「我可以向您保證，雨果爵士。」

「要是你的客戶付給我四千鎊，有多少可以進我的帳戶？」

普林德格斯特先生打開雨果爵士的檔案，查了一下帳戶收支。「八百二十二鎊十先令。」他說。

雨果不再小看這十先令。「無論如何，我馬上需要這八百鎊現金。之後我會指示你，要在哪裡進行買賣。」

「進行買賣？」

「是的，」雨果回答說，「我決定出售巴靈頓大宅。」

36

沒有人看見他離開家。

他提著行李箱，穿上保暖的斜紋呢西裝，一雙結實耐穿的褐色鞋子，厚重大衣，褐色毛氈帽。一眼掃過，你會以為他是個商務客。

他步行到最近的巴士招呼站。這裡離大宅差不多一哩多，但一路上經過的地絕大部分都是他的產業。四十分鐘之後，他搭上一輛綠色的單層巴士，這是他以前沒搭過的交通工具。他坐在靠後方的位子，不讓行李箱離開自己的視線。雖然車資只要三便士，他卻給了車掌一張十先令紙鈔。如果他不希望引起別人的注意，那麼這就是他犯下的第一個錯誤。

巴士繼續前行，駛進布里斯托市區。這段路，他平常開他的拉岡達只需要十二分鐘，但搭巴士，卻花了將近一個鐘頭才終於抵達巴士車站。雨果不想當第一個或最後一個下車的人。他看看錶：兩點三十八分。他的時間還很充裕。

他走上坡道到寺院草原站。他以前從沒注意過這裡有個坡道，不過以往他也從沒自己提過行李。他和其他人一起排隊，買了一張到菲什加德的三等車票。他問清楚火車停靠哪個月台，走到那個月台最遠的盡頭，站在還沒點燃的煤氣燈下。

火車終於進站，他爬上車，在三等車廂的中間找到座位。車廂很快就擠滿人。他把行李箱放在自己對面的架上，眼睛始終牢牢盯著。有個女人拉開車廂門，瞄了一下擁擠的車廂，但他沒讓座給她。

火車駛出車站，他稍微鬆了一口氣，很高興看到布里斯托消失在遠方。他靠在椅背上，思索自己所做的決定。明天的這個時間，他已經在愛爾蘭的寇克了。在踏上愛爾蘭的土地之前，他絕對不可能覺得安全。這班火車必須準時抵達史萬西，他才能順利接上開往菲什加德的火車。

火車停進史萬西站的時候，他還有半個鐘頭可以消磨，足以在車站自助餐廳喝杯茶，吃個甜麵包。這裡的茶不是伯爵茶，也不是卡旺丁的好茶，但他勉強自己別在意。一吃完，他就從餐廳走到燈光昏暗的月台，等待開往菲什加德的火車出現。

火車誤點，但是他相信，渡輪會等到所有的旅客都上船才啟航出港。在寇克待一夜之後，他會買船票，搭上任何一艘船，前往美國。他要在美國展開新生活，帶著他賣掉巴靈頓大宅的錢，重新開始。

想到祖傳大宅就要煙消雲散，他才頭一次想起媽媽。房子一旦出售，她要住在哪裡？她可以到莊園宅邸去和伊麗莎白同住。畢竟那裡還有足夠的房間。再不然，她也可以住哈維家。哈維有三幢豪宅，更別提他們家產業上的那無數棟小屋。

他的思緒轉回巴靈頓航運公司——這是歷經兩代打造起來的大企業，如今在第三代手裡，垮掉的速度比大主教唸禱詞的速度還快。

有那麼一晌，他想起奧嘉．皮歐特羅夫斯卡，很慶幸自己永遠不會再見到她。托比．唐斯塔博的名字甚至也閃過他的腦海，他這位朋友，是他所有麻煩的開端。

他想到艾瑪和葛芮絲，但也只是念頭一閃而已，他向來就不知道生女兒要幹嘛。接著，他想到吉爾斯，逃離威恩斯伯格戰俘營回到布里斯托之後，就躲著不見他。大家常問起他這個被譽為戰爭英雄的兒子，雨果只好每次都編個新的故事應付。再也不需要這麼做了，因為一旦到了美國，這臍帶就斷了，儘管再過一段時間——雨果相信還要過很久的時間——吉爾斯會繼承家族的爵位與已經一文不值的「隨之而來的一切」。

但他腦袋裡想的，多半是他自己，直到火車開抵菲什加德，才打斷了他的思緒。他等到其他旅客都下車之後，才拿下架子上的行李箱，走上月台。

他跟著擴音器的方向走：「開往港口的巴士。開往港口的巴士！」總共有四輛，他挑了第三輛。這段路很短，雖然有燈火管制，但他還是看得見航站。又排進長長的三等艙買票人龍裡，這次是要搭往寇克的渡輪。

買好單程車票，他走向舷梯，登船，找到一個連稍微有點自尊的貓都不願屈就的隱匿角落。他還是提心吊膽，等著聽見汽笛響了兩聲，感覺到渡輪在漲潮的浪濤裡慢慢離開碼頭。

渡輪駛出港邊的防波堤，他才第一次放鬆下來，筋疲力盡地把頭趴在行李箱上，沉沉睡著了。

不知道睡了多久，感覺到有人拍他的肩膀。他抬頭看見兩個人站著俯視他。

「雨果．巴靈頓爵士？」其中一個問。

否認好像也沒有什麼用。他們抓著他的肩膀把他拉起來，告訴他說他被逮捕了，然後花了好長時間唸完他所有的罪名。

「可是我正要去寇克，」他回答說，「我們應該已經駛出十二哩的國界了吧？」

「沒有，爵士，」另一名警察說，「你正在回菲什加德的途中。」

好幾名乘客趴在欄杆上，看著這個銬上手銬的男人被押下舷梯。都是這人害他們的航程延誤。

警員把雨果塞進黑色汽車的後座，頃刻之後，他開始漫長的返鄉路途，回到布里斯托。

□

牢門打開，一名穿制服的人用托盤端進早餐——不是平常擺在托盤上的那種早餐，當然也不是此刻身穿囚服的雨果爵士平常一睜開眼睛就習慣看見的那種早餐。看一眼烤麵包和油漬蕃茄，他就推開托盤。他納悶，還要過多久，這就會成為他每日飲食的一部分。幾分鐘之後，那名警員回來，收走托盤，用力關上牢門。

門再次打開時，兩名警員走進來，押著雨果走上石階梯，到二樓的起訴室。巴靈頓船運公司的律師班恩·溫蕭等在那裡。

「董事長，我真的非常非常遺憾。」他說。

雨果搖搖頭，一臉不抱期望的表情。「接下來會怎麼樣？」他問。

「警司告訴我，他們再過幾分鐘會正式起訴你。然後他們會送你到法院去見地方法官。你要做的就是聲明自己無罪。警司說得很清楚，他們會反對保釋，因為你被逮捕的時候，帶著裝有八百鎊現金的行李箱，正準備到國外去。今天媒體恐怕會大肆報導。」

雨果和律師單獨坐在起訴室裡，等待警司出現。律師警告雨果，他得有心理準備，在審訊開始之前，要在牢裡待好幾個星期。他也建議了四位或許可以替他辯護的皇家大律師。他們才剛決定要找吉伯特．葛瑞爵士，門就開了，一名警察走進來。

「您可以離開了，爵士。」他說，彷彿雨果只是犯了交通違規的輕罪。

好一晌之後，溫蕭才回過神來問：「我的當事人稍晚還要回來嗎？」

「據我所知不用，先生。」

雨果走出警局，恢復自由之身。

□

這整件事只在《布里斯托晚報》第九版佔了小小一段的版面：「第十一世唐斯塔博伯爵次子托比．唐斯塔博先生拘禁於溫布頓警局期間，因心臟病發過世。」

後來德瑞克．米契爾把幕後的細節告訴雨果。

據他說，伯爵到牢裡探望兒子，幾個鐘頭之後，托比就自殺了。值班警員聽見他們父子有段針鋒相對的對話，伯爵一再重申為了榮譽，為了家族名聲，在這樣的情況下應該有高貴的舉動。兩個星期之後，溫布頓皇家法院開死因調查庭，法官問值班警員，是否看見伯爵到訪時交給兒子藥品。

「報告長官，沒有。」他說，「我沒看見。」

那天下午，溫布頓皇家法院法官裁決，托比．唐斯塔博死因無任何可疑之處。

37

「普林德格斯特先生今天早上來過好幾次電話，董事長。」波特斯小姐跟著雨果走進辦公室說，「最後一次打來的時候，他強調是急事。」看見董事長鬍子沒刮，身上的斜紋呢西裝好像是穿著睡了一夜似的，她就算覺得詫異，也不露聲色。

雨果一聽說普林德格斯特有急事要找他，第一個念頭是百老匯街的地產交易八成吹了，所以銀行急著要向他討回預付的八百鎊。普林德格斯特可以再等等。

「還有坦寇克，」波特斯小姐查看自己的記事本說，「說他有您想知道的消息。」董事長不置一詞。「但最重要的是，」她繼續說，「我放在您桌上的信。我覺得您一定會馬上想看。」

雨果還沒坐下，就開始看那封信。他又看了一遍，還是無法相信。他抬頭看他的秘書。

「非常恭喜，爵士。」

「打電話給普林德格斯特，」雨果大聲說，「然後我要見總經理，接著是坦寇克，按順序來。」

「好的，董事長。」波特斯小姐快步走出董事長辦公室。

雨果等著接通普林德格斯特的電話時，把運輸部長的信再看了第三遍。

雨果爵士勛鑒，

吾人很榮幸通知您，巴靈頓船運公司獲得合約……

雨果辦公桌上的電話響了，「普林德格斯特先生在線上。」波特斯小姐說。

「早安，雨果爵士，」恭敬的語氣又恢復了，「我想你很樂意知道，柯里夫頓太太終於同意以一千鎊的價格賣掉她在百老匯街的那塊地。」

「可是我已經簽了合約，把其餘的地產用四千鎊賣給聯合地產公司了。」

「但是合約還在我桌上。」普林德格斯特說，「對他們來說很不幸，但對您來說可是大大幸運。我們安排時間要換約，但他們最早只能在今天早上十點鐘和我碰面。」

「你們已經換約了？」

「是的，雨果爵士，差不多。」

雨果心一沉。

「以四萬鎊成交。」

「我不瞭解。」

「我向聯合地產公司保證，您已經拿到柯里夫頓太太那塊地，以及同一條街上所有的地產，他們就馬上開出支票，付足全額。」

「幹得好，普林德格斯特，我就知道你很靠得住。」

「謝謝您，爵士，您現在要做的，就是在柯里夫頓太太的那份合約上簽字，然後我就可以兌現聯合地產公司的支票。」

雨果瞄一眼手錶。「已經快四點了。我明天一早就到銀行來。」

普林德格斯特輕咳一聲，「明天一大早，雨果爵士，早上九點鐘。而且請恕我一問，我昨天預付給您的八百鎊，是否還在您身上呢？」

「是啊，還在。可是在或不在，又有什麼重要呢？」

「我想比較謹慎的作法是，雨果爵士，在兌現聯合地產的四萬鎊支票之前，先付給柯里夫頓太太一千鎊。我們可不希望事後總部來追問一些難堪的問題。」

「沒錯，」雨果看著他的行李箱，覺得還好這八百鎊他一分也沒動。

「我沒有其他的事了，」普林德格斯特說，「只想恭喜您，成功簽訂這份完美的合約。」

「你怎麼知道合約的事？」

「什麼，雨果爵士？」普林德格斯特好像有點困惑。

「我以為你說的是另一件事，」雨果說，「不重要啦，普林德格斯特，別理會我說了什麼。」

他掛掉電話。

波特斯小姐又回到辦公室來。「總經理等著見您，董事長。」

「讓他進來。」

「你聽說好消息了嗎，雷伊？」康普頓一走進來，雨果就說。

「我確實聽說了，董事長，真是及時雨。」

「我不確定你的話是什麼意思。」雨果說。

「您預定在下個月的董事會發表公司年度財報，雖然今年我們還是有嚴重虧損，但這份新合約可以保證我們明年轉虧為盈。」

「以及之後的五年，」雨果提醒他，得意地揮著部長的來信。「你準備董事會議程的時候，先不要列入這份政府合約。我想要親自在會上宣布。」

「遵辦，董事長。我明天中午之前會把所有的資料送到您桌上。」康普頓說完，離開辦公室。

雨果讀了部長的信第四遍。「一年二萬鎊。」他大聲說，這時辦公室的電話又響起。

「有位薩維爾地產經紀公司的佛斯特先生在線上。」波特斯小姐說。

「接進來。」

「您好，雨果爵士。我是佛斯特，薩維爾公司的資深合夥人。我想我們或許應該碰個面，討論一下您準備出售巴靈頓大宅的事。在我的俱樂部一起吃午餐？」

「不必麻煩了，佛斯特，我已經改變主意了。巴靈頓大宅不會出售了。」雨果說，掛掉電話。

這天下午其餘的時間，他忙著在秘書拿來的一大疊信件與支票上簽名。終於蓋上鋼筆蓋的時候，已經六點多了。

波特斯小姐進來拿走所有的信件時，雨果說：「我要見坦寇克。」

「好的，爵士。」波特斯小姐有點不以為然。

等坦寇克來的時間，雨果跪在地上，打開行李箱，瞪著那八百鎊。他原本要靠這八百鎊在美國撐著，等待巴靈頓大宅出售之後收到的錢。如今，同樣的這筆八百鎊，就要讓他在百老匯街大撈一筆了。

聽見有人敲門的聲音，他馬上蓋上行李箱，回到辦公桌後面。

「坦寇克來見您。」波特斯小姐說完，就走出辦公室，關上門。

這個碼頭工人充滿自信地走進辦公室，一路走到董事長面前。

「有什麼消息這麼急，不能等？」雨果問。

「我是來領你答應給我的那五鎊的。」坦寇克說，眼裡滿是得意的光芒。

「我又不欠你。」雨果說。

「但是我說動我妹把你想要的那塊地賣給你了，不是嗎？」

「我們當時講好的是兩百鎊，結果我卻要付出五倍的價錢。所以我什麼也不欠你。滾出去，回去好好工作。」

史丹沒被嚇走。「我也拿到你想要的那封信。」

「什麼信？」

「美國船醫送來給我們家梅西的那封信。」

雨果徹底忘了那封慰問哈利．柯里夫頓之死的信，但如今梅西已經同意售地，他不覺得這封信還有什麼重要。「我給你一鎊買這封信。」

「你說要給我五鎊的。」

「我建議你趁工作還保得住的時候，快滾出我的辦公室，坦寇克。」

「好，好，」史丹放棄了，「一鎊就一鎊吧。反正這信對我又沒用。」他從後褲袋掏出一個皺巴巴的信封，交給董事長。雨果從皮夾裡抽出一張十先令的鈔票，擺在面前的辦公桌上。

史丹站在那裡一動也不動，雨果把皮夾收進外套內側口袋，傲慢地瞪著他看。

「看你是要留著這封信，還是拿著這十先令滾。你自己選吧。」

史丹抓起那張紙鈔，離開辦公室，一路低聲咒罵。

雨果把信封擱在一旁，背靠著椅背，想著應該如何利用百老匯街賺進的這一大筆錢。一旦到銀行簽完必要的文件，他就要跨過大街去車輛展售間。他看上了一九三七年的兩千西西四人座亞斯頓馬汀。他要開著這輛車越過市區，找他的裁縫師。他有多久沒做西裝了？他連想都不願想。量身之後，他要到俱樂部吃午餐，付清他可觀的酒水帳單。下午，他要重新充實巴靈頓大宅的酒窖，甚至考慮到當鋪贖回幾件媽媽好像很懷念的珠寶首飾。而傍晚……有人敲門。

「我要下班了，」波特斯小姐說，「我得在七點鐘之前到郵局，才趕得上最後一批郵遞。您還需要什麼嗎，爵士？」

「不用，波特斯小姐。但我明天可能會晚一點進公司，因為我九點鐘和普林德格斯特先生有約。」

「沒問題，董事長。」波特斯小姐說。

她走出辦公室，關上門，他的目光停在那個皺巴巴的信封上。他拿起銀製拆信刀，打開信封，裡面只有一張紙。他目光掃過信，尋找關鍵字。

紐約

一九三九年九月八日

親愛的媽媽，

……《得文郡號》九月四日沉船之時，我並沒有死……終此餘生都懷抱渺茫的希望，期待有一天我能證明雨果．巴靈頓不是我的父親，亞瑟．柯里夫頓才是……我也請您堅定地替我守住這個秘密，一如您這麼多年來守住您的秘密。

愛您的兒子

哈利

雨果渾身血液冰冷。今天所有的勝利都瞬間灰飛煙滅了。這不是他會想要再讀一遍的信，更重要的是，他也不希望有其他人知道這封信的存在。

他拉開辦公桌的第一層收屜，拿出一盒天鵝牌火柴。他劃亮火柴，把信拿到字紙簍上方，整個燒成灰燼才放手。這是他這輩子花過最有價值的十先令。

雨果相信他是唯一一個知道哈利．柯里夫頓還活著的人，也打算就這樣保密到底。畢竟，要是柯里夫頓說到做到，繼續用湯姆．布拉德蕭的名字，其他人又怎麼可能發現真相呢？

但他突然一陣反胃，想起艾瑪人在美國。難道她發現哈利還活著嗎？但她根本不可能看過這封信。他得要查清楚，她究竟為什麼要去美國。

他拿起電話，開始撥米契爾的號碼。就在這時，他覺得他聽見走廊響起腳步聲。他放下話筒，以為是夜間值班的警衛來查看電燈為什麼還亮著。門打開，他瞪著一個他希望這輩子都不要再見到的女人。

「大門的警衛怎麼會放你進來？」他問。

「我告訴他說我們和董事長有約，一個過期很久的約。」

「我們？」雨果說。

「是啊，我帶了一個小禮物來。不過也不能說是送你禮物，因為這本來就是你的。」她把一個籐籃擺在雨果辦公桌上，拉開薄薄的紗巾，露出一個熟睡的寶寶。「我覺得該是讓你女兒認識你的時候。」奧嘉說，站開來，讓雨果可以看見寶寶。

「你怎麼會以為我對你這個小雜種有任何興趣？」

「因為她也是你的小雜種。」奧嘉平靜地說，「所以我想，你應該讓她的人生像艾瑪或葛芮絲那樣，有個好的開始。」

「你憑什麼認為我會做這麼荒謬的事？」

「因為啊，雨果，」她說，「你吸乾我的血，現在輪到你面對自己的責任了。你別以為自己永遠都可以擺脫得了。」

「我唯一想擺脫的就是你，」雨果獰笑說，「所以你可以滾了，帶著你的籃子一起滾，因為我連伸出一根指頭幫她的意願都沒有。」

「那麼，也許我該去找願意伸出一根指頭幫她的人。」

「譬如誰？」雨果厲聲說。

「你媽媽可能是個不錯的開始，雖然她八成是天底下最後一個你說什麼她都信的人。」

雨果從椅子上跳起來，但奧嘉毫不畏怯。「要是我說服不了她，」她繼續說，「我下一個去的大概就是莊園宅邸了，我可以去和你的前妻喝喝下午茶，談談你在認識我之前很久就已經和她離婚的事。」

雨果從辦公桌後面走出來，但奧嘉還是不肯住口：「要是伊麗莎白不在家，那我就去穆爾吉瑞城堡，把你的另一個孩子介紹給哈維爵爺和夫人認識一下。」

「你憑什麼以為他們會相信你？」

「你憑什麼以為他們不會相信？」

雨果逼近她，離她只有幾吋的距離，但奧嘉的話還沒說完。

「最後呢，我覺得我實在該去看看梅西·柯里夫頓，我好欣賞這個女人，因為就我聽過的事——」

雨果抓住奧嘉的肩膀，拚命搖晃。她絲毫不還手保護自己，讓他很意外。

「給我聽好了，你這個猶太臭女人，」他咆哮說，「要是你敢向任何人暗示，我是這個小孩的父親，我會讓你這輩子痛苦不堪，恨不得當年和你爸媽一起被蓋世太保抓走。」

「你沒辦法再恐嚇我了，雨果，」奧嘉的話裡有種聽天由命的意味，「我這輩子只剩下一個任務了，那就是別讓你再逃過第二次。」

「第二次？」雨果問。

「你以為我不知道哈利·柯里夫頓和他有權繼承爵位的事？」

雨果放開她，倒退一步，渾身發抖。「柯里夫頓死了。葬身大海。每個人都知道。」

「你知道他還活著，雨果，不管你多拚命想讓大家相信他死了。」

「可是你怎麼可能知道——」

「因為我學會要像你一樣思考，像你一樣反應，更重要的是，像你一樣行動。所以我才決定要自己聘一位私家偵探。」

「但是你要花很多年——」雨果說。

「除非你剛好碰到一個沒工作的人，他的僱主不止第二次逃脫，而且已經六個月沒付他薪水了。」奧嘉微笑看著雨果握緊拳頭，她的話顯然正中他的要害。他揚起手，她還是沒畏縮，仍然穩穩站著。

第一拳擊中她的臉時，她退後一步，捏著被打碎的鼻子，但第二拳又揮來，打中她的肚子，讓她彎了腰。

雨果往後退開，哈哈大笑，看著她搖搖晃晃，想要站穩腳步。他就要揮出第三拳的時候，她的腿一軟，整個人癱倒在地上，軟趴趴的像個線被剪斷的木偶。

「現在你知道了，要是你蠢得敢再來煩我，會有什麼下場。」雨果俯望著她，大聲說，「要是你不想再挨揍，那就趁還有機會的時候快滾吧。可是千萬別忘了，要把你的小雜種一起帶回倫敦。」

奧嘉慢慢從地板上爬起來，雙膝跪地，鼻子還是一直流血。她想站起來，但沒有力氣，整個人往前倒，還好抓住桌緣，才沒再倒在地上。她停了一晌，深吸好幾口氣，讓自己恢復過來。終於抬起頭時，她忽然被一個銀色的長形物體吸引住了。在檯燈的照耀之下，這東西閃著一圈亮光。

「你沒聽見我說的話嗎？」雨果往前站，又大聲咆哮，抓起她的頭髮，把她的頭往後扯。

奧嘉卯足全身的力氣，伸腿往後踢，鞋跟踢中他的鼠蹊部。

「你這個臭婆娘，」雨果慘叫一聲，放開她的頭髮，讓奧嘉有了片刻的空檔，可以抓起那把拆信刀，藏進衣袖裡。她轉身面對這個施暴者。雨果喘過氣來，再次朝她走來。他經過邊櫃的時候，抓起沉重的玻璃菸灰缸，高舉過頭，決心給她重重的一擊，讓她沒那麼容易再站起來。

離她只剩一步的距離時，她拉起袖子，雙手握住拆信刀，刀尖直指他的心臟。他正要把菸灰缸砸向她的頭部時，才看見那把刀，慌得往旁邊一閃，卻腳步踉蹌，失去平衡，整個人重重壓倒在她身上。

一片沉寂，然後，他緩緩跪起來，發出足以喚醒整個冥府的厲聲慘叫。奧嘉看著他抓住拆信刀握柄，呆呆站在那裡，彷彿看著電影裡的一段慢動作。雨果終於倒地，癱在她腳邊的地板上，這想必只有短短一瞬，但在奧嘉的感覺裡，卻漫長得無止境。

她瞪著拆信刀的刀刃。刀尖從他頸背戳出來，鮮血向四面八方噴濺，像是失去控制的消防栓。

「救救我。」雨果低聲哀求，想舉起手。

奧嘉跪在他身邊，握著他的手，這個她曾愛過的男人。「我做什麼都救不了你，親愛的，」她說，「從來都是。」

他的呼吸開始變得不規則，雖然他還是緊緊握著她的手。她俯身，讓他可以聽見她說的每個字。「你馬上就要死了，」她說，「我希望你先聽到米契爾最新的報告再走。」

雨果拚命想用最後的力量開口說話。他嘴唇掀動，但發不出聲音來。

「艾瑪找到哈利了，」奧嘉說，「而且我知道你會很高興知道，他還活得好好的。」雨果的眼睛牢牢盯著她，她挨得更近一些，嘴唇幾乎貼在他的耳朵上。「他就要回英國來主張他應有的繼承權了。」

直到雨果的手癱軟，她才說：「啊，我忘了告訴你，我也學會像你一樣說謊了。」

□

《布里斯托晚郵報》和《布里斯托晚報》在隔天報紙的頭版下了不同的標題。

雨果．巴靈頓爵士遭刺身亡

這是《布里斯托晚郵報》的標題。而《布里斯托晚報》的標題則是：

身分不明的女子臥軌自殺

只有主掌本地刑事偵查的刑事督察布雷克摩爾發現這兩起案件的關聯。

艾瑪・巴靈頓 1942

38

「早安，吉茲柏格先生，」賽芬頓・傑克斯從辦公桌後面站起來說，「非常榮幸能見到出版朵麗絲・帕克[17]和格雷安・葛林[18]作品的知名出版人。」

吉茲柏格微微頷首，然後和傑克斯握手。

「還有巴靈頓小姐，」傑克斯轉頭看艾瑪，「再次見到你真好。既然我已經不是勞德先生的律師，希望我們可以當朋友。」

艾瑪蹙起眉頭，不理會傑克斯伸出的手，沒和他握手就逕自坐下。

三人都坐定之後，傑克斯接著說：「我想先表達，我認為今天的會面是很有意義的，我們三個一起坐下來，坦誠且公開討論，看看有沒有可能找出可行的方案來解決我們的問題。」

「是你的問題。」艾瑪反駁說。

吉茲柏格先生抿抿唇，但什麼都沒說。

「我相信，」傑克斯把注意力集中在吉茲柏格身上，「你會希望做出對各方都最有利的決定。」

「這次的各方也包括哈利・柯里夫頓在內嗎？」艾瑪問。

吉茲柏格轉頭看艾瑪，給她一個不以為然的表情。

「是的，巴靈頓小姐，」傑克斯說，「我們所達成的任何協議都包括柯里夫頓先生在內。」

「就像上一次，傑克斯先生，在他最需要你的時候，你棄他於不顧那樣？」

「艾瑪，」吉茲柏格輕聲斥責。

「我應該指出，巴靈頓小姐，我只能遵照客戶的指示去做。布拉德肅先生夫人都向我保證，我所代理的這人是他們的兒子，我沒有理由不相信他們。當然，我成功讓湯姆．布拉德肅不面對……」

「然後你丟下哈利，讓他自生自滅。」

「請容我為自己辯護，巴靈頓小姐，我發現湯姆．布拉德肅其實是哈利．柯里夫頓時，是他懇求我保密，因為他不想讓**你**發現他還活著。」

「哈利自己可不是這樣說的。」艾瑪說，但顯然話才出口就後悔了。

吉茲柏格一點都不掩飾自己的不悅。他像是個發現自己手上的王牌太快被打掉的人。

「原來如此，」傑克斯說，「你這麼生氣，想必你們二位都讀過他之前寫的筆記了。」

「每一個字，」艾瑪說，「所以你也別再假裝你做的一切都是為哈利的利益著想。」

「艾瑪，」吉茲柏格語氣堅定，「你得學會不要只從個人的角度來處理事情，必須要更宏觀。」

⓱ Dorothy Parker, 1893-1967，美國詩人、作家與評論家。

⓲ Graham Greene, 1904-1991，英國小說家，被譽為「二十世紀最偉大的作家」，一生被提名諾貝爾獎達二十一次，卻始終未得獎。

「就是因為這樣，所以紐約一流的律師最後會因為竄改證據和妨礙司法正義去坐牢，對吧？」艾瑪說，眼睛從頭到尾都盯著傑克斯不放。

「請接受我的歉意，傑克斯先生，」吉茲柏格先生說，「我這位年輕朋友很容易失去自制力，只要碰上——」

「沒錯，我就是，」艾瑪說，幾乎是嘶吼。「因為我可以告訴你，這個人——」她指著傑克斯，「——要是哈利被判要上電椅處死，這人會怎麼做。只要可以讓自己毫髮無傷，他甚至會親自啟動開關。」

「這種指控太沒有天理了，」傑克斯從椅子上跳起來，「我都已經準備好要提出上訴，讓陪審團毫不猶疑地判定警方逮錯人了。」

「所以你打從開始就知道他是哈利。」艾瑪說，又坐回椅子裡。

艾瑪的反擊讓傑克斯頓時一愣。他的沉默讓她佔了上風。

「讓我告訴你接下來會怎麼發展，傑克斯先生。維京出版社明年春天出版哈利的第一本筆記之後，你不只聲名掃地，事業毀於一旦，而且就和哈利一樣，你可以第一手體驗拉文翰的生活是什麼滋味。」

傑克斯絕望地轉頭看吉茲柏格，「我希望在情況失控之前，我們可以就雙方的利益，達成互利友好的解決方案。」

「你有什麼想法，傑克斯先生？」吉茲柏格用安撫的語氣問。

「您不會丟給這個騙子救生圈，對吧？」艾瑪問。

吉茲柏格舉起一手制止她。「我們至少可以聽他怎麼說吧，艾瑪。」

「就像他聽哈利說那樣啊？」

傑克斯轉頭看吉茲柏格，「如果你可以不出版之前的筆記，我保證，一定不會讓你吃虧。」

「我不敢相信，你竟然膽敢有這種想法。」艾瑪說。

傑克斯把艾瑪當空氣，繼續對吉茲柏格說：「當然，我知道你如果決定不繼續進行出版計畫，損失金額會相當可觀。」

「如果拿《受刑人日記》當標準來計算，」吉茲柏格說，「超過十萬元。」

這個數字想必大出傑克斯意料，因為他一句話都說不出來。

「還不包括已經給勞德的兩萬元預付金。」吉茲柏格繼續說，「這筆錢必須歸還給柯里夫頓先生。」

「要是哈利在這裡，他一定會告訴你們，他才不在乎錢，吉茲柏格先生，他只想要這人進監獄。」

吉茲柏格一臉駭然，「我的公司並不是靠製造醜聞起家的，艾瑪，所以在我決定是不是要出版這本書之前，我必須考慮我那些聲望卓著的作家對這樣的書會有什麼反應。」

「說得真好，吉茲柏格先生，名譽就是一切。」

「你對這又知道什麼？」艾瑪逼問。

「既然談到這些聲望卓著的作家，」傑克斯稍微有點自命不凡，完全不理會艾瑪的打岔。

「你或許知道，我們的公司有幸代為管理F．史考特．費茲傑羅的遺產。」他往後靠在椅背上，

「我清清楚楚記得，史考特告訴我，如果想換出版社，他就要到維京去。」

「您不會聽信他的謊言吧？」艾瑪說。

「艾瑪，親愛的，有時候我們最好放遠目光。」

「要放多遠？六年？」

「艾瑪，我只是要做出對大家都最有利的決定。」

「在我聽來，最後得利的只有你一個人。因為現實就是，只要扯到錢，你就沒比他好到哪裡去。」她說，指著傑克斯。

艾瑪的指控顯然讓吉茲柏格很受傷，但他很快就平復過來。他轉頭問律師：「你心裡有什麼打算，傑克斯先生？」

「如果你決定不以任何形式出版第一本筆記，我很樂意支付補償金，等同《受刑人日記》的銷售金額，更重要的是，我會全額賠償您預付給勞德先生的兩萬元。」

「您幹嘛不乾脆親吻我的臉頰，吉茲柏格先生，」艾瑪說，「這樣他就知道該把三十塊銀錢給誰了[19]。」

「那費茲傑羅呢？」吉茲柏格不理會艾瑪。

「我會把F．史考特．費茲傑羅的版權授權給你，為期五十年，條件和他目前的出版合約相同。」

吉茲柏格微笑，「草擬一份合約，傑克斯先生，我會很樂意簽字。」

「您在合約上要簽什麼名字？」艾瑪說，「猶大嗎？」

吉茲柏格聳聳肩，「在商言商，親愛的。而且你和哈利也會拿到報酬。」

「很高興您提到這一點，吉茲柏格先生，」傑克斯說，「我這裡有張給哈利．柯里夫頓母親的一萬元支票，已經擺了一陣子，因為戰爭爆發，我沒辦法送給她。或許，巴靈頓小姐，等你回英國的時候，可以幫我帶給她？」他把支票推過桌子。

艾瑪看也不看。「要不是我說我看過第一本筆記，你根本就不會提到這張支票。你當初明明對哈利保證，只要他答應冒名頂替湯姆．布拉德蕭，你就立刻寄一萬元給柯里夫頓太太。」艾瑪站起來，又補了一句：「你們兩個讓我覺得噁心，我只希望這輩子再也不要碰見你們。」

她沒再說一句話，就衝出辦公室，桌上的支票她連碰都沒碰。

「任性的女孩，」吉茲柏格說，「但是我相信，假以時日，我可以讓她明白，我們做的是正確的決定。」

「我很有信心，哈洛德。」傑克斯說，「你一定可以用你的技巧和外交手腕搞定這樁小小的意外，你的外交手腕已經是你那家頂尖公司的招牌了。」

「你這樣說真是太過獎了，賽芬頓。」吉茲柏格站起來說，拿起支票。「我保證會把支票交給柯里夫頓太太。」他把支票收進皮夾裡。

「我就知道我可以信賴你，哈洛德。」

「絕對可以的，賽芬頓。等合約擬好之後，很期待和你再次見面。」

⑲此處引用猶大收了三十塊銀錢出賣耶穌的典故。

「我會在這個週末之前擬好。」傑克斯說。兩人一起走出辦公室，穿過走廊。「我們以前竟然沒有任何商業往來，太意外了。」

「就是，」吉茲柏格說，「但我覺得這會是一段長久豐富友誼的開端。」

「但願如此，」走到電梯時，傑克斯說，「合約一準備好，可以簽署的時候，我會儘快和你聯絡。」

「很期待，賽芬頓。」吉茲柏格說，和傑克斯熱情握手之後，走進電梯。

電梯抵達一樓，吉茲柏格走出來，一眼就看見艾瑪朝他走過來。

「你的演技真是太出色了，親愛的，」他說，「老實說，你提到電椅的時候，我是有點擔心你會不會演得太過火了，但是，沒有，你真把那個人看透了。」他說。兩人挽著手走出大樓。

□

這天大半個下午，艾瑪都獨自坐在房間裡，讀著哈利的第一本筆記本，記敘他被關進拉文翰監獄之前的事。

一頁頁翻讀，她再次明白，他是自願吃這些苦頭的，目的就只是為了讓她擺脫自認為應該對他負有的義務。艾瑪下定決心，要是能再見到這個白癡，她絕對不會讓他再一次離開她的視線。

在吉茲柏格先生的支持之下，艾瑪開始參與《受刑人日記》修訂版出版的每一個環節。儘管是修訂版，但她始終認為這才是第一版。她參加編輯會議，和美術設計部主管討論封面字體，挑選可以印在封底的照片，為書封折口撰寫哈利的簡介，甚至還在行銷會議上發表意見。

六個星期之後，一箱箱新書經由鐵路、貨車與飛機，從印刷廠送往全美各地。

上市那天，艾瑪早早站在道布戴爾書店外面的人行道上，等待書店開門。那天晚上她向菲黎斯姑婆和埃里斯泰爾報告，書店的書被搶購一空。下一個星期天的《紐約時報》書籍暢銷排行榜也證實了這本書的暢銷盛況，僅僅出版一週，《受刑人日記》修訂版就重登暢銷排行榜前十名。

全國各地的記者和雜誌編輯使出渾身解數，想要採訪哈利．柯里夫頓和麥克斯．勞德。但是美國的任何一座監獄都找不到哈利的名字，至於勞德呢，據《紐約時報》報導，他拒絕發表評論。而《紐約新聞報》的標題就聳動多了：「**勞德畏罪潛逃**」。

新書上市的那天，賽芬頓．傑克斯的辦公室發表正式聲明，清楚表示該法律事務所不再代表麥克斯．勞德。儘管《受刑人日記》在接下來五個星期都高踞紐約時報暢銷排行榜冠軍，但吉茲柏格遵守和傑克斯的協議，並未出版第一本筆記的任何內容。

而傑克斯也確實簽了一份授權合約，授權維京公司出版F．史考特．費茲傑羅的作品，效期長達五十年。傑克斯認為自己已善盡合約的義務，假以時日，媒體就會厭倦這個話題，改追其他的新聞。他的看法可能沒錯，可惜《時代雜誌》做了一整頁的報導，訪問剛從紐約警局退休的卡爾．柯洛斯基警探。

「我可以告訴你們，」報導引述柯洛斯基的話，「到目前為止，他們還只出版最無聊的部分，要是你們讀到哈利．柯里夫頓被送進拉文翰監獄之前碰上什麼事，那才精采咧。」

這篇報導大約在東岸時間下午六點鐘發出，吉茲柏格先生隔天早上一進辦公室，就接到超過百通電話。

傑克斯開車到華爾街前，讀到《時代雜誌》的這篇報導。踏出二十二樓的電梯之後，發現三位合夥人在他的辦公室等他。

39

「你要先聽哪個？」菲黎斯姑婆拿起兩封信說，「好消息還是壞消息？」

「好消息。」艾瑪毫不遲疑地說，一面為第二片吐司塗上奶油。

菲黎斯把一封信擺回桌上，調整她的夾鼻眼鏡，開始讀手上的那封信。

親愛的史都華夫人，

我剛讀完哈利．柯里夫頓寫的《受刑人日記》。今天《華盛頓郵報》登出了絕佳的書評，但也引發了一個問題：七個月前，只服完三分之一刑期的哈利．柯里夫頓離開拉文翰監獄，之後究竟發生了什麼事。

基於國家安全的理由，我相信您必定可以諒解，我無法在這封信中透露任何細節。

我知道巴靈頓小姐目前客居府上，倘她有意瞭解柯里夫頓少尉的進一步訊息，請隨時與敝司聯絡，本人樂於安排與她會晤。

在不違反間諜法的情況下，我必須說，我非常喜歡《受刑人日記》。如果今天《紐約郵報》的報導可信，我等不及要知道他在被送往拉文翰監獄之前的遭遇。

約翰．克雷佛登上校敬上

菲黎斯姑婆看著對桌的艾瑪坐立難安，跳起坐下，活像法蘭克・辛納屈秀裡穿白短襪的女粉絲。帕克幫史都華夫人倒了第二杯咖啡，彷彿離他僅只幾呎之處，什麼事情也沒發生。

艾瑪突然安靜下來。「那壞消息是什麼？」她問，又坐回餐桌旁。

菲黎斯拿起另一封信。「這是魯珀特・哈維寫來的。」她說，「是個一表三千里的遠房親戚。」艾瑪勉強忍住笑。菲黎斯透過夾鼻眼鏡，瞪了她一眼。「別笑，孩子，」她說，「大家族有大家族的好處，你以後就會知道。」她又把注意力轉回信上。

親愛的菲黎斯堂姑，

很高興隔這麼久之後，再次聽到您的消息。也謝謝您讓我注意到哈利・柯里夫頓寫的這本《受刑人日記》，我非常喜歡。艾瑪這年輕女孩真是出色。

菲黎斯抬頭看艾瑪一眼。「算起來，他是你表舅。」然後繼續往下唸。

我很樂意協助艾瑪解決目前的困境。方法是：大使館下週四有架飛機要飛往倫敦，大使歡迎巴靈頓小姐和他與幕僚同機。

如果艾瑪能在週四早上到我辦公室，我會確保所有的必要文件都齊備。請提醒她記得帶護

照。

姪兒
魯珀特敬上

又及：艾瑪小妹真有柯里夫頓先生在書裡形容的一半漂亮嗎？

菲黎斯折好信，放回信封裡。

「這怎麼是壞消息呢？」艾瑪問。

向來不喜歡別人流露情緒的菲黎斯低下頭，幽幽說：「你不知道我會多想你，孩子。我一直希望有像你這樣的女兒。」

□

「我今天早上簽了合約。」吉茲柏格舉起酒杯說。

「恭喜。」埃里斯泰爾說，餐桌上的每一個人都舉起酒杯。

「請原諒我，」菲黎斯說，「所有人裡面，好像只有我一個人不太瞭解是怎麼回事。要是你簽的合約讓你們公司不能出版哈利·柯里夫頓之前的作品，那有什麼好恭喜的？」

「事實是，今天早上我把賽芬頓・傑克斯的十萬塊錢轉進我的銀行帳戶。」吉茲柏格說。

「而我呢，」艾瑪說，「也從同一個人手裡收到一張兩萬塊錢的支票，是勞德之前拿走的哈利預付版稅。」

「還有，別忘了，你沒替柯里夫頓太太收下的那一萬元支票，我替你拿回來了。」吉茲柏格說，「老實說，我們確實收穫不小，而且合約簽了之後，未來五十年還有更多利潤。」

「大概吧，」菲黎斯說，還是不為所動。「但我還是覺得很惱，你們竟然任由傑克斯逃過一劫。」

「我想您會發現他還沒離開死囚區，史都華夫人。」吉茲柏格說，「儘管我不否認，我們給他三個月的暫緩執行期。」

「這讓我更糊塗了。」菲黎斯說。

「請容我解釋，」吉茲柏格說，「您知道，我今天早上簽約的對象並不是傑克斯，而是平裝本出版社。他們買下哈利全部的作品，準備出平裝本。」

「什麼？容我請教一下，什麼是平裝本？」菲黎斯說。

「媽媽，」埃里斯泰爾說，「平裝本都已經問世好幾年了。」

「所以平裝本可以賣到一萬塊錢，我卻連一本都沒看過？」

「令堂指出了一個重點，」吉茲柏格說，「事實上，這也可以解釋傑克斯為什麼會接受，因為史都華夫人代表了一整個世代，他們從來沒想過書可以用平裝本的形式出版。他們向來只讀精裝書。」

「你為什麼會認為傑克斯也不知道有平裝本存在呢？」菲黎斯問。

「要命的關鍵就是F．史考特．費茲傑羅。」埃里斯泰爾說。

「在餐桌上講話請文明點。」菲黎斯說。

「是埃里斯泰爾給我們的建議，」艾瑪說，「如果傑克斯約我們在辦公室見面，而又不希望他的法律助理在場，那就表示他不希望他的合夥人發現，還有一本隱匿的筆記存在，而且一旦出版，對律師事務所造成的名譽損害，肯定遠遠超過《受刑人日記》。」

「那埃里斯泰爾怎麼沒陪你們一起去見他，」菲黎斯說，「記下傑克斯所說的每一句話？畢竟，那人是紐約最狡猾的律師。」

「正因為這樣，所以我才沒和他們一起去。我們不希望留下書面的紀錄，而且我也相信傑克斯這麼自大，一定會以為他面對的不過是個英國來的年輕女孩，以及他可以收買的出版人，也就是說，我們可以玩弄他於股掌之間。」

「埃里斯泰爾，講話注意一點！」

「然而，」埃里斯泰爾滔滔不絕說，「在艾瑪衝出辦公室之後，吉茲柏格先生才展現了真正的才華。」艾瑪一臉不解。「他告訴傑克斯：『等合約擬好之後，很期待和你再次見面。』」

「傑克斯也確實擬了合約，」吉茲柏格說，「我審視合約的時候，發現那是拿F．史考特．費茲傑羅的舊合約為範本擬的。費茲傑羅的書只出精裝本。合約並沒有載明我們不能出版平裝本。所以我今天早上簽的合約，就授權平裝本出版公司出版哈利更早之前的那本日記，這並不違反我和傑克斯簽的合約。」吉茲柏格讓帕克再為他斟滿一杯香檳。

「你賺了多少錢？」艾瑪問。

「有時候啊，小姐，運氣來了就擋不住啦。」

「你賺了多少錢？」菲黎斯問。

「兩萬元。」吉茲柏格坦誠以告。

「這筆錢你每一分都可能用得上，」菲黎斯說，「因為等書上市了，你和埃里斯泰爾就要花上一兩年的時間跑法院，應付好多件毀謗官司。」

「我想不會，」埃里斯泰爾說，帕克又為他斟酒。「事實上，我很樂意和您賭一萬塊錢，媽媽，接下來這三個月，賽芬頓·傑克斯不會再是傑克斯、梅爾與亞伯納席律師事務所的資深合夥人了。」

「你為什麼這麼肯定？」

「我覺得傑克斯當初並沒有告訴其他合夥人，有第一本筆記存在，所以等平裝本出版社出版最初的日記時，他別無選擇，只能遞出辭呈。」

「要是他沒有呢？」

「那他們也會把他踢走，」埃里斯泰爾說，「對客戶這麼無情的公司，不會突然就對自己的合夥人手下留情的。而且別忘了，想要資深合夥人位子的人多著呢……所以，我必須承認，艾瑪，你的案子太有趣了，遠遠超過那個電纜公司……」

「……控告紐約電力公司的案子。」其他人齊聲說，一起舉杯敬艾瑪。

「你隨時可以改變心意，留在紐約，小姐，」吉茲柏格說，「維京公司永遠有職位給你。」

「謝謝您，吉茲柏格先生，」艾瑪說，「但是我之所以到美國來，唯一的原因就是找出哈利的下落。現在我知道他在歐洲，而我卻在紐約。所以我和克雷佛登上校見過面之後，就要飛回英國陪兒子。」

「這個哈利．柯里夫頓真是個走運的傢伙，能有你這麼好的女孩。」埃里斯泰爾有點哀怨地說。

「要是你見過他，埃里斯泰爾，你就會知道走運的人是我。」

40

隔天早上，艾瑪很早就醒來，吃早餐時開心地和菲黎斯聊到她有多迫不及待想和塞巴斯汀與家人團聚。菲黎斯點點頭，但很少搭腔。

帕克從艾瑪房裡拿出行李，下電梯，擺在一樓玄關。她的行李比來紐約時多了兩件。有人回家時帶的東西比出門時少嗎？她懷疑。

「我就不下樓了，」菲黎斯幾度想開口道別，最後只說：「我只是自己想不開。你最好只記得有個打橋牌時不喜歡有人打擾的老潑婦。下次來看我們的時候，親愛的，帶哈利和塞巴斯汀一起來。我很想看看那個擄獲你芳心的人。」

一輛計程車在樓下的馬路上按喇叭。

「該走了，」菲黎斯說，「快去吧。」

艾瑪再一次擁抱她，沒再回頭地走了。

走出電梯時，帕克在大門口等她，行李已經搬上計程車後車廂了。帕克一看見她，就走到人行道上，為她打開計程車後座的車門。

「再見，帕克，」艾瑪說，「謝謝你的照顧。」

「這是我的榮幸，小姐。」他回答說。就在她正要上車時，他又說：「這樣可能有點不太禮貌，小姐，但我在想我可不可以說幾句話。」

艾瑪退後一步，想掩飾自己的詫異。「當然可以，請說。」

「我很喜歡柯里夫頓先生的日記，」他說，「我希望不久之後，您能由夫婿陪同，再度蒞臨紐約。」

□

火車出站不久，就拋開紐約，飛馳穿過鄉野，奔向首都。艾瑪發現自己無法靜下心來睡覺或看書，總是撐不過幾分鐘就心緒混亂。菲黎斯姑婆、吉茲柏格先生、埃里斯泰爾表舅、傑克斯先生、柯洛斯基警探和帕克不時浮現她腦海。

她思索著，抵達華盛頓之後該怎麼做。首先，她必須到英國大使館，簽一些表格，和大使一起搭機飛回英國。這是她的遠房親戚魯珀特・哈維為她安排的。「別笑，孩子。」她還聽得見姑婆的斥責。然後她睡著了。哈利來到她夢裡，這一次是穿著軍服，面露微笑，哈哈大笑。車子突然一震，她就醒了，好希望他此刻就和她同在車廂裡。

五個鐘頭之後，火車開進聯合車站。艾瑪費力地把行李扛到月台，一名行李員過來幫忙。這人原本是軍人，如今只剩一條手臂。他幫她叫計程車，謝謝她給的小費，還舉起左手向她敬禮。又是一個被戰爭決定命運的人，雖然戰爭並非他們所發動。

「英國大使館。」艾瑪爬上計程車說。

計程車讓她在麻薩諸塞大道下車。她面前是兩扇掛有王旗、裝飾華麗的鐵門，兩名士兵過來幫艾瑪拿行李。

「您是來見誰的，小姐？」一口英國腔，講的卻是美式英語。

「魯珀特・哈維先生。」她說。

「哈維中校，沒問題。」那名下士說，拿起行李，帶著艾瑪到建築深處的房間。

艾瑪踏進一個大房間，幕僚大都身穿制服，腳步匆促地奔向各個方向，沒有人慢慢走路。有個人從混亂的場面中出現，對她露出大大的微笑。

「我是魯珀特・哈維。」他說，「抱歉，我們這裡一團混亂，但大使準備回國的時候向來如此。不過這次比平常更慘，因為我們有位部長來訪，已經在這裡待一個星期了。你的文件都準備好了。」他回到他的辦公桌說，「我只需要看看你的護照。」

翻看護照之後，他要她在這裡、這裡和這裡簽名。「今天下午六點，有輛巴士會從大使館門口開往機場。請務必準時，因為我們希望所有的人都能在大使抵達之前先登機。」

「我會準時的。」艾瑪說，「我出門到處逛逛的時候，可以把行李寄放在這裡嗎？」

「沒問題，」魯珀特說，「我會請人幫你提到巴士上。」

「謝謝您。」艾瑪說。

她正要離開時，他說：「順便一提，我很喜歡那本書。而且警告你一聲，等我們上了飛機，部長想私下和你談一下。我記得他還沒從政之前，也是做出版的。」

「他的大名是？」艾瑪問。

「哈羅德・麥克米倫[20]。」

艾瑪想起吉茲柏格先生的寶貴建議。「所有的人都會想要爭取這本書，」他當時告訴她，「沒有任何一個出版人會不為你打開大門，所以別輕易被打動。試試看去見企鵝出版公司的比利・柯林斯和亞倫・連恩。」他並沒提起哈羅德・麥克米倫。

「我們就六點鐘巴士上見嘍。」她這位遠房親戚說，又消失在一片混亂裡。

艾瑪離開大使館，走上麻薩諸塞大道，看看手錶。和克雷佛登上校見面之前，還有兩個多鐘頭要消磨。她招手叫計程車。

「去哪裡，小姐？」

「我想看看這城市值得看的一切。」她說。

「你有多少時間，兩年嗎？」

「沒有，」艾瑪回答說，「兩個小時。所以我們快走吧。」

計程車迅速駛離路邊。第一站：白宮——十五分鐘。國會山莊——二十分鐘。繞一圈華盛頓、傑佛遜、林肯紀念堂——二十五分鐘。衝到國家美術館——又二十五分鐘。最後是史密斯博物館——但她只剩三十分鐘就得去赴約了，所以只逛了一樓。

她跳回計程車上，司機問：「現在呢，小姐？」

艾瑪查看克雷佛登上校信上的地址。「亞當斯街三〇二二號。」她回答說，「我時間算得剛

---

⑳ Harold Macmillan, 1894-1986，英國保守黨政治家，一九五七至一九六三年擔任英國首相。其祖父於一八四三年創辦麥克米倫出版社，哈羅德・麥克米倫辭卸首相職務之後，淡出政壇，重掌家族出版事業。

剛好。」

計程車停在一幢佔據整個街區的白色大理石建築前，艾瑪把她身上最後一張五元鈔票交給司機。這場會面結束之後，她得徒步走回大使館了。「每一分錢都很值得！」她對他說。

他碰碰帽簷，「我還以為只有我們美國人才會這樣做。」他咧嘴笑說。

艾瑪走上台階，經過兩個盯著她看的警衛，走進建築裡。她發現幾乎每個人都穿著顏色深淺不一的卡其制服，但也有幾個身上佩戴戰爭獎章。站在接待櫃檯後面的年輕女子指示方向，要她到九一九七室。艾瑪跟著一群身穿卡其制服的人走向電梯，步出九樓時，看見克雷佛登上校的秘書已經等在電梯口了。

「上校的會議還沒有結束，但他過幾分鐘就會來見你。」她說，陪著艾瑪一起穿過走廊。

艾瑪被帶進上校的辦公室，才一坐下，就看見他辦公桌中央有份厚厚的檔案。有過梅西擺在壁爐架上那封信與擺在傑克斯辦公桌那些筆記本的經驗，她不禁納悶，要過多久的時間，這份檔案的內容才能揭露。

答案是二十分鐘。辦公室門終於敞開，一名高大結實、和她父親年齡相仿的男子快步進來，嘴邊叼著一根雪茄。

「不好意思，讓你久等了。」他說，和艾瑪握手。「但是一天二十四小時實在不夠用。」他坐在辦公桌後面，對她微笑。「我是約翰·克雷佛登，不管是在哪裡，我都認得出你來。」艾瑪一臉驚訝，他解釋說：「你和哈利在書裡描寫的一模一樣。你要來杯咖啡嗎？」

「不用，謝謝您。」艾瑪不想露出不耐煩的語氣，但眼睛瞥著上校桌上的那疊檔案。

「我甚至還沒打開呢。」他敲敲檔案說，「大部分都是我自己寫的，所以哈利離開拉文翰之後的情況，我全部都可以告訴你。現在，因為他的日記，我們都知道他一開始就不應該被關到拉文翰去。我迫不及待想讀到下一本，搞清楚他到拉文翰之前究竟發生了什麼事情。」

「而我迫不及待想搞清楚他離開拉文翰之後發生了什麼事情。」艾瑪說，希望不要顯得太不耐煩。

「那我們就進入正題吧，」上校說，「哈利自願加入由我負責指揮的特種任務單位，以取代他的刑期。他先從美國陸軍士兵開始，不久前被派赴戰場，目前擔任少尉，已經在敵後潛伏好幾個月了。」他接著說，「他和被佔領國家的反抗組織合作，協助做好因應準備，迎接我們最後的登陸歐洲。」

艾瑪覺得這聽起來不妙。「敵後潛伏究竟是什麼意思？」

「我沒辦法告訴你詳情，因為他在出任務的時候，我們也很難掌握他的行蹤。他常常一連好幾天切斷和外界的聯繫。但我可以告訴你的是，他和他的駕駛，也是拉文翰監獄出來的派特·昆恩下士，是我們這個單位最有績效的行動小組。他們就像兩個小男生，拿到一大組化學玩具，知道他們可以在敵人的交通網路上做任何實驗。他們大部分的時間都在炸毀橋梁，拆掉鐵路，搞垮輸電塔。哈利最擅長的是干擾德軍行動，有一兩次，差點被德國佬逮住。但到目前為止，他都領先他們一步。事實上，他們把他視為眼中釘，肉中刺，甚至還懸賞要他的人頭，而且價錢還每個月提高。就我上次查的，是三萬法郎。」

上校發現艾瑪的臉色慘白如紙。

「對不起，我不是故意要嚇你。但只要一坐到辦公桌後面，我有時候就會忘了我的手下每天要面對多少危險。」

「哈利什麼時候可以被放回來？」艾瑪幽幽問。

「恐怕他得要服完刑期。」上校說。

「可是現在你們已經知道他是無辜的，至少可以把他調回英國吧？」

「我不認為這會有什麼不同，巴靈頓小姐，就我所認識的哈利，他一踏上祖國土地，就會馬上換上英軍的制服。」

「要是牽涉到我就不會。」

上校微笑。「我會看看可以幫上什麼忙。」他允諾，從辦公桌後面站起來，打開門，向她敬禮。「祝你一路平安回到英國，巴靈頓小姐。我希望再過不久，你們兩位就可以同時在同一個地方團圓。」

哈利・柯里夫頓 1945

41

「我一鎖定他們的位置，就會回報，長官。」哈利說完放下野戰無線電話。

「鎖定誰？」昆恩問。

「凱特爾的部隊。班森上校認為他們可能在橋另一端的村子裡。」他說，指著山丘頂端。

「我們只有一個辦法可以知道。」昆恩說，把吉普車打到一檔，發出轟隆隆的聲音。

「慢一點，」哈利告訴他，「要是德國兵真的在這裡，我們可不能打草驚蛇。」

昆恩還是讓車子以一檔慢慢爬上山坡。

「這裡可以了。」哈利說。他們離山崖不到五十碼。昆恩拉起手煞車，熄掉引擎。兩人跳下車，彎腰往前跑。離山頂只有幾碼的距離時，他們臥倒在地，像螃蟹爬回大海那樣，匍匐著往前，爬到頂峰底下才停住。

哈利越過山頂往下看，倒吸一口氣。他不需要望遠鏡，也看得見他們要對抗的是誰。凱特爾元帥傳奇的第十九裝甲部隊顯然在底下的山谷做好作戰準備了。坦克排成一列，長到看不見盡頭；而後備部隊人數之多，足以塞滿一整座足球場。哈利估計，德克薩斯遊騎兵團第二師人數遠遠不及，頂多只有他們的三分之一。

「如果我們現在馬上就開溜，」昆恩輕聲說，「也許還來得及，不至於像卡斯特[21]那樣全軍覆沒。」

「慢著，」哈利說，「我們或許可以扭轉劣勢。」

「你不覺得我們去年已經把九條命都用完了嗎？」

「我記得我們只用掉八條命，」哈利說，「所以我想我們還有一條命可以冒險試試。」昆恩還來不及說話，他就開始匍匐下坡。「你有手帕嗎？」昆恩回到駕駛座之後，哈利問。

「有啊，長官。」他說，從口袋掏出一條手帕，遞給哈利。哈利把手帕綁在吉普車的無線電桿上。

「你該不會是──」

「投降？沒錯，這是我們唯一的機會。」哈利說，「慢慢開到山頂上，下士，然後往下開向山谷。」哈利只有在不想冗長討論的時候，才會叫昆恩「下士」。

「開進死亡之谷。」昆恩說。

「比喻不當，」哈利說，「卡斯特的輕騎兵有六百人，我們只有兩個。所以我覺得我比較像守橋保衛羅馬的賀拉斯，而不是波西米亞戰爭的卡迪根伯爵。」

「我覺得我像隻待宰的鴨子。」

「那是因為你是愛爾蘭人，」哈利說。車子越過山頂，慢慢駛下另一面的山坡。「別超過車速限制。」哈利想要化解緊張的氣氛。他以為會有子彈射向突然闖來的他們，但顯然德國人也很

㉑ George Armstrong Custer, 1839-1876，美國陸軍軍官，曾任第七騎兵團團長，以驍勇善戰著稱。一八七六年在北美印地安戰爭中，於蒙大拿州的黑山遭印地安部隊伏擊，全軍覆沒。

好奇他們來做什麼。

「無論如何，派特，」哈利斬釘截鐵地說，「絕對不要開口。要假裝這一切都是事先計畫好的。」

昆恩就算有意見，也沒說出來，這和平常的他很不一樣。下士以穩定的速度往前開，一直開到坦克車陣前才踩下煞車。

凱特爾的手下難以置信地盯著吉普車裡的這兩個人，但沒有人動彈，最後有個少校穿過兵士，朝他們走來。哈利跳下吉普車，立正敬禮，希望自己的德語還行。

「你們究竟以為自己在幹嘛？」那名少校說。

「我有消息要向凱特爾元帥報告，是歐洲盟軍最高統帥艾森豪將軍送來的消息。」他只能冒險抬出階級最高的人。

少校一言不發，爬上吉普車後座，用他的手杖敲敲昆恩肩膀，指著集結的部隊旁邊，一個掩蔽得很好的大帳篷。

車子開到帳篷前，少校跳下車。「在這裡等著。」他下令，轉身走進裡面。

昆恩和哈利坐在那裡，周圍有幾千雙謹慎提防的眼睛。

「要是眼神可以殺人……」昆恩輕聲說。哈利不理他。

過了幾分鐘，少校才回來。

「接下來會怎麼樣啊，長官？」昆恩喃喃低語，「槍決，還是要請你和他們一起喝杯杜松子酒？」

「元帥同意接見你。」少校說，毫不掩飾他的詫異。

「謝謝您，長官。」哈利跳下吉普車，跟著他走進帳篷。

凱特爾元帥從一張長桌後面站起來。桌上是一大張哈利一眼就認出來的地圖，但這一張有坦克和士兵模型，全對著他的方向。他周圍有十來個野戰軍官，軍階都在上校以上。

哈利動作僵硬地立正，敬禮。

「報上名字和階級。」元帥回禮之後說。

「報告長官，柯里夫頓。柯里夫頓少尉。我是艾森豪將軍的侍從官。」哈利瞥見元帥床邊的折疊桌上有一本聖經。一面德國國旗掛在帳篷一側的帆布牆上。少了什麼東西。

「艾森豪將軍為什麼要派他的侍從官來見我？」

哈利回答這個問題之前，先仔細觀察元帥。不像戈培爾[22]或戈林[23]，凱特爾飽經風霜的臉，證明他經歷多次前線交戰。他身上只佩戴一枚飾有橡葉的鐵十字勳章，哈利知道這是他一九一八年在馬恩戰役得來的勳章。

「艾森豪將軍希望您知道，在克里蒙梭山的另一頭，他有整整三營，總數高達三萬人的軍力，還有兩萬兩千部坦克。在他的右翼是德克薩斯遊騎兵團的第二師，中央是葛林．傑奇斯皇家

[22] Paul Joseph Goebbels, 1897-1945，納粹德國時期的國民教育與宣傳部長，以極權手段捍衛希特勒政權。希特勒自殺後不久，戈培爾也自殺身亡。

[23] Hermann Wilhelm Göring, 1893-1946，德國黨政軍領袖，曾任希特勒德國的空軍總司令與蓋世太保首領，權傾一時。二戰後在紐倫堡大審時自殺。

英國步兵第三營，左翼則是澳洲輕騎兵的一個營。」

這位元帥想必是玩牌高手，因為他不動聲色。他想必知道，倘若盟軍果真分這三區部署，那麼這個侍從官所說的軍力數目應該很準確。

「那麼這場戰役應該會很有意思，少尉。但你的任務如果是要警告我，那你就失敗了。」

「這不是我要報告的，長官，」哈利說，低頭瞄了一眼地圖。「因為我想，我告訴您的，您其實都已經知道了，包括盟軍剛剛拿下威漢斯柏格機場。」這是確知的事實，因為地圖上有一小面美國國旗插在這個機場所在的位置。「您不知道的是，長官，目前在跑道上待命的是蘭卡斯特轟炸機中隊，等待艾森豪將軍下令炸毀你們的坦克，同時，他的大批軍力也將整軍前進。」

就哈利所知，那機場上停放的就只有幾架偵察機，因為油料用罄而停擺。

「講重點，少尉。」凱特爾說，「艾森豪將軍究竟為什麼派你來見我？」

「長官，我儘量把將軍說的話原封不動向您報告，」哈利盡力表現得像在背誦，「毫無疑問的，這場可怕的戰爭很快就會結束，只有缺乏實戰經驗，輕易受騙的人才會相信自己有可能贏得勝利。」

元帥周圍的軍官都注意到，哈利影射的是希特勒。就在這時，哈利猛然醒悟，元帥營帳裡缺少的是什麼。這裡沒有納粹旗，也沒有元首的肖像。

「艾森豪將軍非常推崇您與第十九裝甲部隊，」哈利繼續說，「他絕對相信，您的手下願意為您犧牲性命，在所不惜。但是奉上帝之名，他問，這樣究竟有什麼意義呢？交戰的結果，您的部隊會幾近全軍覆沒，而我方也會有大量傷亡。每個人都知道，這場戰爭再過幾個星期就勢必結束，所以這樣你死我活的殘殺所為何來？艾森豪將軍在念西點軍校的時候，讀過您的大作《職業軍人》，其中有一句話他始終牢記在心，在整個從軍生涯，片刻未曾忘懷。」

哈利知道他們遲早會和凱特爾正面交鋒，所以在兩個星期前讀過凱特爾的回憶錄，此時可以一字不漏地背出整個句子。

「『讓年輕人無謂的赴死，不是領導力的展現，而是自負的行為，不配作為職業軍人。』長官，艾森豪將軍記得的就是您的這句話。最後，他要向您保證，如果您願意投降，他將遵照第三次日內瓦會議的決定，給您的手下最有尊嚴、也最受敬重的待遇。」

哈利以為元帥的回應會是：「幹得不錯，小伙子，但是不管山頭另一邊指揮你們那群弱小軍隊的人是誰，你都可以回去告訴他，我會把他們從地球上趕盡殺絕。」結果凱特爾說的卻是：「將軍的提議，我會和我的軍官們討論一下。也許請你在營帳外面等一下。」

「沒問題，長官。」哈利敬禮，離開營帳，回到吉普車旁。他爬上前座，坐在昆恩身旁。昆恩一句話都沒說。

凱特爾麾下的軍官顯然意見不一，營帳裡傳來拔高的嗓音。哈利可以想像得到他們在說什麼：榮譽、常識、責任、現實、羞辱和犧牲。但他最怕他們說：「他是在虛張聲勢。」

過了差不多一個鐘頭之後，少校叫哈利回營帳裡。滿臉疲憊的凱特爾獨自站在一旁，離他最信任的策士有段距離。他已經做出決定，儘管有些軍官不同意，但只要他一下達命令，他們也不會再質疑他。他不需要告訴哈利，他的決定是什麼。

「長官，您是不是容許我去向艾森豪將軍報告您的決定？」

元帥草草點個頭，他手下的軍官迅速離開營帳，監督命令的貫徹執行。

少校陪著哈利回到吉普車，看著身邊的兩萬三千名官兵爬出坦克車，排成三個縱隊，準備投降。哈利唯一擔心的是，他成功唬住德國元帥，卻沒辦法在自己的地區指揮官身上故技重施。他拿起野戰無線電話，不一會兒，班森上校就接起電話。哈利希望德軍少校沒注意到他鼻頭淌下的一顆顆汗珠。

「你已經查清楚，我們要面對的部隊有多少人了嗎，柯里夫頓？」上校劈頭就說。

「上校，請幫我轉接艾森豪將軍。我是柯里夫頓少尉，他的侍從官。」

「你腦袋壞啦，柯里夫頓？」

「好，我在線上等，長官，請您去找他聽電話。」他的心臟跳得好快，彷彿剛跑了一百碼，心裡想著，上校要過多久才能搞懂他的用意。他對德軍少校點點頭，但少校沒理他。少校站在那裡，是想找出他的破綻嗎？等待的時候，哈利環顧周遭幾萬名戰鬥官兵，有的一臉迷茫，有的如釋重負，加入已經拋下坦克、丟棄武器的士兵行列裡。

「我是艾森豪將軍。是你嗎，柯里夫頓？」班森上校回到線上，說。

「是的，長官。我在凱特爾元帥這裡。他已經接受我們的提議，第十九裝甲部隊放下武器，在日內瓦協議的基礎上投降，以避免——請容我引述您的話，長官——不必要的傷亡。如果您指派我們五個營之中的一個營前來，他們就可以有序地展開行動。我預計在——」他瞄了一下手錶，「……一七〇〇時，陪同第十九裝甲部隊越過克里蒙梭山頭。」

「我們會等著你們，少尉。」

「謝謝您，長官。」

五十分鐘之後，哈利在同一天第二度越過克里蒙梭山頂。他彷彿誘拐孩童的吹笛人，背後跟著德國大軍，翻過山頭，進入德克薩斯騎兵團的懷抱。第十九裝甲部隊被七百名官兵和兩百一十四部坦克包圍時，凱特爾才發現自己被一個英國人和一個愛爾蘭人給唬了，而這兩個人手無寸鐵，只有一輛吉普車和一條白手帕。

元帥從上衣裡側掏出一把手槍，哈利一時以為是要射殺他的。凱特爾立正，敬禮，手槍抵在自己的太陽穴上，扣下扳機。

他的死，哈利一點都不覺得開心。

德軍整隊完成之後，上校就請哈利領軍，帶領第十九「無裝甲」部隊凱旋營區。開車在隊伍最前面領著大軍，就連昆恩臉上都忍不住掛著微笑。

他們走了大約有一哩的距離，吉普車駛過德國地雷。哈利聽到爆炸巨響，猛然想起昆恩的那句預言：「**你不覺得我們去年已經把九條命都用完了嗎？**」就在這時，吉普車被拋到半空中，瞬間在火燄裡炸裂。

接著，什麼都沒有了。

42

你死掉的時候，自己知道嗎？

死亡是在瞬間發生，然後你就再也不存在了？

哈利能確定的是，眼前有一個個影像，宛如莎士比亞戲劇裡的演員登場。但他不確定這是一齣喜劇、悲劇，還是歷史劇。

但主角始終沒變，是個演技精采的女演員，其他角色彷彿都依據她的指揮上場下場。他睜開眼睛，看見艾瑪站在他身旁。

哈利一露出微笑，她的整張臉霎時亮了起來。她俯身，輕輕親吻他的唇。「歡迎歸來。」她說。

就在這一刻，他不只明白自己有多愛她，也明白再也沒有任何事情可以讓他們分開。他輕輕握著她的手。「你得幫我，」他說，「這是哪裡？我在這裡多久了？」

「這裡是布里斯托綜合醫院，你已經住院快一個月了。你有一度病危，但我絕對不能再失去你。」

哈利緊緊抓著她的手，綻開微笑。他覺得渾身乏力，再度沉沉睡去。

□

再次醒來，天色已暗，他發現身邊一個人都沒有。他努力想像過去五年，所有的人物都有些什麼遭遇，因為就像莎劇《第十二夜》一樣，大家一定都以為他早就葬身大海了。媽媽已經讀過他寫給她的信了嗎？吉爾斯以色盲為理由逃過入伍的命運了嗎？雨果在確信哈利已不再是威脅之後，是不是回到布里斯托了？華特・巴靈頓爵士和哈維爵爺都還在世嗎？還有另一個念頭盤桓不去。艾瑪是不是在等待適當時機告訴他，她生命裡已經有了別人？

病房門突然敞開，一個小男孩跑進來，大聲叫著：「爹地！爹地！爹地！」然後跳上他的床，伸手抱住他。

艾瑪跟在後面進來，看著她生命中的兩個男人第一次見面。

哈利想起靜宅巷的老家，媽媽擺在壁爐架上那張他小時候的照片。不需要別人告訴他說這是他的兒子，他激動到此前完全無法想像的程度。他仔細端詳這個在病床跳上跳下的男孩——金色的頭髮，藍色的眼睛，方正的下巴，就和哈利的父親一模一樣。

「噢，天哪！」哈利說，再次陷入昏睡裡。

□

再度醒來，艾瑪坐在病床旁邊。他微笑，拉起她的手。

「我見過兒子了，還有其他的驚喜嗎？」他問。艾瑪遲疑一下，才露出溫馴的笑容。「我不知道該從哪裡講起。」

「儘量從頭開始吧。」哈利說，「好的故事不都是這樣。你只要記得，我最後一次見你，是在我們的婚禮上。」

艾瑪從她到蘇格蘭待產，生下兒子塞巴斯汀開始講。才講到去曼哈頓按克麗絲汀家的門鈴，哈利就又睡著了。

□

再次醒來，她仍然在他身邊。

哈利很喜歡菲黎斯姑婆和埃里斯泰爾表舅，還記得柯洛斯基警探，也永遠不會忘記賽芬頓・傑克斯。艾瑪最後講到她搭飛機橫越大西洋，回到英國，身邊坐的是哈羅德・麥克米倫先生。

艾瑪遞給哈利一本《受刑人日記》，但哈利只說：「我得想辦法知道派特・昆恩的下落。」

艾瑪覺得很難啟齒。

「他被地雷炸死了嗎？」哈利靜靜地問。

艾瑪垂下頭。這天晚上，哈利沒再開口。

□

每一天都有新的驚喜，因為不可避免的，自從哈利最後一次見到他們的五年來，每一個人的人生都有種種際遇。

隔天媽媽來看他，自己一個人來。聽到她在讀寫課程表現優異，還升任飯店副理，哈利很引以為榮。但是她承認從未打開華歷斯醫生送來的信，而且信後來還不見了，他又難掩傷心。

「我以為那是湯姆．布拉德蕭寫的。」她解釋。

哈利改變話題。「我看見你戴著訂婚戒指，還有結婚戒指。」

媽媽臉紅起來。「是的，我想先單獨來看你，才讓你見你的繼父。」

「我的繼父？」哈利說，「是我認識的人？」

「嗯，是的。」她說，若不是他又昏睡過去，她就會告訴他，她嫁的是誰。

□

哈利再醒來，已經是半夜。他打開床邊的燈，開始讀《受刑人日記》。讀到最後一頁，不禁露出微笑。

艾瑪告訴他麥克斯·勞德所做的事情，他一點都不覺得意外，特別是有賽芬頓·傑克斯再度涉入。然而，艾瑪說這本書馬上就成為暢銷書，後來出的那本甚至賣得更好，卻讓他很意外。

「後來出的那本？」哈利不解。

「也就是你最初寫的筆記，在你還沒被關進拉文翰之前發生的事。剛剛才在英國出版。和在美國一樣，非常暢銷。這提醒我了，吉茲柏格先生一直問，他什麼時候可以看到你寫的第一部小說，也就是你在《受刑人日記》裡提到的那本？」

「我已經構思了至少可以寫六本小說的素材了。」哈利說。

「那你幹嘛不開始寫？」艾瑪問。

□

哈利下午醒來時，媽媽和霍康畢老師站在床邊，手拉著手，彷彿是二度約會那樣。他從沒見過媽媽這麼幸福開心。

「你不可能是我的繼父！」哈利和他握手，嘴裡嚷著。

「偏偏就是。」霍康畢老師說，「老實說，我二十年前就該向你母親求婚，但我一直覺得自己配不上她。」

「你現在也還是配不上啊，」哈利咧嘴笑，「但是，沒有人配得上她。」

「事實上，我娶你媽媽，是為了她的錢。」

「什麼錢？」哈利問。

「傑克斯先生寄來的一萬美元，讓我們可以在鄉間買棟小房子。」

「對此，我們會永遠感激。」梅西說。

「別謝我，」哈利說，「要謝謝艾瑪。」

看見吉爾斯身穿韋塞克斯軍團制服走進病房，哈利驚訝的程度不下於發現媽媽嫁給霍康畢老師。光是軍服還不足以讓他驚訝，還有吉爾斯胸前的各式獎章，包括軍事十字獎章。不過，哈利問起獎章是怎麼來的，吉爾斯卻顧左右而言他。

「我打算在下次選舉的時候，競選國會議員。」他說。

「哪個選區這麼榮幸蒙你眷顧？」哈利問。

「布里斯托碼頭區。」吉爾斯回答說。

「但那裡向來是工黨的大票倉。」

「我打算代表工黨參選。」

哈利掩不住詫異。「這聖保羅[24]式的轉變是從何而來？」他問。

「我在前線和一名下士並肩作戰，他叫貝茲——」

[24] Saint Paul，保羅原為猶太人，認為耶穌是異端，在前往大馬士革的路上，親眼看見耶穌的神蹟，便成為虔誠的基督徒，堅定不移。

「該不會是泰瑞·貝茲吧？」哈利說。

「是啊，你認識他？」

「我當然認識。我念梅里塢小學的時候，他是我們班上最聰明的，體育也最厲害。他十二歲就離開學校，去他爸爸的肉鋪工作。貝茲父子肉鋪。」

「這是我之所以要代表工黨參選的原因。」吉爾斯說，「泰瑞和你我一樣有資格進牛津念書。」

□

隔天，艾瑪和塞巴斯汀帶著鋼筆、鉛筆、拍紙簿和橡皮擦回來。艾瑪告訴哈利，他不要再胡思亂想，該好好寫作了。

在睡不著覺或獨自一人的漫漫時刻，哈利的思緒常回到他想寫的小說。如果沒逃離拉文翰，他這部小說可能早就寫出來了。

他開始起草綱要，描寫那些應該翻轉人生的角色。他筆下的偵探應該獨一無二，具原創性，希望能成為讀者耳熟能詳的人物，就像白羅、福爾摩斯或梅格探長那樣。

他最後給他的主角取名為威廉·瓦維克。這位瓦維克閣下是瓦維克伯爵的次子，違背父親的意願，放棄去牛津念書的機會，因為他想加入警務工作。這個角色的原型約略有好友吉爾斯的影子。同事暱稱為比爾的威廉·瓦維克在布里斯托街頭巡邏三年之後，成為巡官，在布雷克摩爾督察手下工作。這位布雷克摩爾就是哈利的史丹舅舅被誣指偷走雨果・巴靈頓保險箱的錢之後，負責偵訊他的督察。

比爾的母親瓦維克夫人則以伊麗沙白・巴靈頓為範本。比爾有個女友叫艾瑪，而哈維爵爺與巴靈頓爵士也偶爾會出現在故事裡，但只適時提供睿智的建議。

哈利每天晚上都會讀一遍自己這天所寫的東西，而隔天早上，字紙簍就滿是丟棄的原稿，需要倒乾淨了。

□

哈利整天期待塞巴斯汀來看他。他這個兒子活力充沛，長得漂亮，又愛發問，每個人都說和他媽媽一個樣。

塞巴斯汀常常問沒有人敢問的問題：坐牢是什麼滋味？你殺了多少德國人？你和媽媽為什麼沒結婚？大部分問題哈利都避而不答，但他知道兒子太聰明，不會不知道爸爸在盤算什麼，很擔心要不了多久，他就會掉進兒子所設的陷阱裡。

□

只要獨自一人，哈利就開始勾勒小說的情節綱要。

在拉文翰的圖書室當副管理員的時候，他讀過上百本偵探小說，覺得他在監獄和軍隊裡碰到的人，提供了許多的角色素材，寫上十多部小說還綽綽有餘：麥克斯．勞德、賽芬頓．傑克斯、史旺森典獄長、獄警赫斯勒、克雷佛登上校、赫文斯船長、湯姆．布拉德蕭，以及派特．昆恩——尤其是派特．昆恩。

接下來幾個星期，哈利沉浸在自己的文字世界裡，但他也不得不承認，部分親友過去五年的際遇比小說更離奇。

二

艾瑪的妹妹葛芮絲來探病的時候，哈利看見她比他上次見到她時大了許多，並沒有說什麼。但她當年只是個中學生，如今卻在劍橋大學念最後一年，正準備參加畢業考。她很自豪地告訴哈利，這兩年來，她都在農場工作，直到確定盟軍將贏得戰爭，才回到劍橋。

讓哈利很傷心的是，巴靈頓夫人告訴他，她丈夫華特爵士已經過世。華特爵士是除了老傑克之外，哈利最敬佩的人。

他的史丹舅舅始終沒來看他。

日子一天天過去，哈利數度想提起艾瑪的父親雨果，但他知道連提起這個名字都是超越界線的事。

然後有個晚上，醫生告訴他說再過不久就可以出院之後，艾瑪依偎著哈利，躺在病床上，告訴他說她父親已經不在世了。

她講完自己故事的結局，哈利說：「你向來就不善於掩藏感情，親愛的，所以或許你該告訴我，為什麼整個家族都這麼憂心忡忡。」

43

隔天哈利醒來，看見媽媽和巴靈頓全家圍坐在他床邊。

全員到齊，只差塞巴斯汀和史丹舅舅，但這兩個人此刻在或不在都無關緊要。

「醫生說你可以回家了。」艾瑪說。

「天大的好消息。」哈利說，「但要回哪個家？如果是要回靜宅巷，和史丹舅舅住在一起，那我寧可住在醫院裡，甚至回監獄。」沒有人笑。

「我現在住在巴靈頓大宅，」吉爾斯說，「你何不搬來和我住？天曉得那裡有多少個房間。」

「還有間圖書室呢。」艾瑪說，「所以你就沒有藉口不寫完你的小說。」

「而且你隨時可以來看艾瑪和塞巴斯汀。」伊麗莎白・巴靈頓說。

哈利沉默了好一會兒。

「你們都對我太好了。」哈利最後說，「請不要認為我不知感恩，但我很難相信，我要住在哪裡，竟然需要整個家族來決定。」

「因為還有另一個原因，所以我們必須和你談談，」哈維爵爺說，「而且，大家推派我代表他們來說。」

哈利立刻坐直起來，全神貫注看著艾瑪的外公。

「有個嚴重的問題攸關巴靈頓產業的未來，」哈維爵爺說，「約夏・巴靈頓當年立下的條件是個法律夢魘，只會惹來沒完沒了的官司纏訟，最後導致財務崩潰。」

「但是我對爵位或財產都沒有興趣，」哈利說，「我唯一想做的，就是證明雨果．巴靈頓不是我的父親，好讓我可以娶艾瑪。」

「很高興你這麼說，」哈維爵爺說，「然而，我還是必須讓你瞭解問題有多複雜。」

「麻煩請告訴我，因為我實在不明白有什麼問題。」

「我儘量解釋。雨果死後，我建議巴靈頓夫人，因為兩位近親相繼過世，她必須承擔的責任過於重大，而我也已經七十幾歲了，對哈維和巴靈頓兩家企業來說，最好的安排是合併。你知道，在做這個決定的時候，我們都還以為你已經不在人世了。因此，不管是爵位或產業的繼承，在當時看來爭議都已經解決了，也就是由吉爾斯成為家族的大家長。」

「他現在還是啊，就我所知。」哈利說。

「麻煩的是，現在涉及另一個利害相關方，這問題的複雜性不是我們這房間裡的人可以解決的。雨果遇害之後，我擔任合併之後的公司董事長，請比爾．洛克伍德回來當總經理。不是我自吹自擂，過去這兩年，雖然有希特勒作亂，巴靈頓－哈維公司還是給股東帶來豐厚的股利。我們發現你還活著之後，就馬上找皇家大律師丹佛斯．巴克爵士提供法律意見，確保我們的作為沒有違反約夏．巴靈頓的遺囑。」

「要是我當時打開那封信就好了。」梅西說，幾乎是自言自語。

「丹佛斯爵士要我們放心，」哈維爵爺繼續說，「只要你放棄爭取爵位或財產，我們就可以照過去兩年那樣運作。其實，他還草擬了一份有這個法律效果的文件。」

「請誰給我一支筆，」哈利說，「我很樂意馬上簽名。」

「真希望有這麼容易就好了。」哈維爵爺說，「如果沒有《每日快報》的報導，或許就沒問題了。」

「這都要怪我，」艾瑪打岔說，「因為你的書在大西洋兩岸都很暢銷，快報就不死心，一直窮追不捨，想知道誰該繼承巴靈頓爵位——是哈利爵士或吉爾斯爵士？」

「今天《新聞紀事報》上有個漫畫，」吉爾斯說，「我們兩個騎在馬背上，拿長矛比武，而艾瑪坐在看台上，把她的手帕給你。其他的男人噓聲四起，而女人都鼓掌喝采。」

「他們是在暗示什麼？」哈利問。

「全國的輿論恰好分成兩半，」哈維爵爺說，「男人有興趣的是誰可以繼承爵位與財產，而女人都希望能看見艾瑪再次步上紅毯。事實上，你們兩個就是報紙頭版的葛萊．卡倫和英格麗．褒曼。」

「可是只要我簽下棄權書，不爭取爵位和財產，社會大眾很快就會失去興趣，改而關注別的事情，不是嗎？」

「原本可能是這樣的沒錯，如果紋章院長卡特沒介入的話。」

「這又是誰？」哈利問。

「他是國王的代表，可以決定誰是下一任爵位的繼承人。一百次裡有九十九次，他就只是寄封信給繼承爵位的那位近親。但在很罕有的情況下，有兩方產生爭議，他就會建議由內庭法官來裁決。」

「別告訴我說這次是這樣。」哈利說。

「恐怕就是這樣。蕭克羅斯法官支持由吉爾斯繼承，但前提是，你必須完全有資格簽署棄權書，放棄繼承爵位與財產的權利，如此一來，就可以由兒子繼承父親的一切。」

「好，我有資格，所以我們約個時間去見法官，把這件事一次搞定。」

「我也很希望這樣，」哈維爵爺說，「但恐怕現在連法官也做不了主了。」

「這次又是誰？」哈維問。

「有個工黨議員，普雷斯頓爵士，」吉爾斯說，「他看到報紙上的報導，對內政部長提出書面質詢，要他裁定我們兩個人究竟是誰可以繼承爵銜。他舉行記者會，說我沒有權利繼承爵位，因為真正的繼承人還躺在布里斯托醫院，昏迷不醒，無法為自己發聲。」

「是吉爾斯還是我繼承爵位，那個工黨議員幹嘛關心？」

「媒體也問他這個問題，」哈維爵爺說，「他告訴他們說，要是吉爾斯繼承爵位，那就是階級歧視的典型例子，除非碼頭工人的兒子可以爭取自己的權利，才算公平。」

「這完全沒邏輯，」哈利說，「因為如果我是碼頭工人的兒子，那當然就是吉爾斯繼承爵位啊。」

「有好幾個人在《泰晤士報》投書，表達相同的觀點。」哈維爵爺說，「但是，因為大選將近，內政部長不想碰這個問題，他告訴他的朋友說，他會把這個問題交給大法官辦公室。大法官把這個案子交給上議院貴族法官，七位博學多聞的法官花了很長的時間審議，結果四比三。他們判給了你，哈利。」

「這簡直是瘋了。為什麼沒人來問我？」

「因為你昏迷不醒。」哈維爵爺提醒他，「反正，他們辯論的是法律問題，又不需要問你的意見，所以判決確定了，除非上訴到上院，加以推翻。」

哈利說不出話來。

「所以照目前的情況，」哈維爵爺說，「你是哈利爵士，也是巴靈頓－哈維公司的大股東。同時，就像原本的遺囑說的，你也繼承了隨巴靈頓爵位而來的一切。」

「那我要對貴族法官的裁決提出上訴，清楚說明我希望放棄爵位。」哈利斬釘截鐵說。

「諷刺的是，」吉爾斯說，「你不能這麼做。只有我才可以對裁決提出上訴。但是除非你願意，否則我是不會這麼做的。」

「我當然願意。」哈利說，「但是我可以想個更容易的解決方法。」

所有的人都盯著他看。

「我可以自殺。」

「這也不會比較簡單，」艾瑪挨著他在床沿坐下，「你已經試過兩次，看你到現在還不是活得好好的。」

44

艾瑪抓著一封信衝進圖書室。她很少打擾他寫作，所以哈利知道這必定是很重要的事。他放下筆。

「對不起，親愛的，」她找張椅子坐下說，「可是我有個很重要的消息要告訴你。」

哈利對自己的這位心上人微笑。她對「重要」的定義極廣，小自塞巴斯汀給貓噴水，大到「大法官辦公室打電話來，他們說有急事要找你」不一而足。他往後靠在椅背上，等著要聽這回的重要消息是哪一類事情。

「我剛收到菲黎斯姑婆的信。」她說。

「我們都很敬畏的姑婆大人。」哈利揶揄說。

「別鬧，孩子。」艾瑪說，「她提到一件事，或許可以幫我們證明爸爸並不是你的父親。」

哈利正經以待。

「我們知道你和你母親的血型都是RH陰性，」艾瑪說，「要是我爸爸的血型是RH陽性，那他就不可能是你父親。」

「我們討論過這件事很多次了。」哈利提醒她。

「可是我們如果可以證明我父親的血型和你不一樣，我們就可以結婚了。當然啦，前提是你還願意娶我。」

「今天早上肯定是不願意的啦，親愛的。」哈利裝出一臉無聊的樣子。「你看，我正在搞自殺。」他微笑說，「不過，我們也沒辦法知道你父親的血型是陽性還是陰性，因為以前不管你母親和華特爵士怎麼逼他，他都不肯去驗血。所以你也許應該回信給姑婆，說這是個沒辦法解開的謎團。」

「不見得，」艾瑪不肯讓步，「因為菲黎斯姑婆很關注這件事，她覺得她可能找到我們兩人都沒想到的解決方法了。」

「她每天早上都在六十四街街角的報攤買一份《布里斯托晚報》，對吧？」

「才不，她看的是《泰晤士報》，」艾瑪說，還是不屈不撓。「雖然要比英國晚一個星期才看得到。」

「然後呢？」哈利說，希望能繼續寫他的謀殺案。

「她說現在呢，就算人已經死了很久，科學家還是可以驗出血型來。」

「我們是打算僱柏克和赫爾[25]去掘墳，挖出屍首嗎，親愛的？」

「不是，我才不是這個意思。」艾瑪說，「姑婆說，我父親是被殺死的，動脈被切開，所以有很多血流到地毯，以及他當時穿的衣服上。」

哈利站起來，走到房間另一頭，拿起電話。

「你要打給誰？」艾瑪問。

「布雷克摩爾督察長，他當時負責這個案子。這有點牽強，但我發誓，我絕對不再嘲弄你和菲黎斯姑婆。」

「我抽根菸，您介意嗎，哈利爵士？」

「請便，督察長。」

布雷克摩爾點亮一根菸，深吸一口。「可怕的習慣，」他說，「都怪華特爵士。」

「華特爵士？」哈利問。

「是華特・雷利[26]，不是巴靈頓，你知道的。」

哈利笑起來，在布雷克摩爾對面坐下。

「有什麼可以效勞的嗎，哈利爵士？」

「請叫我柯里夫頓先生。」

「遵命，先生。」

「我希望你可以提供一些雨果・巴靈頓命案的資料。」

「恐怕這得看和我講話的對象是誰了。如果提出要求的是哈利爵士，當然沒問題。但如果是

㉕ William Burke和William Hare，愛丁堡的連續殺人凶手，兩人在一八二八年以約十個月的時間，犯下十六樁殺人案，屍體則賣給愛丁堡大學的解剖老師羅伯・克諾斯（Robert Knox）。

㉖ Walter Raleigh, 1552-1618，英國探險家，數度赴美洲探險，發現圭亞那，並帶回菸草。

哈利·柯里夫頓先生就不行了。」

「為什麼柯里夫頓不行？」

「因為像這樣的案子，我只能和家屬討論細節。」

「既然這樣，那我還是換回哈利爵士的身分。」

「有什麼需要我效勞的，哈利爵士？」

「巴靈頓被謀殺的時候——」

「他不是被謀殺的。」督察長說。

「但是報紙的報導讓我相信——」

「報紙沒報導的部分才重要。但老實說，他們也沒辦法檢視犯罪現場。如果他們可以，」哈利還來不及問下一個問題，布雷克摩爾就說：「就會看見那把切斷雨果爵士頸動脈的拆信刀，插進喉嚨的角度。」

「這有什麼重要？」

「我們查驗屍體的時候，我注意到，拆信刀的刀鋒是朝上，而不是朝下的。如果我想殺某人，」布雷克摩爾站起來，拿起一把尺說，「我會揚起手臂，戳進他的脖子，就像這樣。但如果我比他矮，又比他瘦，更重要的是，如果我是在保護自己——」布雷克摩爾蹲在哈利面前，抬頭看他，拿尺指著他的脖子——「這就解釋了刀鋒為什麼會由下而上插進雨果爵士的喉嚨。從這個角度來看，更有可能是他自己跌在刀刃上，所以我的結論是，凶手並不是要殺他，而是為了自衛。」

哈利思索了督察長的話，然後才說：「你提到『比較矮』、『比較瘦』，督察長，還有『自衛』，你認為造成巴靈頓死亡的是個女人嗎？」

「您可以成為一流的警探。」布雷克摩爾說。

「你知道那個女人是誰嗎？」哈利問。

「我有懷疑的對象。」布雷克摩爾承認。

「那你為什麼沒逮捕她？」

「因為某人既然臥軌，死在倫敦特快車的車輪下，你要怎麼逮捕她？」

「天哪，」哈利說，「我從沒把這兩件意外聯想在一起。」

「您怎麼會聯想在一起。您當時又不在英國。」

「是沒錯，但我出院之後，仔細讀過每一份報紙，就連提到雨果爵士命案的都不放過。你查出那位女士的身分了嗎？」

「沒有。那屍體已經無法辨識。不過，我有位蘇格蘭場的朋友當時正在辦另外一個案子，他告訴我說雨果爵士在倫敦的時候，曾經和某個女人同居一年多，雨果爵士回布里斯托不久之後，那個女人生了個女兒。」

「就是在巴靈頓辦公室發現的那個孩子嗎？」

「同一個。」布雷克摩爾說。

「那麼那孩子的下落呢？」

「我不知道。」

「你最起碼可以告訴我，和巴靈頓同居的那個女人叫什麼名字吧？」

「不行，我沒獲得授權，不能告訴您。」布雷克摩爾說，把還剩一大截的菸在菸灰缸裡摁熄。「不過，不少人知道雨果爵士僱了一個私家偵探，那人現在沒工作，只要一點合理的報酬，他應該會很樂意開口的。」

「走路有點跛的那個人？」哈利問。

「德瑞克．米契爾，本來是個很出色的警察，後來因為受傷行動不便，只能離開警務工作。」

「但有個米契爾先生恐怕回答不了的問題，我想你會有答案。你說那把拆信刀割斷動脈，那一定流了很多血？」

「確實是，爵士，」督察長回答說，「我趕到的時候，雨果爵士躺在血泊裡。」

「你知道雨果爵士當時穿的衣服後來哪裡去了嗎？或者當時的地毯？」

「我不知道，爵士。命案調查結案之後，死者所有的個人物品都歸還給家屬。至於地毯，我完成調查的時候，還在辦公室裡。」

「督察長，謝謝你的協助，我非常感激。」

「我的榮幸，哈利爵士。」布雷克摩爾起身，送哈利到門口。「請容我表達，我非常喜歡《受刑人日記》。雖然我通常不太喜歡八卦，但我聽說您在寫偵探小說。在今天聊過之後，我非常期待早日拜讀。」

「你願意讀一下初稿，給我一些專業意見嗎？」

「哈利爵士，您的家族過去並不太在意我的專業意見。」

「請放心，督察長，柯里夫頓先生會很尊重的。」哈利回答說。

□

哈利一離開警局，就開車到莊園宅邸，把剛探知的消息告訴艾瑪。艾瑪專心聆聽，聽完之後提出的第一個問題，讓哈利很意外。

「布雷克摩爾督察長有沒有告訴你，那個小女孩後來怎麼了？」

「沒有，他好像沒什麼興趣，但他又有什麼必要在意呢？」

「因為她很可能是巴靈頓家的孩子，也是我的同父異母妹妹！」

「我真是太粗心了，」哈利把艾瑪攬入懷裡，「竟然沒想到。」

「你又何必操這個心呢，」艾瑪說，「你已經有太多事情要忙了。你先打電話給外公，看他是不是知道地毯的事。那個小女孩的事就留給我擔心吧。」

「我真是太幸福了，你知道。」哈利很不情願地放開她。

「快去吧。」艾瑪說。

哈利打電話問哈維爵爺地毯的事，又再次得到意外的答案。

「警方完成調查之後不到幾天，我就換掉了。」

「那舊的地毯呢？」哈利追問。

「我親自丟進船塢的熔爐裡，看著地毯燒成灰燼。」哈維爵爺一提起來還是情緒激動。

哈利差點就說：「該死！」還好及時住口。

和艾瑪一起午餐時，他問巴靈頓太太，知不知道雨果爵士的衣服後來怎麼了。伊麗莎白告訴哈利，她當時告訴警方，請他們按合適的方法處理掉。

午餐之後，哈利回到巴靈頓大宅，打電話到警局。他問內勤警員記不記得命案調查結束之後，雨果．巴靈頓爵士的衣服下落如何。

「所有的東西應該都會登錄在登記冊裡，哈利爵士。請等我一下，我馬上查。」

過了好一會兒工夫，警員才回到線上。「時間過得好快，」他說，「我都不記得這個案子發生在多久之前了。但我想辦法儘量查到您想知道的細節。」哈利屏住呼吸。「我們把襯衫、內衣和襪子都丟掉了，但有一件灰色大衣、一頂褐色毛氈帽、一套暗綠色斜紋呢西裝，還有一雙褐色拷花皮鞋，都交給了潘．哈林根小姐，她替救世軍把這些無主的物品分送給需要的人。很不簡單的女人。」內勤警員沒頭沒腦說了這句話。

□

櫃檯上有個牌子寫著：「潘．哈林根小姐」。

「這不合規矩，哈利爵士。」站在這個名牌後面的女人說，「非常不合規矩。」

哈利很慶幸他帶了艾瑪一起來。「但對我們兩個來說非常非常重要。」他拉著艾瑪的手說。

「我一點都不懷疑，哈利爵士，但這還是不合規矩。我不敢想像我的上司會怎麼說。」

哈利不敢想像潘・哈林根小姐還有上司。她轉身背對他們，開始翻看一排整整齊齊的裝箱檔案。檔案箱擺放在架子上，架子一塵不染，想來是灰塵也懾於她的威嚴而不敢落下吧。最後她拉出一個標示「一九四三」的檔案，擺在櫃檯上。她打開檔案，翻了幾頁，停下來仔細看。

「那頂褐色的毛氈帽好像沒人要，」她說，「根據我的紀錄，那頂帽子還在我們的倉庫裡。大衣給了史帝文森先生，西裝給了一個叫老喬的人，褐色拷花皮鞋則給了瓦森先生。」

「你知道要上哪裡去找這幾位先生嗎？」艾瑪問。

「他們多半都在一起，」潘・哈林根小姐說，「夏天的時候，他們都在市立公園附近，到了冬天，我們就把他們安置在我們的旅館裡。我相信，這個時節，你們應該可以在公園找到他們。」

「謝謝你，潘・哈林根女士，」哈利說，給她一個溫暖的微笑。「你幫了大忙。」

潘・哈林根小姐露出笑容。「我的榮幸，哈利爵士。」

「我會習慣別人叫我哈利爵士的。」走到馬路上時，哈利對艾瑪說。

「不行，如果你還是想娶我，就不能叫哈利爵士，」她說，「因為我一點都不想當巴靈頓夫人。」

哈利看見他躺在公園的長椅上，背對他們，身上裹著件灰色大衣。

「不好意思，打擾你，史帝文森先生，」哈利輕輕碰著他的肩膀說，「可是我們需要你幫忙。」

一隻髒兮兮的手伸出來，但身體並沒轉過來。哈利在他伸得老長的掌心擺進半克朗。史帝文森先生咬一口硬幣，證明是真的，才轉頭看著哈利。「你想幹嘛？」他問。

「我想找老喬。」艾瑪柔聲說。

「下士的位子是一號長椅，因為他年紀比較大，也比較資深。這是二號長椅，等老喬死了以後，一號長椅就是我的了。我想應該不會太久了。瓦森先生是三號長椅，所以等我換到一號長椅，他就會換到二號。可是我已經警告過他，他可能要等很久。」

「你有沒有可能知道，老喬是不是還留著一套綠色斜紋呢西裝？」哈利問。

「他老穿著，從來不脫掉。」史帝文森說，「好像變成他的皮一樣，」他咯咯笑說，「他拿到西裝，我拿到大衣，瓦森拿到鞋子。他說鞋有點緊，但也沒抱怨。我們都不想要那頂帽子。」

「一號長凳在哪裡？」艾瑪問。

「就在老地方啊，看台那邊，有遮蔭的地方。老喬說那是他的宮殿。但是他腦袋有點問題，因為有砲彈休克症。」史帝文森又轉身背對他們，因為覺得已經講完值半克朗的話了。

哈利和艾瑪沒花什麼功夫就找到看台和老喬，因為看台上只有他一個人。他直挺挺地坐在一號長凳上，彷彿坐在王位寶座上似的。不必看見衣服上的暗褐污漬，艾瑪就認出穿在他身上的就是她父親的斜紋呢舊西裝。但是要怎麼樣才能讓他脫下西裝呢，她尋思。

「你們要幹嘛？」他們一踏上階梯，進入他的王國，老喬就狐疑地問。「要是你們想搶我的長凳，早早打消念頭吧，因為實際佔有，十訟九勝，我也一再提醒史帝文森先生。」

「不是的，」艾瑪溫和地說，「我們不想要你的長凳，老喬。我們在想，你是不是想要一套新西裝。」

「不用，謝謝你，小姐，我喜歡我身上這件。這件很暖和，所以我不需要別件。」

「可是我們要給你的新西裝一樣很暖和。」哈利說。

「老喬又沒做錯事。」他轉頭面對哈利說。

哈利看著掛在他胸口的那排獎章：蒙斯之星、服務獎章、勝利獎章，還有原本應該是縫在制服衣袖的一條槓。「我需要你幫忙，下士。」他說。

老喬馬上跳起來，立正，敬禮，說：「刺槍已上，長官，等候下令，弟兄們已經準備好要攻過山頂。」

哈利滿心羞愧。

艾瑪和哈利隔天帶著一件人字紋大衣、新的斜紋呢西裝和一雙鞋給老喬。史帝文森穿著新獵裝和灰色法蘭絨長褲繞著公園昂首闊步，而盤據三號長凳的瓦森先生則很滿意地穿上雙排釦休閒西裝外套和馬褲，但他不需要新鞋，所以要艾瑪把鞋給史帝文森先生。雨果衣櫃裡其他的衣服，艾瑪全部交給潘・哈林根小姐。」

殷齊凱普教授用顯微鏡檢視血漬，看了很久才發表意見。

「我可能還要進行幾個檢查才能做出最後的評估，但初步看來，我可以很有信心地告訴你們，從這個血液樣本，應該可以分析得出血型。」

「真讓人鬆了一口氣。」哈利說，「可是你還要多久才能知道結果？」

「我猜一兩天吧。」教授說，「頂多三天。一有結果，我就給您電話，哈利爵士。」

「希望你到時候是打給柯里夫頓先生。」

「我已經打電話到大法官辦公室，」哈維爵爺說，「讓他們知道雨果衣服上的血跡已經在進行檢驗了。如果血型是RH陽性，那他一定會要求貴族法官，在發現新事證的情況下，重新考量他們的裁決。」

「要是我們沒能得到我們希望的結果呢？」哈利問，「那會怎麼樣？」

「那麼大法官就會在大選過後，新改選完的下院開議之後，儘快排定辯論的時間。可是我們最好希望殷齊凱普教授的結果讓這個程序不必進行。順便問一下，吉爾斯知道你在做什麼嗎？」

「不知道，爵爺，但我今天下午要和他碰面，我會告訴他最新的發展。」

「可別告訴我說，他要你替他拉票。」

「恐怕就是這樣。他知道我一定會投給保守黨，但我向他保證，我媽和史丹舅舅一定都會支持他。」

「可別讓媒體發現你不把票投給他，因為他們會見縫插針，找任何機會離間你們兩個。在他們心裡可沒有兄友弟恭這回事。」

「也希望教授可以得出正確的結果，解開我們所有的謎團。」

「上帝保佑。」哈維爵爺說。

□

威廉．瓦維克正要破案的時候，電話響了。哈利手裡的槍還沒放下，就走到圖書室另一頭，接起電話。

「我是殷齊凱普教授。請問哈利爵士方便聽電話嗎？」

在這關鍵時刻，虛構瞬間變成事實。哈利彷彿已經知道驗血的結果了。「請說。」他說。

「我的消息恐怕不是您所期待的。」教授說，「雨果爵士的血型是RH陰性，所以在這個前提下，並不能排除他是您父親的可能性。」

哈利打電話到亞許康貝大宅。

「我是哈維。」他極為熟悉的嗓音說。

「我是哈利，爵爺。恐怕您得打電話給大法官辦公室，告訴他們，必須進行辯論。」

45

吉爾斯一心忙著競選布里斯托碼頭區下議院國會議員的事，而哈利則忙於《威廉・瓦維克與盲眼證人之案》的出版。他倆接到哈維爵爺鄉間別墅午餐會的邀請時，都以為是家族聚會，但到了亞許康貝大宅才發現，家族裡的其他人都沒出席。

羅森沒陪他們到客廳或餐廳，而是把他們帶進爵爺的書房。他們看見哈維爵爺坐在書桌後面，面前兩張空皮椅。他開門見山，沒浪費時間閒聊。

「我已經接到大法官辦公室通知，九月六日星期四，國會已保留辯論的時間，要決定由你們哪一個來繼承爵位。我們有兩個月的時間可以準備。我會坐在前排先做開場白，」哈維爵爺說，「我想普雷斯頓爵士會發言反駁。」

「他到底希望怎樣？」哈利問。

「他想要破壞世襲制度，達成他心目中所謂的正義，完全不管是不是會對誰造成影響。」

「也許我可以約個時間去見他，」哈利說，「讓他知道我的看法……」

「他才不在乎你有什麼看法，」哈維爵爺說，「他只是要利用辯論當舞台，宣揚他對世襲原則的看法，雖然全世界都已經知道他的看法是什麼了。」

「可是我可以寫信給他──」

「我已經寫了，」吉爾斯說，「雖然我和他同為工黨同志，但他懶得理我。」

「在他看來，這個議題比任何個人的利害更重要。」

「他這種不肯妥協的立場，其他爵士不是很難接受嗎？」哈利問。

「倒也不見得，」哈維爵爺回答說，「雷格．普雷斯頓原本是貿易工會的成員，成天煽風點火，後來拉姆齊．麥克唐諾[27]在上院給了他一個席位。他口才很好，從以前就是個很有煽動力的演說家。進入上院之後，更成為不能低估的人物。」

「您知道國會兩方的勢力如何？」

「據執政黨黨鞭告訴我，雙方應該是勢均力敵。工黨會支持雷格，因為支持世襲制的罪名，他們背負不起。」

「那保守黨呢？」哈利問。

「大多數支持我們，因為他們最不樂見的，就是自己人去挑戰世襲原則，但還有一兩個立場搖擺不定，需要我再加把勁勸說。」

「自由黨呢？」吉爾斯問。

「天曉得，雖然他們宣稱開放自由投票。」

「自由投票？」哈利不解。

「他們沒有黨鞭，」吉爾斯解釋說，「每個成員都可以自由決定要加入哪一方，這是他們的原則。」

「此外還有中立議員，」哈維爵爺說，「他們會聽完雙方的辯論，然後依據自己的良心投票。所以除非表決結果出來，我們無從知道他們心裡的打算。」

「那我們可以幫上什麼忙？」哈利問。

「你，哈利，是個作家；而你，吉爾斯，是個政治家。你們可以先從幫我擬演講稿著手。我很歡迎你們兩個提出任何意見。我們邊吃午飯，邊擬大綱吧。」

吉爾斯和哈利頓時覺得他們的大選和新書出版都是微不足道的小事，不值得提醒哈維爵爺。於是三人就一起走向餐廳。

□

「你的小說什麼時候出版？」下午開車離開亞許康貝大宅時，吉爾斯問哈利。

「七月十二日，」哈利說，「所以要到大選之後才會問世。我的出版社希望我能辦全國巡迴新書發表會，舉行幾場簽書會，也接受一些媒體採訪。」

「小心一點，」吉爾斯說，「記者不會問你新書的事，只會問你對繼承爵位的看法。」

「我不是告訴過他們很多次了嗎？我唯一心繫的就是艾瑪，我願意犧牲一切，只求和她白頭偕老。」哈利壓抑心中的怒火說，「你可以繼承爵位，你可以繼承財產，你可以擁有巴靈頓的一切，而我只要艾瑪。」

㉗ Ramsay MacDonald, 1866-1937，英國工黨政治家，曾兩度出任首相，但後與保守黨、自由黨聯合籌組國民政府，與工黨決裂。

《威廉·瓦維克與盲眼證人之案》的書評反應極佳，但吉爾斯的預言一點都沒錯。媒體對這位出身布里斯托、胸懷大志的年輕警員並沒有太大的興趣，他們只對作者本人、對吉爾斯·巴靈頓和他重新取得爵位的可能性感興趣。哈利每次告訴記者，他對爵位一點興趣都沒有，都只讓他們更加堅信他其實很在意。

在這場新聞界稱之為「巴靈頓繼承權之戰」的戰役裡，除了《每日電訊報》之外，所有的報紙都一面倒的支持這個英俊勇敢、自力更生、受人愛戴、文法學校畢業的男生。他們一再提醒讀者，他是出身布里斯托貧民區的孩子。

哈利只要逮到機會，就告訴這些記者，吉爾斯是他在文法學校的同學，現在正代表工黨角逐布里斯托碼頭區的國會議員席位，曾在托布魯克戰役贏得軍事十字獎章，在牛津第一年就代表板球隊出賽，出生在哪裡，又不是他的錯。哈利對朋友的忠心耿耿，只讓他更受歡迎，無論是媒體或社會大眾，都很喜歡他。

儘管吉爾斯在大選中拿下三千多票，贏得下院的國會議員席位，但他知道，只有一個多月之後在國會走廊另一端的紅皮長椅上進行上的辯論，才能決定他和哈利的未來。

46

哈利通常是在巴靈頓大宅周遭蓊鬱林木中引吭高歌的雀躍鳥鳴聲中醒來。再不然就是塞巴斯汀突如其來、完全沒有預告地衝進圖書室，或者是艾瑪清晨騎完馬之後過來吃早餐，引來的騷動把他吵醒。

但今天不同。

喚醒他的是街燈和交通的噪音，以及每隔十五分鐘就響起的大笨鐘鐘聲。這鐘聲提醒他，再過多少個鐘頭，哈維爵爺就要站起來展開辯論，然後由他從來就沒見過的人投票，決定他和吉爾斯未來一千年的命運。

他洗了個長長的澡，因為時間還太早，不能下樓吃早餐。換好衣服之後，他打電話回巴靈頓大宅，但管家說，巴靈頓小姐剛出門去火車站。哈利很不解，他們約好要一起吃午餐，艾瑪何必趕大清早的火車呢？七點剛過，哈利走進晨室，一點也不意外地看見吉爾斯已經起床，正在看早報。

「外公起床了嗎？」哈利問。

「他比我們還早起床，我猜。我六點鐘下樓的時候，他書房的燈亮著。等這件可怕的事情結束，不管結果如何，我們都要讓他回穆爾吉瑞城堡待上幾天，好好休息一下。」

「好主意。」哈利坐進最靠近他的一把扶手椅裡，但馬上又站起來，因為哈維爵爺走了進來。

「該吃早餐了，小伙子。絕對不要空著肚子上絞刑架。」

雖然哈維爵爺這麼說，但他們三個一想到眼前的這一天，就不太吃得下東西。哈維爵爺練習了幾段關鍵的段落，而哈利和吉爾斯則對他的講稿，在最後關頭提出小小的增刪建議。

「我真希望我能告訴那些爵爺們是你們兩個人一起對這篇講稿下了多少功夫，」老人家說，又給結語添了幾個句子。「好了，孩子，我們該裝上刺刀，攻上山頭了。」

□

他們兩人都很緊張。

「我希望你可以幫我。」艾瑪說，無法看著他的眼睛。

「只要我幫得上忙，小姐。」他說。

艾瑪抬頭看著這名男子。他鬍子刮得很乾淨，今天早上鞋子也擦得很亮，但襯衫領子有點磨損，身上的西裝很舊，長褲膝蓋鼓鼓的。

「我父親死的時候——」艾瑪沒辦法說出「被殺」這兩個字，「——警方在他的辦公室找到一個小女嬰。你知道她的下落嗎？」

「不知道，」這人說，「但是，如果警方聯絡不到她的近親，很可能會把她送到教會組織，等待有人領養。」

「你知道她被送到哪個孤兒院嗎？」艾瑪問。

「不知道，但我可以打聽看看，如果……」

「我父親欠你多少錢？」

「三十七鎊十一先令，」這名私家偵探說，從外套內側口袋掏出一疊帳單。

艾瑪擺擺手，打開皮包，抽出一疊嶄新的五鎊紙鈔。「下次見面的時候，我會補足差額。」

「謝謝你，巴靈頓小姐。」米契爾站起來說，以為會面就這樣結束了。「我一打聽到消息，就和你聯絡。」

「還有一個問題，」艾瑪抬頭看他，「你知道那個小女孩叫什麼名字嗎？」

「潔西卡・史密斯。」他回答說。

「為什麼姓史密斯？」

「沒有人要的孩子都姓史密斯。」

◻

哈維爵爺這天早上其餘的時間，都把自己鎖在皇后大樓三樓的辦公室裡，甚至沒出來和哈利、艾瑪、吉爾斯一起吃午飯，寧可吃個三明治配威士忌，利用時間再仔細檢視一遍講稿。

□

吉爾斯和哈利坐在下議院中央大廳的綠皮長椅上，聊得很起勁，等待艾瑪到來。哈利希望看見他們的每一個人，不管是上議會的貴族或下院的議員，甚至媒體記者，都會毫不懷疑地相信他們兩個是最要好的朋友。

哈利不停看錶。大法官[28]兩點鐘就會在他的羊毛袋[29]上就位，所以他們必須趕在這之前坐進上院的旁聽席。

看見艾瑪在快一點的時候衝進中央大廳，哈利露出微笑，吉爾斯則對妹妹揮揮手，兩人同時起身歡迎她。

「你幹嘛去了？」哈利問，然後俯身親吻她。

「吃午飯的時候再告訴你。」艾瑪挽起哈利和哥哥的手說，「但我要你們先告訴我最新的狀況。」

「勢均力敵，票數非常接近，據說是。」吉爾斯帶著他的兩位客人走進訪客餐廳，「但是，我們很快就會知道我們的命運了。」他聽天由命地說。

大笨鐘還沒敲響兩點鐘之前，上議院議事廳就已經坐滿人了。等大法官大人進到議事廳，所有的座位都已經擠得滿滿，連個空隙都沒有了，甚至還有好幾位議員沒有位子坐，只能站在議事廳的欄杆旁。哈維爵爺望著議事廳的另一頭，看見雷格．普雷斯頓對他微笑，彷彿一頭瞥見自己午餐的獅子。

大法官在羊毛袋就位時，所有的上院議員都起身。大法官向出席的議員頷首致意，議員也回禮，然後就座。

大法官翻開綴有金色流蘇的紅色皮面卷夾。

「各位爵士大人，我們今天齊聚於此，共同裁定已故雨果．巴靈頓男爵的爵銜、產業與所隨之而來的一切應該由哈利．柯里夫頓先生或吉爾斯．巴靈頓先生繼承。」

哈維爵爺抬頭看坐在旁聽席第一排的哈利、艾瑪和吉爾斯。外孫女給他一個溫暖的微笑，他從她嘴唇的掀動，讀出她在說：「加油，外公！」

「請哈維爵爺先開場。」大法官大人說完這句話，在羊毛袋上就座。

㉘ Lord Chancellor 為英國大法官，但在二〇〇五年國會改革前，上院不設議長，由大法官兼任當然主席。

㉙ Woolsack，填充羊毛的紅色座椅，位居上院議事廳正中央，為上院主席的座位，支持和反對政府的議員分坐右側與左側。

哈維爵爺從第一排的座位起身，抓著公事箱，保持身體平衡，穩住自己。坐在他背後長椅上的同僚，為他們這位高貴且英勇的朋友歡呼，不住喊著：「聽啊！專心聽！」他環顧議場，知道自己就要發表此生最重要的一場演說。

「可敬的諸位大人，」他說，「今天我站在諸位面前，代表吾親，也是另一院成員的吉爾斯．巴靈頓先生，爭取他合法的權利，繼承巴靈頓爵銜與隨之而來的所有產業。諸位大人，請容我簡述案由，俾便諸位瞭解相關內情。一八七七年，約夏．巴靈頓蒙維多利亞女王賜予男爵爵位，以表彰他對船運產業的貢獻。約夏．巴靈頓企業旗下有巴靈頓航運公司，以及越洋船隊，迄今仍以布里斯托港為基地，營運不輟。

「約夏在九個兄弟姐妹裡排行第五，七歲即輟學，目不識丁，開始在冷水船運公司當見習生，但他的聰穎不凡，很快就得到眾人的認可。

「他三十歲時獲頒碩士學位，四十二歲時，獲當時正面臨嚴竣考驗的冷水公司邀請擔任董事。接下來十年，他獨力讓公司起死回生，再來的二十年，他擔任該公司董事長。

「但是，諸位大人，對於約夏爵士的為人處世，吾人必須有更進一步的認識，方能瞭解今日為何要齊聚於此。因為當前的情勢，絕對有違他的原意。首先，約夏爵士是敬畏上帝的人，重信守諾，言出必行。於他而言，只須握手，不必簽字，合約就已生效。試想，如今這樣的人安在，諸位大人？」

「喂，喂！」議事廳裡響起不平的喊叫聲。

「但就和許多成功人士一樣，諸位大人，約夏爵士要花比我們更長的時間，才能接受自己生命終究有盡頭的事實。」這句話引來一些笑聲，「所以，直到履行與造物主的契約長達七十年之後，他才擬定他的第一份、也是唯一一份遺囑。為此，他聘請國內最頂尖的皇家大律師伊塞亞・華德葛瑞夫爵士作為法律顧問。華德葛瑞夫爵士和您一樣，大人，」他轉頭面對羊毛袋，「也曾擔任大法官。我之所以提到這點，諸位大人，是要強調，約夏爵士遺囑所具有的法律份量與權威，絕不容後繼者加以質疑。

「在遺囑裡，他把一切留給血緣最近的長子，華特・巴靈頓，也是我認識最久、交情最深的朋友。所謂的『一切』包括爵位、船運公司、地產，以及──請容我引用遺囑裡的精確用語──『隨之而來的一切』。這場辯論，諸位大人，並不是為了論證約夏爵士最終遺囑的效力，而僅在於判定誰擁有合法繼承的權利。關於這一點，諸位大人，希望您們可以將一個問題列入考量，這是約夏爵士這位敬畏上帝的謙謙君子從未想到過的問題：他的繼承人竟可能是個非婚生子。

「華特爵士長子尼可拉斯為國征戰，在一九一八年於伊普瑞斯殉職，使得次子雨果・巴靈頓成為繼承人。一九四二年，華特爵士過世之後，雨果繼承爵位。今日的表決，便是要由諸位大人決定，雨果爵士的繼承人究竟應是吾孫吉爾斯・巴靈頓先生，或是哈利・柯里夫頓先生。吉爾斯・巴靈頓先生是已故雨果・巴靈頓爵士和小女伊麗莎白的合法婚生子；而哈利・柯里夫頓先生是梅西・柯里夫頓女士與已故亞瑟・柯里夫頓先生的合法婚生子。

「言既至此，諸位大人，請容我借用一點時間，略微談談吾孫吉爾斯・巴靈頓。他從布里斯托文法學校畢業之後，進入牛津大學就讀布雷齊諾斯學院，然未取得學位，因為在大戰爆發後不久，他就決定放棄大學生活，加入韋塞克斯軍團。以少尉身分派赴托布魯克時，因英勇對抗隆美爾非洲兵團而獲得軍事十字獎章。之後他被俘，拘禁於德國威恩斯伯格戰犯營，但他成功逃脫，回到英國，重新歸隊，繼續對敵作戰。在大選中，他挺身而出，贏得在另一院的席位，成為布里斯托碼頭區的國會議員。」

對面的座位傳來很大聲的「喂！喂！」的抗議聲。

「父親過世之後，他理所當然繼承爵位，毫無爭議。因為戰爭爆發未久，媒體即廣為報導哈利．柯里夫頓葬身大海的消息。人生諷刺之事何其多，吾孫女艾瑪經過堅持不懈的奮力追查，發現哈利仍然在世，卻無意間啟動了連串事件的列車，終至今日須邀請諸位大人齊聚一堂。」哈維爵士看著旁聽席，給外孫女一個溫暖的微笑。

「諸位大人，哈利．柯里夫頓先於吉爾斯．巴靈頓出世，殆無疑問。然而，我必須指出，並無任何絕對或有定論的證據可以證明，哈利．柯里夫頓是雨果．巴靈頓爵士與梅西．坦寇克小姐，也就是後來的亞瑟．柯里夫頓太太私通而生的子嗣。

「柯里夫頓太太並不否認，她在一九一九年曾與雨果．巴靈頓發生關係，但僅此一次。然而，幾個星期之後，她嫁給亞瑟．柯里夫頓先生，其後生下一子，出生證明上的名字叫哈利．亞瑟．柯里夫頓。

「因此，諸位大人，您們面前有兩位先生。一位是吉爾斯．巴靈頓，雨果．巴靈頓爵士的合法子嗣。另一位是哈利．柯里夫頓，相較於吉爾斯．巴靈頓毫無疑義的身分，他有可能——僅僅只是有可能——是雨果爵士的兒子。諸位大人，您們願意冒此風險嗎？倘若如此，請容我再多指出一個事實，或可協助諸位大人在辯論結束做決定時列入參考。哈利．柯里夫頓，此刻正坐在旁聽席上的哈利．柯里夫頓，曾經再三申明立場，無意——請容我引述他所言——無意擔負起爵位重任，寧讓他最好的朋友吉爾斯．巴靈頓繼承。」

好幾位議員轉頭看樓上的旁聽席，坐在吉爾斯和艾瑪．巴靈頓中間的哈利點點頭。哈維爵爺等到全體議員的注意力轉回到他身上，才繼續往下講。

「因此，諸位大人，在今晚投下一票之際，吾人深盼諸位能衡酌哈利．柯里夫頓先生的意願，以及約夏．巴靈頓爵士遺言的意旨，在本案尚有疑點之時，保障吾孫吉爾斯．巴靈頓之權益。由衷感謝上院諸位大人的包容寬諒。」

哈維爵爺坐下，許多議員高聲喝采，揮舞著手裡的議事日程表。哈利信心油然而生，覺得自己今天贏定了。

議事廳恢復平靜之後，大法官站起來說：「有請普雷斯頓爵士回應。」

哈利從旁聽席往下看，看見一個素未謀面的男子緩緩從羊毛袋另一側的座位起身。普雷斯頓爵士身高不到五呎一吋（約一五五公分），矮壯結實的身材和飽經風霜的面容，讓人知道他一輩子出賣勞力維生，而那好鬥的表情，更明明白白顯示他誰也不怕。

雷格．普雷斯頓的目光掃過對面的一排排長椅，像個阿兵哥越過矮牆仔細觀察敵人那樣。

「諸位大人，我想先對哈維爵士致意，謝謝他如此精采動人的演說。然而，請容我指出，精采之處，亦為種下失敗之因的弱點所在。爵士大人的演說感人至深，但言之越多，就越像是明知自己辯護的案件薄弱無勝算的律師。」普雷斯頓的話讓議場突然陷入靜默，這是哈維爵爺演說所未能達成的效果。

「諸位大人，請讓我們衡酌高貴英勇的哈維爵爺避而不談的數個事實。梅西．坦寇克在與亞瑟．柯里夫頓結婚的六個星期之前，曾與年輕的雨果．巴靈頓發生關係，此節殆無疑義。九個月之後，幾乎一天不差的，整整九個月之後，她生下兒子，堂而皇之在出生證明上登記為哈利．亞瑟．柯里夫頓。嗯，小問題就此解決了，不是嗎，諸位大人？然而，還有個問題懸而未解，倘使柯里夫頓太太是在新婚之夜就成孕，那麼哈利．柯里夫頓僅僅在母胎七個月又十二天就出世。

「諸位大人，我樂意接受這個可能性，但倘要下注，面對兩個選項：九個月與七個月又十二天，我非常清楚應該將籌碼押在哪一方。而且，相信莊家也不會給我太高的賠率。」

工黨的席位爆出一小陣笑聲。

「諸位大人，我也要指出，這孩子出生時重九磅四盎司（約四千兩百公克），在我看來並不像早產兒。」

笑聲更響亮了。

「同時，我們也必須考慮另一個問題，是敏銳卓越的哈維爵爺沒有提到的問題。雨果．巴靈頓就像他的父親與爺爺一樣，有名為『色盲』的遺傳疾病，他的兒子吉爾斯亦然。而且，哈利．柯里夫頓亦然。這樣的巧合機率有多大，諸位大人？」

這句話引來更多笑聲，議場兩邊都有竊竊的討論聲。哈維爵爺一臉森然，等待下一拳擊來。

「且讓我們更進一步縮小巧合的機率吧，諸位大人。據聖湯瑪斯醫院傑出的彌恩醫生研究顯示，如果雙親的血型都是RH陰性，子女的血型也會是RH陰性。雨果．巴靈頓爵士是RH陰性，柯里夫頓太太是RH陰性，而意外再意外的是，哈利．柯里夫頓也是RH陰性，全英國只有百分之十二的人口擁有這個血型！我想莊家賠錢賠定了，因為另一匹馬連終點都跑不到。」

更多笑聲。坐在椅子上的爵爺顯得更加頹喪，很氣自己沒提到亞瑟・柯里夫頓的血型也是RH陰性。

「諸位大人，請容我提出我與哈維爵爺意見相同的一點。無人有權質疑約夏・巴靈頓的遺囑，因為遺囑面面俱到，在法律層面沒有絲毫破綻。因此，我們必須判定的是，『長子』與『近親』意所何指。

「在座的諸位勢必知悉敝人對世襲原則的強烈主張。」普雷斯頓露出微笑，繼續說，「我認為這原則就是『沒有』原則。」

這次只有議場的一側傳出笑聲，對面座席的議員肅然靜默。

「尊貴的諸位大人，難道您們要為了一己的權宜之便，斷然漠視法律先例，違背歷史傳統？若然，世襲概念終將蒙羞，巍然如華廈之制度有朝一日將在諸位爵爺身上崩塌。

「且讓我們考量捲入可悲爭議的這兩位年輕人，我必須指出，諸位大人，這爭議並非由他們自己所釀成。據稱，哈利・柯里夫頓寧可由好友吉爾斯・巴靈頓繼承爵位。何等高尚正直的年輕人啊。這位哈利・柯里夫頓，毋庸置疑，是位高尚的謙謙君子。然而，諸位大人，難道吾輩就要自覓絕路，任由疆土之內每位世襲貴族，在未來任意決定由哪個子嗣繼承爵位？諸位大人啊，這分明是死路一條。」

議場一片沉寂，普雷斯頓爵士壓低聲音，近乎耳語。

「這位正直高尚的年輕人，哈利・柯里夫頓，向全世界宣稱，他希望大家承認好友吉爾斯・

巴靈頓是巴靈頓家的長子。他是否別有所圖呢？」

所有的眼睛都盯著普雷斯頓爵士。

「諸位大人，英國教會不允許哈利．柯里夫頓迎娶他所愛的女人，也就是吉爾斯．巴靈頓的妹妹艾瑪．巴靈頓，因為教會傾向於相信，他們兩人是同父所生。」

哈利這輩子沒這麼痛恨過任何一個人。

「我看見主教的席位[30]今天座無虛席，諸位大人，」普雷斯頓轉而面向這些神職人員說，「我很樂於聽取教會對此事的看法，因為他們必得做出明確決定，不能模稜兩可。」幾位主教看起來很不自在，「論及哈利．柯林頓的出身問題，請容我指出，他與同在候選名單上的吉爾斯．巴靈頓，條件不分軒輊。在布里斯托的貧民區長大，克服種種困難進入布里斯托文法學校，五年之後，進入牛津大學布雷齊諾斯學院。年輕的哈利甚至沒等到戰爭爆發，就輟學準備從軍，而之所以沒能如願，是因為他所搭的船被德軍魚雷擊沉，讓哈維爵爺和巴靈頓家族的其他成員都誤以為他已葬身大海。

「讀過哈利．柯里夫頓在《受刑人日記》一書中生動描寫的情節，必定知道他最後是如何加入美軍陣營，又是如何在和平到來的幾週之前，被德軍地雷炸成重傷，因而獲頒銀星勳章。德軍未能輕易殺死哈利．柯里夫頓，諸位大人，我們也不能。」

工黨席位爆出熱烈掌聲，普雷斯頓爵士等到議場再次恢復安靜才繼續演說。

「最後，諸位大人，吾輩當捫心自問，我們今日齊聚於此，究竟為何。請容我來為各位解答。是因為吉爾斯．巴靈頓針對吾國聲望最崇隆的七位法律專家所做出的裁決提出上訴，這是哈維爵爺未在他感人至深的演說中提及的。但請容我提醒各位，上院貴族法官依據他們的智慧，裁定由哈利．柯里夫頓繼承爵位。倘各位有意推翻此一決定，諸位大人，在行動之前必先確定，他們的裁決有基本的誤謬存在。

「因此，諸位大人，」普雷斯頓進入結語，「在投票決定這兩位年輕人誰有權繼承巴靈頓爵銜時，切勿僅以權宜之便作為判斷的基礎，而須以可能性的大小作為衡量的標準。因為如此一來——請容我引述哈維爵爺的話——在本案尚有疑點之時，諸位應該保障的不是吉爾斯．巴靈頓的利益，而是哈利．柯里夫頓的利益。我的結論是，諸位大人，」他桀驁不馴地盯著對面的席位，「各位在進入投票廳時，應該帶著良知去投票，請把政治考量留在議場裡吧。」

普雷斯頓爵士在同黨議員如雷的掌聲中坐下，甚至議事廳另一側也有幾個議員附和點頭。哈維爵爺寫了一張字條給對手，恭喜他深具說服力的有力演說。依循上議院的傳統，兩位開場的主講者都留在位子上，聆聽其他議員接續發表看法。

接下來兩黨都各有數位議員發表出乎預期的意見，讓哈維爵爺更難以確定投票的結果會如何。有位議員的發言格外得到議場內所有議員的專注聆聽，那就是布里斯托大主教的發言。大主教顯然是代表坐在他身邊的多位神職議員發表意見。

「諸位大人，」主教說，「倘若各位秉持智慧，在今晚投票支持吉爾斯．巴靈頓先生繼承爵位，吾友與本人，別無選擇，只能撤回教會對哈利．柯里夫頓先生與艾瑪．巴靈頓小姐婚姻的反

㉚英國上議會成員除貴族之外，也有代表英國國教的高階神職人員，被稱為「靈職議員」（Lords of Spiritural）。

對意見。因為，諸位大人，您們既已判定哈利．柯里夫頓並非雨果．巴靈頓之子，吾輩又何從反對這樁婚姻呢？」

「但是他們會怎麼投票呢？」哈維爵爺低聲對和他一起坐在第一排的同僚說。

「進行書面投票時，吾等將不進入任何一廳參與投票[31]，因為吾輩並不夠資格針對此一問題做出政治或法律的裁決。」

「那何不做道德裁決？」普雷斯頓爵士說，聲音大得讓主教席都聽得一清二楚。哈維爵爺發現他和普雷斯頓至少在這一點上意見相同。

另一個讓大家意外的發言者是休伊爵士。他是中立議員，也是英國醫療協會的前任會長。

「諸位大人，請容我向各位報告穆爾菲德斯醫院所進行的最新醫學研究，結果顯示，色盲僅能經由母系遺傳。」

大法官打開他的紅色卷夾，做了一些訂正。

「因此，普雷斯頓爵士方才所言，只因雨果．巴靈頓爵士患有色盲，便論斷哈利．柯里夫頓極有可能為其子嗣，並不正確，應該只視為巧合。」

大笨鐘敲響十點鐘時，還有好幾位議員希望能獲大法官准許發言。大法官以其睿智做出決定，辯論應該要充分進行。等最後一位議員發表完意見坐下，時間已過凌晨三點了。

投票鈴聲終於響起，坐在一排排長椅上筋疲力竭、鬍碴滿腮的議員走出議事廳，進到投票廳。哈利還坐在旁聽席，發現哈維爵爺累得很快就睡著了。沒有人說什麼，畢竟，他已經坐在位子上十三個鐘頭沒動了。

「希望他及時醒過來投票。」吉爾斯輕聲笑著說，但看著外公在椅子上的身體顯得更為癱軟，他不禁心一驚。

一名傳令官快步跑出議事廳，去叫救護車。兩名禮儀官衝進議場，輕輕把尊貴的爵爺抬到擔架上。

哈利、吉爾斯和艾瑪離開旁聽席，衝下樓梯，正好趕上擔架抬出議事廳。他們三人陪著哈維爵爺離開議場，登上等候的救護車。

議員各自在選定的投票廳投完票之後，就緩步回到議事廳。沒有人想在計票完成之前離開。正反雙方的議員都很不解，為何哈維爵爺沒在他第一排的座位上。

話很快就在議事廳傳開了，普雷斯頓爵士一聽說這個消息，立時面如死灰。

又過了好幾分鐘，在兩個投票廳負責計票的四名輪值計票人才回到議場，宣布投票結果。他們宛如戰時的軍官，嚴肅走上中央走道的台階，在大法官面前停下腳步。

議場沉寂無聲。

主任計票人高舉選票，大聲宣告：「同意，兩百七十三票。反對，兩百七十三票。」

議事廳和上方的旁聽席頓時譁然，議員和旁聽者都不知道接下來會如何發展。經驗老到的人

㉛ 英國議會的投票廳（Division Lobby）有兩個，一個是「同意廳」，一個是「反對廳」。一般議案都在暢述意見之後以口頭表決，但若有議員質疑，則進入投票廳進行書面表決，由議院職員負責登錄進入廳內的議員姓名，再統計出投票結果以為決議之據。

知道，大法官將會投下他的一票。他獨自坐在羊毛袋上，不理會周遭的嘈雜混亂，一動也不動，耐心等待議事廳恢復秩序。

最後一絲竊竊私語也停止之後，大法官緩緩從羊毛袋起身，調整頭上的假髮，拉拉鑲金邊黑袍的衣領，才對全院議員發表談話。議事廳裡的每一雙眼睛都盯著他。俯瞰議場的旁聽席也擠滿人，有幸能拿到旁聽券的這些人都充滿期待地越過欄杆往下看。貴賓席有三個空位，是三位命運掌握在大法官手裡的人。

「諸位大人，」他說，「在這漫長且不可思議的辯論過程裡，我意興盎然傾聽諸位尊貴同僚的逐一發言。正反雙方都展現滔滔辯才與熱情，令本人陷入兩難。我願與諸位分享一些想法。

「在正常狀況下，一旦投票陷入僵局，我必定毫不遲疑地支持上院貴族法官先前的裁決。就此案而言，是以四比三的裁定，決定由哈利．柯里夫頓繼承巴靈頓爵位。事實上，若不這麼做，於我便是不負責任。然而，諸位大人或許尚未知悉，就在書面投票開始之際，提出此議的哈維爵爺病倒在議場，無法參與投票。吾人必不懷疑，他的一票會支持哪一方，也知道他將因此獲勝，儘管差距如此之微小。如是，爵位也將由其孫吉爾斯．巴靈頓繼承。

「諸位大人，基於此一狀況，本人需要所羅門王的智慧才能做出最後決定。」

「喂！喂！」聲在議場兩方響起，但聲音非常之小。

「無論如何，我必須告訴諸位，」大法官繼續說，「我尚未決定該將哪個兒子切成兩半，該恢復哪個兒子與生俱來的權利。」

這句話引來陣陣笑聲，化解了議事廳的緊張氣氛。

「因此，諸位大人，」重新讓議員集中注意力之後，他說：「我今天上午十點將宣布巴靈頓對柯里夫頓一案的裁決。」他坐回羊毛袋上，沒再說一句話。首席禮儀官拿起手杖敲地三次，但在喧鬧聲中幾乎沒人聽見。

「今晨十點鐘重新開議。」他大聲說，「大法官大人將宣布巴靈頓對柯里夫頓一案的裁決。全體起立！」

大法官從位子上站起來，對議員鞠躬，議員也恭敬回禮。

首席禮儀官再次拿起手杖敲地三次。

「會議解散！」

國家圖書館出版品預行編目(CIP)資料

父之罪 / 傑佛瑞.亞契(Jeffery Archer)著；李靜宜譯. -- 初版. -- 臺北市：春天出版國際, 2019.12
面；公分 -- (春天文學；19)
譯自：The Sins of the Father
ISBN 978-957-741-242-3(平裝)

873.57 108017160

春天文學 19

父之罪 The Sins of the Father

作　　者 傑佛瑞・亞契
譯　　者 李靜宜
總 編 輯 莊宜勳
主　　編 鍾靈
出 版 者 春天出版國際文化有限公司
地　　址 台北市信義路四段458號3樓
電　　話 02-7718-0898
傳　　眞 02-7718-2388
E－mail frank.spring@msa.hinet.net
網　　址 http://www.bookspring.com.tw
部 落 格 http://blog.pixnet.net/bookspring
郵政帳號 19705538
戶　　名 春天出版國際文化有限公司
法律顧問 蕭顯忠律師事務所
出版日期 二〇一九年十二月初版
定　　價 399元

總 經 銷 楨德圖書事業有限公司
地　　址 新北市新店區寶興路45巷6弄6號5樓
電　　話 02-8919-3186
傳　　眞 02-8914-5524
香港總代理 一代匯集
地　　址 九龍旺角塘尾道64號 龍駒企業大廈10 B&D室
電　　話 852-2783-8102
傳　　眞 852-2396-0050

ISBN 978-957-741-242-3 Printed in Taiwan